REINHARD PELTE
Inselgötter

REINHARD PELTE

Inselgötter

Der siebte Fall für Kommissar Jung

SPANNUNG

GMEINER

Bisherige Veröffentlichungen im Gmeiner-Verlag:
Inselroulette (2014), Mordsee (2013), Tiefflug (2012), Inselbeichte (2011),
Kielwasser (2010), Inselkoller (2009)

Personen und Handlung sind frei erfunden.
Ähnlichkeiten mit lebenden oder toten Personen
sind rein zufällig und nicht beabsichtigt.

Besuchen Sie uns im Internet:
www.gmeiner-verlag.de

© 2016 – Gmeiner-Verlag GmbH
Im Ehnried 5, 88605 Meßkirch
Telefon 0 75 75 / 20 95 - 0
info@gmeiner-verlag.de
Alle Rechte vorbehalten
1. Auflage 2016

Lektorat: Claudia Senghaas, Kirchardt
Herstellung: Mirjam Hecht
Umschlaggestaltung: U.O.R.G. Lutz Eberle, Stuttgart
unter Verwendung eines Fotos von: © Ulf Kotzan – Fotolia.com
Druck: GGP Media GmbH, Pößneck
Printed in Germany
ISBN 978-3-8392-1840-2

Für Irmi

»I can get no satisfaction«
Rolling Stones

INHALT

PROLOG

Die meisten Menschen machen Pläne. Sie reden über ihre Wünsche. Und sie reden über ihren Willen, ihre Wünsche wahr zu machen. In der Regel klappt das nicht. Das Resultat ihrer Bemühungen entspricht selten dem, was sie sich davon versprochen haben. Leider oder zum Glück bestimmen andere Mächte unser Tun. Sie, nicht wir, entscheiden, was uns schmeckt, was wir sehen, was wir hören und was wir können. Ja, sie bestimmen sogar, wie und worüber wir reden, was und wie wir denken, heute so und morgen wieder ganz anders. Sie machen mit uns, was sie wollen. Je nach Lust und Laune. Sie spielen mit uns. Sie machen uns zu Narren oder Helden, stark oder schwach, beliebt oder unbeliebt. Ihre Stärke ist unwiderstehlich. Uns schlottern die Glieder, wenn wir ihrem Toben zusehen. Aber wie wir damit umgehen, ist ganz allein unsere Angelegenheit. Ob wir unseren Ängsten erliegen oder ihnen trotzen, ob wir sie annehmen oder verdrängen, ob wir intelligent oder dumm handeln, ist mühsam zu durchschauen und in der Regel verwirrend. Aber die Auseinandersetzung mit der Angst ist wirklich lehrreich.

MAUL HALTEN

»Von wo rufen Sie an?« Die Stimme am anderen Ende
war leise und klang bedrohlich. Die Frage überraschte
ihn nicht. Er wusste längst, wie der Hase lief.

»Von einem öffentlichen Münztelefon.«

»Wer sind Sie?«

Er nannte Namen und Adresse.

»Rufen Sie in einer halben Stunde noch einmal an.
Vom gleichen Apparat.«

Es machte klick in der Leitung. Er legte auf und
wandte sich um. In der Buchhandlung neben dem
Bahnhofseingang kaufte er das *Tageblatt*. Den über-
regionalen Teil legte er beiseite. Die Nachrichten aus
aller Welt interessierten ihn nicht. Er war überzeugt,
es besser zu wissen. Besser als alle Korrespondenten
und Nachrichtenagenturen zusammen. Sie gaben nur
weiter, was ihre bezahlten Gewährsträger ihnen zuflüs-
terten. Woher die ihr Wissen hatten, interessierte überhaupt nicht. Aus gut unterrichteten Quellen, hieß es
gewöhnlich. Einen Scheiß wussten sie.

Seine Aufmerksamkeit galt dem Regionalteil. Für
ihn war es wichtiger zu wissen, mit wem der Wirt-
schaftsminister oder der Bürgermeister sprach, wohin
sie reisten und wen sie trafen. Er versuchte, sich in
seine Lektüre zu vertiefen. Zwischendurch sah er auf

die Uhr. Die Zeit verging im Schneckentempo. Er war bei den Todesanzeigen angelangt. Er las die Nachrufe. Einige der Toten waren jünger als er. Er faltete die Zeitung zusammen und schlenderte an den Schaukästen vorbei durch den Tunnel, der zu den Bahnsteigen führte. Am Ende machte er kehrt und schlenderte zurück. Er sah auf die Uhr. Es war so weit. Er wählte.

»Ja«, meldete sich die Stimme von vorhin.

»Ich bin's«, sagte er.

»Was können wir für Sie tun?«

Er schilderte sein Begehren.

»Wo finden wir ihn?«

»Er wird am Donnerstag im Zug von Hamburg nach Westerland sitzen, Ankunft in Westerland 14.04 Uhr.«

»Diese Woche?«

»Ja.«

»Kennen Sie den Mann?«

»Nein.«

»Was wissen Sie von ihm?«

»Er trifft in Westerland einen Mann. Der ist Polizist und heißt Tomas Jung.«

»Polizist? Was für ein Polizist?«

»Kripo. Kriminaloberrat.«

Am anderen Ende herrschte für einen Moment Schweigen.

»Heute Nachmittag werden Sie Besuch bekommen. Der Mann trägt eine schwarze Laptop-Tasche aus weichem Leder über der Schulter. Es wird teuer werden.«

»Wie teuer?«

»Verhalten Sie sich unauffällig. Machen Sie, was Sie immer machen. Plappern Sie nicht.«

»Was soll das? Ich ...«

»Halten Sie den Mund.«

Die Leitung war tot. Er schmiss verärgert die Zeitung in den nächsten Papierkorb. Draußen stieg er in seinen Mercedes und fuhr die Bahnhofstraße entlang bis zur Kreuzung. Er bog rechts ab auf den Mühlendamm. Nach der nächsten Kurve gab er Gas und folgte Munketoft bis zur Osttangente. Von da ab war es nicht mehr weit.

SCHREI, SO LAUT DU KANNST

War es richtig, was sie tat? Ja, es war richtig. Absolut richtig. Nach ein paar Gläsern Rotwein waren auch ihre letzten Zweifel geschwunden. Er hatte sie hierherbestellt. Und sie war seinem Wunsch gefolgt. Sie hatte ihm ihre Zeit zur Verfügung gestellt, obwohl das nicht zu ihren Pflichten gehörte und obwohl es der letzte Arbeitstag vor ihrem Urlaub war.

Warum gerade dieser öde, düstere Ort? Dafür gab es überhaupt keinen nachvollziehbaren Grund. Das Gebäude sollte abgerissen werden. Es war längst überfällig. Der Fortgang des Projektes duldete keinen Aufschub. Je schneller, desto besser. Im Erschließungsvertrag war festgelegt worden, dass die Kosten für Sanierung und Infrastruktur zu Lasten der öffentlichen Hand gingen. Also sollte der rasche Abriss eigentlich in seinem ureigensten Interesse liegen. Wenn es um die Einhaltung von Verpflichtungen der Kommune ging, hatte er bislang immer ordentlich Druck gemacht. Verzögerungen kosteten Geld. Und das hatte er nicht. Nicht einen einzigen Cent. Die Kassen waren leer und mussten gefüllt werden. Andernfalls würde dem Laden schon in allernächster Zeit die Luft ausgehen.

*

Es war nicht schwer gewesen herauszufinden, wie kritisch die Lage war. Schon in ihrer Probezeit hatte sie es sich zur Gewohnheit gemacht, nach Dienstschluss im Büro zu bleiben. Auf seine erstaunte Nachfrage hatte sie erwidert, dass sie es für ihre Pflicht hielt, vor Feierabend aufzuräumen und die liegen gebliebenen Papiere zu ordnen. So war sie nun einfach mal. Er hatte keine Ahnung, wer sie wirklich war. Wahrscheinlich war er viel zu besoffen gewesen. Aber sie wusste genau, wer er war. Sie würde ihn nie im Leben vergessen.

Fleiß kam bei den Chefs immer gut an. Ehrlich gesagt waren es zu viele Chefs gewesen, gab sie insgeheim zu. Aber dieses Mal hielt *sie* die Trümpfe in der Hand. Daran hatte sie keinen Zweifel, seit sie an einem Sonntag auf einem ihrer üblichen Kontrollgänge den Brief auf seinem Schreibtisch gefunden hatte. Er lag zur Unterschrift in der Mappe. Was hatte ihn bewogen, in diesem Fall auf die Bremse zu treten? Welches Geheimnis barg das alte Wachhaus aus düsteren Nazi-Zeiten?

*

Sie war mit Absicht zu früh. An die Schlüssel zu kommen, war kein Problem gewesen. Schließlich war sie als Kontrollmanagerin über jeden Verdacht erhaben. Selbst den Job zu ergattern, war ein Leichtes gewesen. Ihre Fähigkeiten, ihre ganze Natur, ihr Charakter waren danach. Sie war motiviert und einsatzbereit und hatte alle anderen Bewerber aus dem Feld geschlagen. Sie wusste genau, mit wem sie es zu tun hatte. Es hatte sie verwundert, dass sein Sohn so ganz anders war. Mit ihm verband sie von Anfang an eine geheimnisvolle Nähe, ein Band, das ihr sowohl angenehm als auch befremdlich war. Sie war auf Distanz geblieben. Dennoch hatte sie ihm einen Umschlag anvertraut, den er im Fall, dass ihr etwas zustoßen würde, öffnen und dann selbst entscheiden solle, was zu tun sei. Er hatte ihr intensiv in die Augen gesehen, aber kein Wort verloren.

Sie schloss die Tür zum Wachlokal auf. Es roch muffig. Das Fensterglas war zerbrochen, die Fensterhöhlen verbrettert. Putz blätterte von den Wänden. Nichts außer Staub und Schutt.

Die nächste Tür führte in einen größeren Raum. Ein großes Bullauge sorgte für Tageslicht. Vermutlich der Aufenthaltsraum für die Wachmannschaften. Die Mauern sind verdammt dick, dachte sie, als sie durch das Gitterfenster nach draußen blickte. Die Nazis waren für ihre Gründlichkeit bekannt. Und misstrauisch müssen sie auch gewesen sein, ging ihr beiläufig durch den Kopf.

Der nächste Raum war fensterlos. In dem fahlen Licht, das vom Flur hereindrang, konnte sie ein verrostetes Bettgestell mit durchgelegener Sprungfedermatratze ausmachen. Wahrscheinlich der Ruheraum für die Freiwache. So genau kannte sie sich beim Militär nicht aus.

Sie schloss die Tür und wandte sich dem dunklen Gang zu, der in den hinteren Teil des Gebäudes führte. Es war stickig und unangenehm warm.

Als Erstes betrat sie die Waffenkammer. Das große Bullauge war vergittert und in die seitlichen Wände waren Gewehrständer eingelassen.

Die nächste Tür den Gang runter war nicht abgeschlossen, aber mit einem Fallriegel auf der Gangseite gesichert. Sie entriegelte die Eisentür. Es kostete sie Kraft, sie aufzustoßen. Sie zog ihr Smartphone aus der Jackentasche und suchte die Taschenlampe. In dem gleißenden LED-Strahl sah sie auf eine Szene, die sie erzittern ließ. Der Anblick entfesselte Bilder in ihrem Kopf, Bilder, an die sie nicht erinnert werden wollte, Bilder, die immer wieder in ihren Träumen auftauchten, Albträumen, aus denen sie schweißgebadet aufwachte. Ein Raum ohne Licht, kahl und glatt, eine karge Zelle, deren dicke Mauern jeden Schrei erstickten. Sie holte tief Luft und atmete hörbar aus. Was war das hier? Vielleicht eine Verhörzelle für widerspenstige Soldaten, die den Zapfenstreich verpasst hatten, betrunken vom Ausgang zurückgekehrt waren oder sonst wie gegen Befehle verstoßen hatten?

Hinter der ersten schlossen sich fünf weitere Zellen an. Sie kämpfte ihren Widerwillen nieder und machte weiter. Nichts außer kahlen Wänden, Düsternis und muffiger Schwüle. Folterkammern. Schauer jagten ihr über den Rücken. Ihr Verlangen nach Tageslicht wurde immer drängender.

Überrascht stellte sie fest, dass sich die letzte Tür leicht öffnen ließ. Die Beschläge mussten vor Kurzem geölt worden sein, schoss es ihr durch den Kopf. Der Raum war vollgestellt mit Kartons, Kisten, Planken und Brettern. Ein paar Geräteteile schienen unter dem Gerümpel verborgen zu sein. Das Geheimnis, hier lag es verborgen. Aufgeregt betrat sie die Zelle. Das Licht in ihrer Hand geisterte zitternd über die wirr übereinandergestapelten Kartons. In der hintersten Ecke entdeckte sie zwei Kisten mit Vorhängeschlössern. Sie kämpfte sich durch das Chaos. Das Licht in ihrer Hand blitzte auf und erlosch. Hektisch schüttelte sie das Smartphone. Erfolglos. In der Finsternis strauchelte sie und kam zu Fall. Sie trat panisch um sich und versuchte, sich aus dem Gerümpel zu befreien. Sie hörte ein paar schwere Planken polternd zu Boden gehen. Dann fiel die Eisentür ins Schloss. Sie schrie, wie sie zuvor nur ein einziges Mal in ihrem Leben geschrien hatte.

DIE INSEL

Er hatte in seinem ganzen Leben nichts Vergleichbares durchgestanden. Gegen Mitternacht hatte es angefangen und erst am frühen Morgen aufgehört. Ein Blitz nach dem anderen, Donner auf Donner, wie Keulenschläge. Wasser strömte vom Himmel, als hätten sich Schleusen geöffnet. Wie die apokalyptischen Reiter waren die Böen über ihn hergefallen. Sie kamen aus allen Richtungen, in allen Stärken, unberechenbar und tückisch. Man hätte meinen können, das Jüngste Gericht sei angebrochen. Aber er lebte. Er hatte geschuftet wie ein Tier. Das Wasser aus dem Boot zu kriegen, war das Schlimmste gewesen. Fast hätte er schlappgemacht. Das Boot, seine *Fair Lady*, hatte standgehalten. Auch das Rigg hatte überlebt. Bis auf die Knochen durchnässt, hatte er gefroren wie ein Schneider. Und in dem ganzen Chaos hatte er auch noch seinen Insulinhaushalt regeln müssen. Ein einziger Wahnsinn! Aber was war das schon gegen den Triumph, den er empfand, als alles vorüber war? Das Glück war ihm hold gewesen. Und hilfreich! Besser hätte es nicht kommen können.

Er lachte. Er war der Hölle entronnen. Alles würde gut werden. Wo war er? Wie spät war es? Er sah auf seine Armbanduhr. Er nahm sein Smartphone und loggte sich ein. Schnell schaltete er es wieder ab. Er nahm das Glas an die Augen und suchte den Horizont ab. Voraus sollte das Feuer am Eingang zum Sandefjord liegen. Richtig, an Backbordseite kam es in Sicht. Noch ein paar Meilen, dann würde er auf den anderen Bug wechseln und Kurs auf Veierland nehmen. Sein Ziel kannte er seit frühester Jugend. Ihm kam es vor, als segele er schon länger, als er laufen konnte. Sein Onkel hatte ihn auf sein Boot geholt und vor der Hölle an Land gerettet. Von ihm hatte er Segeln gelernt. Er würde ihm ewig dankbar sein. In den Sommern seiner Jugend waren sie hier hoch auf die einsame Insel gesegelt und hatten unvergessliche Ferien verbracht. Wenn er an die Zeiten zurückdachte, stiegen ihm die Düfte von damals in die Nase: Wind, Meer, Sommer, Torunns feuchtes Haar, offenes Feuer, gegrillter Fisch. Was war seitdem nur passiert?

Er schob seine Gedanken beiseite und sah auf seine Armbanduhr. Höchste Zeit, seinen Blutzucker zu kontrollieren. Nach seinem 18. Geburtstag hatte man bei ihm Diabetes mellitus festgestellt. Sein Vater wollte ihm das Segeln verbieten. Es sei lebensgefährlich, vor allem, wenn er allein auf dem Wasser unterwegs sei. Es hatte Streit in der Familie gegeben. Seine Mutter hatte ihm gegen den Willen des Vaters ein gebrauchtes Folkeboot zum bestandenen Abitur geschenkt. Der kleine, seetüchtige Bootstyp war für ein junges Ehepaar mit zwei kleinen Kindern konstruiert und für das

Fahrtensegeln in der dänischen Südsee und den Küstengewässern ausgelegt. Allein kam er sehr gut damit zurecht. Er hatte es mit Hingabe und Liebe aufgearbeitet und zu seinem Zuhause gemacht. Je länger sein Vater auf ihn einredete, desto größer wurde sein Ehrgeiz, aller Welt zu zeigen, dass Diabetes überhaupt kein Grund war, die Hände von der Pinne zu lassen. Es hatte ihn zeit seines Lebens aufs Meer getrieben. Davon konnte ihn keine Macht der Welt abbringen. Als er später sein kleines Boot nach List an die Nordsee verlegte, hielt ihn nicht nur sein Vater für komplett verrückt. Gut so, hatte er gedacht und sich ins Fäustchen gelacht. Voraus kam die Ansteuerung in den Tonsbjergfjord in Sicht. Zeit, alles klarzumachen.

*

Er schmiss die Steuerbordschot los und legte das Ruder um. Das Boot gehorchte ihm willig. Er duckte sich unter dem überholenden Großbaum hindurch und holte die Backbordschot dicht. Er justierte den Trimm und lehnte sich zurück. Er war auf dem richtigen Kurs.

Vor dem Kajütsüll lag der Plastiksack mit dem Müll. Warum hatte der Sturm ihn nicht über Bord gefegt? Müll, nichts als Müll. Müll, Müll und nochmals Müll. Angeekelt nahm er den Sack auf. Er wollte ihn gerade über Bord werfen, als er noch einmal innehielt. Er öffnete den Sack und sah hinein. Dann nahm er mit spitzen Fingern ein Stück nach dem anderen heraus und ließ es neben der Bordwand ins Wasser gleiten. Zum Schluss hielt er das Beil in der Hand. Er drehte es vor seinen Augen hin und her. Dann schmiss er es mit wütendem Schwung weit hinaus in den Fjord. Hier war das Meer tief. Nie wieder würde es zurück ans Tageslicht kommen. Es war ein für alle Mal vorbei. Für immer und ewig vorbei, vorbei, vorbei! Ein tiefer Seufzer entrang sich seiner Brust.

Die salzige Luft tat ihm gut. Er sog sie tief in die Lungen und ließ den Blick über den Horizont schweifen. Die Wolkenfelder hatten sich hinter den norwegischen Bergen aufgelöst. Die Sonne strahlte aus einem stahlblauen Himmel. Die Luft war klar wie poliertes Glas. Ein frischer Nordost brachte ihn seinem Traum immer näher. Bald würden die glatten Uferfelsen von Veierland auftauchen. Er lachte. Es würde alles gut werden. Torunn hatte das Schicksal in die Hand genommen. Sowohl ihres als auch seins. Sie hatte sich gekümmert, hatte vorgesorgt, sie war das absolut Beste, was ihm im Leben jemals passiert war. Wie lange hatte sie auf ihn gewartet? Endlich würden ihre Sehnsüchte in Erfüllung gehen.

TOMAS JUNG

Er stand am Fenster, als das Telefon klingelte.

»Endlich erreiche ich dich«, sagte eine fremde Stimme. »Warum ist immer nur dein blöder Chef am Apparat? Warum lässt du dich verleugnen? Langsam bin ich …«

»Wer ist da eigentlich?«, fragte er scharf.

»Tiny. Tiny aus Carvoeiro. Jetzt sag bloß, du weißt nicht, wer ich bin.«

Jung stutzte einen Moment und atmete hörbar aus.

»Tiny! Sag das doch gleich. Ich …«

»Red dich nicht raus, Tomi. Meine Stimme müsstest du eigentlich im Schlaf erkennen.«

»Ich bin im Dienst. Wenn du mich unbedingt anrufen musst, dann melde dich mit Namen. Ich habe einen Job, der mich empfindlich macht. Das solltest du eigentlich kapiert haben. Ich muss vorsichtig sein.«

»Eben, eben. Wie recht du hast. Aber ich stecke in der Scheiße. In der totalen Scheiße, mein Lieber. Ich muss viel vorsichtiger sein als du. Gerade jetzt. Das ist dir doch wohl klar, oder? Sooft ich versuche, dich …«

»Gerade jetzt? Was meinst du damit, Tiny?«, unterbrach ihn Jung irritiert.

»Sag bloß, du liest keine Zeitungen. Das Fernsehen hat darüber berichtet. Sogar das Radio. Wenn wir …«

»Wovon redest du eigentlich?«, stoppte Jung seinen Redefluss. In seinem Kopf schrillten die Alarmglocken.

»Du wolltest etwas dagegen tun. Aber …«

»*Was* wollte ich tun?«

»Du weißt genau, wovon ich rede. Du wolltest dafür sorgen, dass die Täter in den Knast kommen.«

»Falsch, Tiny. Ich habe überlegt, ob ich den portugiesischen Kollegen nicht einen Tipp geben soll.«

»Und? Hast du?«

»Nein. Ich habe es mir anders überlegt. Außerdem war ich beschäftigt.«

»Schöne Scheiße. Die Staatsanwaltschaft in Lissabon hat das Verfahren wieder aufgenommen.«

»Und? Was ist jetzt anders als vorher? Was beunruhigt dich?«

»Scotland Yard hat sich ebenfalls eingeschaltet. Sie ermitteln in der Sache.«

»Was willst du mir eigentlich sagen, Tiny? Du scheinst die Hosen voll zu haben. So kenne ich dich gar nicht.«

»Die Briten sind von anderem Kaliber, mein Bester. Ich kenne sie alle. Die verpennten Portugiesen genauso wie diese beschissenen Limies. Das sind Pitbulls. Wenn die sich mal festgebissen haben, dann lassen die nicht mehr los. Ich kann ein Lied davon singen. Das kannst du mir glauben.«

»Meinetwegen. Aber beantworte mir bitte meine Frage«, sagte Jung unwirsch.

»Ich mache mir Gedanken. Wenn ...«

»Was hast du vor?«, fragte Jung, aufs Höchste alarmiert.

»Wenn *du* das nicht auf die Reihe kriegst, dann muss ich das eben tun.«

Jung atmete tief durch. Er überlegte fieberhaft.

»Wo bist du jetzt?«, fragte er.

»Im Flugzeug.«

»Doch nicht etwa in einem Jet deiner Militärkumpels?«

»Nein, in einem Airbus der TAP.«

»Wohin fliegst du?«

»Ich lande in ein paar Minuten in Lissabon.«

»Vielleicht. Vielleicht auch nicht.«

»Was willst du damit sagen?«

»Dein Handy. Es kann die Flugzeugelektronik durcheinanderbringen. Das müsstest du eigentlich besser wissen als ich.«

»Bullshit. Im Notfall bringe ich die lahme Ente mit meinem kleinen Finger auf die Piste. So 'n Gerät ist vielleicht für Rentner ein Problem, aber nicht für einen Topgun.«

»Du bist Rentner, Tiny. Wie viele Jahre eigentlich schon?«

»Ich will dir mal was sagen, wenn ...«

»Vergiss es. Nimm das nächste Flugzeug nach Hamburg. Bevor du etwas unternimmst, müssen wir reden.«

»Willst du mir etwa Vorschriften machen?«

»Wir sollten uns vorher abstimmen. Das ist ein wohlgemeinter Ratschlag.«

»Okay«, sagte Tiny besänftigt. »Ich melde mich, sobald ich kann.«

»Aber privat. Hast du meine Nummer?«

»Nein.«

Jung diktierte ihm seine Handynummer.

»Hast du auch einen Festnetzanschluss?«, fragte Tiny.

»Ja. Verrate ich aber nicht.«

»Warum? Hast du Angst vor deiner Alten? Sie ist misstrauisch und zickig. Ich erinnere mich sehr gut an sie.«

»Du redest Blech, mein Guter. Ich will nicht, dass du mit ihr redest. Hast du verstanden? Es genügt, wenn ich da drinhänge. Ist das klar?«

»Ja, ja. Alles klar, Herr Oberkriminaler. Aber mit Versteckspielen fängt die Scheiße erst richtig an. Lass dir das …«

»Ich mach jetzt Schluss, Tiny«, würgte Jung ihn ab. »Tschüss. Pass auf dich auf.«

»Na gut. Ebenfalls Arschloch. Ate logo. Bis bald.«

Jung legte verärgert den Hörer auf und wandte sich wieder dem Fenster zu. Der Ausblick auf den Hafen und das dahinterliegende Ostufer besänftigte ihn nur kurz. Er spürte deutlich, wie schlechte Laune ihn erfasste und sein Gemüt verdüsterte. Nichts kam ihm ungelegener als dieser unterbelichtete Expilot. Das

Jahr ist ohnehin schon schrecklich genug, stöhnte er. Und jetzt auch noch der!

*

Mit dem Wetter hatte der Schlamassel begonnen. Schon seit Monaten war es deprimierend. April, April, der macht, was er will. Dieses Jahr hatte er gewollt, dass die Sonne wochenlang vom Himmel schien und die Menschen morgens kurzärmelig zur Arbeit gingen. Von da ab hatten Wolken, Regen und Wind das Wetter in Schleswig-Holstein bestimmt. Und es war kalt geworden. Sogar für Nordfriesen, die an schlechtes Wetter gewöhnt waren. Für sie gehörten Regenjacke und Pullover zum Sommer wie Touristen und Autoschlangen.

Jetzt war Ende September. Die Sonne stand tief, aber sie war zu sehen, obwohl eine dünne Wolkenschicht ihre Strahlen in einen fahlen Lichtschleier verwandelte. Die Temperaturen sanken nachts auf einstellige Werte, bei Sonnenaufgang bildete sich Bodennebel. Ein annehmbarer Frühherbsttag.

Drüben am Ostufer lagen die Segelboote an ihren Leinen wie gezähmte Wildtiere. Still, apathisch, leblos. Das Saisonende nahte. Bald würden die ersten von ihnen aus dem Wasser gehoben und ins Winterlager geschafft werden. Er hatte sich an den Jahresrhythmus in der Marina gewöhnt. Er liebte die Beständigkeit.

Würde sie ewig dauern? Man konnte nie wissen, was als Nächstes kam. Zum Beispiel eine Versetzung. Damit musste er als Beamter immer rechnen. Unter normalen Umständen war es nicht zu verhindern, dass er in eine andere Stadt oder sogar aufs platte Land versetzt werden konnte. Heute, nächsten Monat oder nächstes Jahr. Vor ihm war das schon vielen Kollegen passiert. Nicht, dass ihn das übermäßig beunruhigt hätte. Aber den Blick über seine Stadt, den würde er vermissen. Das wusste er schon jetzt.

*

Überhaupt bereitete ihm sein Beruf in letzter Zeit Schwierigkeiten. Er fühlte sich leer und orientierungslos. Das hatte dazu geführt, dass sein Privatleben langsam, aber sicher aus den Fugen geriet. Er war zu Hause ausgezogen. Der Entschluss war über ihn gekommen wie ein Unfall. Svenja hatte während seiner Abwesenheit die bodentiefen Fenster im Wohnzimmer umarbeiten lassen. Sie brauche Fensterbänke für ihre Blumen, für den indischen Glückselefanten und den Buddha, den ihr Maike zum Geburtstag geschenkt hatte. Auf seinen Vorwurf, warum sie vorher nicht mit ihm darüber geredet habe, hatte sie beleidigt erwidert, dass er ja nie zuhöre. Vor dem Zubettgehen bemerkte sie über die Schulter: »Du riechst, Tomi.« Es klang so, als hätte sie ihm »Du stinkst« an den Kopf geworfen.

Ihre Bemerkungen hatten ihn tief getroffen. In erster Linie, weil sie nicht stimmten. Svenja musste andere Beweggründe haben. Hatte sie einen heimlichen Liebhaber, der ihr größere Aufmerksamkeit schenkte und besser roch? Er hatte sich gefragt, wonach Svenja eigentlich selbst roch, und festgestellt, dass sie, solange er sie kannte, immer nach ihren Parfüms, ihren Salben und Lotionen gerochen hatte. Auch an diesem Abend. Svenja natur, im Biozustand sozusagen, hatte er noch nie zu riechen bekommen. Wenn es nicht schon längst zu spät ist, dann wird es höchste Zeit, hatte er gedacht.

Am nächsten Morgen war er früh aufgestanden, hatte seinen Koffer gepackt und war gegangen. Ohne Lärm, ohne Streit, einfach so, als geschähe, was schon lange in der Luft gehangen hatte, und gegen das anzugehen, völlig sinnlos gewesen wäre. Seine Kinder wussten nichts davon. Sie waren weit weg und studierten in Städten im Süden und Osten der Republik. Für sein Empfinden lebten sie in einer Welt, die sich von seiner unterschied wie Grönland von den kleinen Antillen. Er würde es ihnen irgendwann erklären müssen. Er fürchtete sich davor.

Tomas Jung war in einer Studenten-WG am Willy-Brandt-Platz untergekommen, gut 100 Schritte von der Kriminalinspektion entfernt. Er hatte zufällig erfahren, dass in dem alten, roten Backsteinhaus ein Zimmer frei war. Die Bereitschaftspolizei hatte einen Tipp bekommen und in dem Haus eine Drogenrazzia durchgeführt. Die Studenten waren auf die Wache gebracht und verhört worden. Ihnen war nichts anzulasten gewesen.

Die jungen Leute hatten ihn überrascht. Dass er Polizist war, schien sie nicht zu stören. Sein Alter auch nicht. Beides wurde niemals erwähnt. Jung war ihnen willkommen als neuer Mitbewohner mit ausreichend Geld, ohne Marotten, ruhig und unauffällig.

Sie waren zu viert. Ein Pärchen, ein Computerfreak und er. Das Pärchen, Inka und Sven, waren in erster Linie mit sich selbst beschäftigt. Sie studierten Pädagogik und Medienwissenschaft. Es gab oft Streit, mitunter auch regelrechten Krieg. Ihrer Zuneigung schien das aber keinen Abbruch zu tun.

Der Älteste von den dreien war ein Nerd. Er hieß Nils. Ein munteres, quirliges Kerlchen, der mit einem Hochleistungs-Laptop verheiratet war. Die Ehe war glücklich, das sah man dem Typen an. Seine Angeheiratete war unterhaltsam, geduldig, amüsant, gefügig, spannend, belesen, oft überraschend, immer genügsam und nur manchmal lästig. Aber damit konnte er offensichtlich sehr gut leben. Viel wichtiger war, dass sie ihn nie ermahnte, zum Friseur gehen zu müssen, dass sein Hemd in die Wäsche gehörte und er dringend eine Dusche brauchte. Von ihr kamen keine überflüssigen Kommentare, keine Sticheleien, dass es in seinem Zimmer muffelte, dass dringend sauber gemacht werden musste oder dass die Müllabfuhr dran war.

Wen störte das überhaupt? Die absolute Krönung war, dass seine Braut wenig Kosten verursachte. Ein Teil der anfallenden Verpflichtungen waren im Mietpreis inbegriffen.

Tomas Jung mochte seine Mitbewohner. Sie ließen ihn in Ruhe. Er fühlte sich in ihrer Gegenwart nie gedrängt, Konversation machen, nett sein oder Hilfe leisten zu müssen. Sie lebten ihr Leben und er das seine.

Wenn Tomas Jung überhaupt etwas an ihnen auszusetzen hatte, dann waren es die Zustände in Bad und Küche. Er goss sich hin und wieder einen Tee auf, brühte sich einen Kaffee oder stellte Joghurt und Obst in den Kühlschrank. Darüber hinaus beanspruchte er die Küche nicht. Deswegen war es ihm egal, wie es da aussah. Sein Ordnungssinn litt zwar, aber es fiel ihm nicht schwer, über das Chaos hinwegzusehen.

Anders im Bad. Seine Toilettenartikel verwahrte er in seinem Zimmer und trug sie jedes Mal ins Bad und wieder zurück. Er hatte sofort einen Toilettenreiniger, einen Abzieher für die Dusche und ein Mikrofasertuch angeschafft. Auch reinigte er die Abflüsse regelmäßig. Anfangs hatten ihn dabei Ekelgefühle befallen. Inzwischen fand er das ganz in Ordnung, sozusagen wie einen nützlichen Beitrag zum Gedeihen einer blühenden Wohngemeinschaft. Seine Mitbewohner verloren kein Wort darüber, sabotierten seine Neuerungen aber auch nicht. Eines Tages registrierte er, dass sich noch jemand nützlich gemacht hatte. Er empfand einen stillen Triumph. Für ihn war es ein wichtiger Sieg, den er ein paar Schritte weiter, im *Restaurant im alten Speicher*, allein mit sich selbst gefeiert hatte. Hier gab es die besten Steaks in Flensburg und einen Rotwein aus Apulien, der ihn jedes Mal ins Schwärmen brachte. Er verströmte die Glut und die Kraft des tiefen Südens. Wenn er Wein über seine Zunge gleiten ließ, verlor er sich gerne in Fantasien über Weinanbau. Winzer, das wäre auch etwas für ihn gewesen, träumte er dann. Rebstöcke faszinierten ihn. Die Pflanzen waren wirklich einzigartig. Jahr für Jahr holten sie Geschmack und Kraft aus einem armseligen Boden, der seit Jahrhunderten der erbarmungslosen Sonne des Mezzogiorno ausgesetzt gewesen war und längst hätte am Ende sein müssen.

*

Tomas Jung bewohnte ein karges Zimmer. Zwölf Quadratmeter auf Holzdielen, ein Tisch, ein Lehnstuhl, ein Bett, ein Schrank. Es erinnerte ihn fatal an das Zimmer, in dem er seine Jugend verbracht hatte. Nur hatte es da noch ein paar Bilder, Bücher und ein Radio gegeben. Hier nicht. Ein Provisorium. Mehr sollte es nicht sein. Seine Verletzlichkeit hatte ihn hierhergetrieben, nicht die Absicht, sich von Svenja zu trennen. Der Gedanke daran war ihm so fern wie der, sich einen Arm abzuhacken.

Insgeheim verfluchte er seine Feinfühligkeit. Sie machte Probleme. Ihm gefiel das nicht, obwohl er sich über die Jahre angewöhnt hatte, sie als ein seltenes Geschenk zu betrachten. Sie brachte ihm auch Vorteile. Gerade in seinem Beruf.

Er war Leiter des S-Kommissariats bei der Bezirkskriminalinspektion Flensburg, dem Dezernat für unaufgeklärte Kapitalverbrechen. Der Blick aus seinem Zimmer ging in den Hinterhof, nicht nach vorne, auf den Willy-Brandt-Platz und den Hafen. Der Hinterhof passt viel besser zu mir, hatte er gleich beim ersten Mal gedacht. Die Aussicht ins Dahinter war seine Sache, nicht der Glanz, mit dem sich die Menschen ins beste Licht zu setzen bemühten. Die allgegenwärtige Sucht nach Glamour und Glanz war für Jung Ausdruck eines Mangels, eines verzweifelten Bettelns um Aufmerksamkeit, die vielleicht irgendwann zuvor hätte gestillt werden können, aber nie gestillt worden war und die in Zukunft auch nie gestillt werden würde. No chance. Absolutely no chance. So sah Tomas Jung das.

HOLTGREVE

Ein Klopfen an der Tür riss ihn aus seinen Gedanken.

»Ja«, sagte er laut und drehte sich um.

Holtgreve betrat den Raum. Es war noch nicht lange her, dass Jung ihm lieber aus dem Weg gegangen war. Seinen Chef sehen oder sprechen zu müssen, hatte ihn Überwindung gekostet. Ihr Verhältnis hatte sich aber nach der Attacke eines Seemanns auf Jung radikal verändert.* Jung hatte den Mann des Mordes an einer Kadettin beschuldigt. Daraufhin hatte der sich mit einem Fischmesser auf ihn gestürzt. Jung war dem Tod gerade noch einmal von der Schippe gesprungen. Seitdem duzte er sich mit seinem Chef. In der Folgezeit hatte Holtgreve sich ungewohnt kooperativ und hilfsbereit gezeigt.

Jung begrüßte ihn freundlich.

»Moin, Henning. Komm rein und setz dich.«

Diese Aufforderung hätte ein Besucher von außerhalb mit Sicherheit als Zumutung empfunden. Jungs Büro glich einer Zelle, allerdings einer geräumigen Zelle. In den Augen seiner Frau war das Ambiente schäbig. Sie hatte ihn des Öfteren gefragt, wie er es aushielte, so zu arbeiten. Ein Aktenschrank, ein Aktenbock, ein Bürosessel mit verstellbarer Sitz- und Rückenlehne und ein Besucherstuhl waren neben dem Schreibtisch die ein-

---

* s. »Mordsee«

zigen Möbelstücke in Jungs Büro. Die spärliche und in vielen Jahren abgenutzte Möblierung ließ den Arbeitsraum leer und karg erscheinen. Es hätte nicht gepasst, Bilderschmuck oder andere dekorative Elemente darin unterzubringen. Früher hatte Jung sich über die armselige Ausstattung aufgeregt, heute schätzte er es, sich ohne Ablenkung auf seine Arbeit konzentrieren zu können.

»Moin, Tomas. Ich hab nicht viel Zeit. Gleich ist Lagebesprechung. Du weißt schon. Ich …«

»Was kann ich für dich tun?«, kürzte Jung die Prozedur ab.

»Ich möchte dich bitten, mit Kopper-Carlson Kontakt aufzunehmen.«

*

Kopper-Carlson! Gütiger Gott! Der auch noch, fluchte Tomas Jung lautlos. Kopper war ein Fall für sich. Mittelgroß, hager, rotblond. Er gab sich betont ruhig und besonnen und trat in der Inspektion auf als der konservative Hanseat mit einer Vorliebe für britisches Understatement. Zu diesem Zweck hatte er sich einen Gentleman-Schnauzer wachsen lassen und stellte seine Armbanduhr 20 Minuten nach. Er las in jeder freien Minute renommierte deutsche und englische Zeitungen. Es fehlte nur noch, dass er Pfeife geraucht hätte, um das Bild des überlegenen, coolen Ermittlers so perfekt rüberzubringen, dass es zu seiner eigenen Karikatur getaugt hätte. Stattdessen löffelte er Joghurt, trank Tee aus großen Bechern, pellte Bananen und kaute geräuschvoll seine mitgebrachten Äpfel. Er haderte mit der Welt, in der ihm noch nie jemand begegnet war, der in der Lage gewesen wäre, seine wahre Klasse zu erkennen und ihm die verdiente Hochachtung entgegenzubringen. Das hatte dazu geführt, dass er seine Schrullen pflegte, weil sie ihm Aufmerksamkeit zu verschaffen versprachen. Letztlich hatten sie ihm aber nur den Spitznamen »Die Diva« eingebracht. Er spielte Tennis. Da lachte er manchmal, und wenn er mit seinen dünnen, o-beinigen Stelzen auf den Platz schlurfte, dann konnte man einen Eindruck davon gewinnen, welch verträglicher, munterer Knabe er einstmals gewesen sein musste.

∗

»Den Kopper? Den von den Zentralen Diensten?«, vergewisserte sich Jung seufzend.

»Genau den. Er arbeitet gerade an einigen mysteriösen Vermisstenanzeigen. Ich möchte, dass du dir das mal ansiehst.«

»Bin ich jetzt dein Mann für alle Fälle, oder was?«, frozelte Thomas

Sie lachten.

Sein Chef wiederholte: »Sieh es dir einfach mal an. Ich will deine Meinung dazu hören.« Er war schon fast aus der Tür, als Jung noch einmal nachhakte:

»Gibt es daran etwas Besonderes? Soll ich auf irgendetwas achten?«

»Sieh es dir einfach an, okay? Ich muss los. Wir sprechen nachher darüber. Gehen wir zusammen mittagessen?«

»Gerne. In die *Walzenmühle*?« Tomas dachte an sein klägliches Frühstück.

»Geht in Ordnung. Reservier uns einen Tisch, an dem wir ungestört reden können.«

»Okay, mach ich. Bis dann.«

»Bis dann, Tomas.«

Holtgreve rauschte aus dem Zimmer und ließ Jung ratlos zurück. Was erwartete ihn? Sein letzter Fall hatte ihn nach Sylt geführt.[*] Eine vermisste Frau wurde gesucht und war gefunden worden. Zusammen mit seiner jungen Kollegin Charlotte Bakkens hatte er den Fall innerhalb einer knappen Woche aufgeklärt. Für ihre Schnelligkeit und Geräuschlosigkeit waren sie an höchster Stelle gelobt worden. Hatte Holtgreves Besuch damit zu tun? Egal. Es schien ihm wichtig zu sein und Jung beeilte sich, seiner Anweisung zu folgen.

*

Die Suche nach Kopper dauerte. In seinem Büro war er nicht zu finden. Schließlich erwischte Jung ihn in der Kantine beim zweiten Frühstück.

---

[*] s. »Inselroulette«

»Moin, Herr Kollege«, begrüßte er Kopper-Carlson. »Darf ich mich zu Ihnen setzen?«

»Moin. Machen Sie, was Sie wollen, aber machen Sie keinen Stress.«

»Haben Sie Stress?« Jung setzte sich und lächelte ihn provozierend an.

»Mehr als mir guttut. Was gibt's denn? Holtgreve hat Sie geschickt, nicht wahr?«, fragte der Kollege, als erwarte er gar keine Antwort. »Schämen Sie sich eigentlich gar nicht?«

»Nein«, antwortete Jung trocken.

»Na klar. Sie sind ja sein Spezi.«

»Spezi? Wie kommen Sie darauf?«

»Das weiß doch jeder. Er duzt Sie. Eine äußerst zweifelhafte Ehre.«

»Womit haben Sie Stress, Kopper?«, versuchte Jung, dem Geplänkel ein Ende zu machen.

Kopper zog eine missmutige Grimasse. »Er nervt. Wie immer. Er rückt ja nie mit der Sprache heraus, unser Herr Chef. Was will er?«

»Sie bearbeiten Vermisstenfälle, ist das richtig?«, fragte Jung sachlich.

»Ja.«

»Holtgreve will, dass ich mich in der Sache schlaumache.«

»So, will er das! Ich glaube eher, dass er mich kontrollieren will.«

»Ich glaube, er möchte, dass wir vorankommen.«

Jung bemühte sich um Zurückhaltung. Er wollte etwas hören und wissen und nicht einem grantigen Kauz klarmachen, wie albern sein Gerede eigentlich war.

»Es dauert ihm zu lange. Er hat keinen blassen Schimmer, wie immer.«

»Das erwähnten Sie bereits. Nur hätte ich gerne gewusst, wovon er keinen Schimmer hat.«

»Die Fälle scheinen auf den ersten Blick nichts miteinander zu tun zu haben, aber im Detail gibt es doch merkwürdige Auffälligkeiten«, ließ Kopper sich herab, seine Frage zu beantworten.

»Im Detail? Wie darf ich das verstehen, Herr Kollege?«

»Uns liegen Vermisstenanzeigen mehrerer Personen vor. Aus den letzten Wochen. Bis heute ist keiner von ihnen wieder aufgetaucht. Weder tot noch lebendig. Zwischen ihnen besteht keine Verbindung, außer dass sie allesamt zum letzten Mal vom Bahnhof Niebüll ein Lebenszeichen von sich gegeben haben. Um ganz genau zu sein: Sie haben telefoniert. Das war's denn auch schon. Schluss, aus, vorbei.«

»Mit wem haben sie telefoniert?«

»Mit Angehörigen.«

»Und auf Sylt sind sie nicht angekommen. Oder besser gesagt, keiner hat sie danach mehr gesehen oder gehört. Richtig?«

»Richtig. Wir haben natürlich nach Augenzeugen gesucht.« Kopper lachte höhnisch.

»Deren Aussagen widersprachen sich. Nichts Verlässliches. Mit anderen Worten, wertloser Schrott«, sagte Jung.

»Genau. Sie haben es erfasst, Herr Kollege. Ich wusste gar nicht, wie messerscharf Sie kombinieren können.«

»Haben die vermissten Personen auf Sylt gearbeitet?«, ignorierte Jung Koppers überflüssige Bemerkung. »Waren sie Touristen, Urlauber, Ferienhausbesitzer oder sonst was?«

»Von allem etwas. Es gibt keine spezifischen Gemeinsamkeiten, weder was den sozialen noch was den berufsmäßigen Status anbelangt.«

»Und den geschlechtsmäßigen?«, fragte Jung harmlos.

»Völlig unspezifisch. Mann, Frau, drei Ältere, ein Junger. Vielleicht waren sie ja verkappte Homosexuelle, Lesben, Transsexuelle, Asexuelle, Intersexuelle, Pädophile. Details dieser Art sind wir noch nicht auf den Grund gegangen. Könnte sein, dass …«

»Also quer durch die Bevölkerung«, kürzte Jung Kopper-Carlsons Aufzählung ab.

»Genau.«

»Was habt ihr noch herausgefunden?«

»Nichts.«

»Nichts? Das ist wenig. Da könnte man durchaus auf die Idee kommen …«

»Hören Sie, Jung«, schnitt Kopper-Carlson ihm das Wort ab, »Sie sind offensichtlich ein ganz genialer Knabe mit außerirdischen Fähigkeiten, aber als normaler Kriminalbeamter …«

»Lassen wir das, Kopper. Ich will die Akten. Sofort. Mein Genie braucht Futter.«

»Ungern. Ich bin gerade dabei …«

»Ich hetze Ihnen den Chef auf den Hals«, unterbrach ihn Jung brutal. »Sie wissen doch, ich bin sein Spezi. Wenn Sie also …«

»Okay, okay. Werden Sie doch nicht gleich komisch. Sie kriegen ja, was Sie wollen. Morgen. Heute geht nichts mehr.«

»Ich warte, bis Sie hier fertig sind. Und dann …« Jung machte eine unmissverständliche Handbewegung und lächelte sein Gegenüber honigsüß an.

Kopper-Carlson erstarrte in empörtem Schweigen. Schließlich erhob er sich und marschierte wortlos zum Ausgang. Jung folgte ihm und grinste still vor sich hin.

*

Den Rest des Vormittags verbrachte Jung mit dem Studium der Akten. Insgesamt waren es vier Ordner. Die Tatsache, dass Niebüll der Ort ihres letzten Lebenszeichens vor der Weiterreise nach Sylt war, sprang ins Auge. Insofern war nachvollziehbar, dass Kopper-Carlson genau an dieser Stelle angesetzt hatte. Seine Bemühungen, Augenzeugen aufzutreiben, waren umfassend gewesen. Das musste Jung anerkennend einräumen. Alles in allem waren die Ergebnisse jedoch enttäuschend. Allein ein einziges Detail schien bedeutsam. In allen Fällen war das Zugpersonal dasselbe gewesen. Kopper-Carlson hatte die Zugbegleiter ordentlich in die Mangel genommen und ihr Leben akribisch durchleuchtet. Aber er konnte ihnen keine Verbindung zu den Vermissten nachweisen. Sie konnten sich an die Vermissten nicht einmal erinnern. Nach Aktenlage waren sie ihnen also absolut fremd. Das Ganze war ein einziges großes Rätsel.

Jung dachte darüber nach, wo sie suchen mussten, um einen neuen Ansatzpunkt zu finden. Irgendwo musste er sein. Das war so sicher wie das Amen in der Kirche. Er stellte sein Grübeln nach kurzer Zeit ein. Holtgreve hatte ein Interesse gezeigt, das er sonst nicht an den Tag zu legen pflegte. Er musste Gründe dafür haben. Sicherlich war es klüger, das Gespräch beim Mittagessen abzuwarten. Holtgreve würde sich erklären. Jung war sich darin ziemlich sicher, obwohl ihr Vertrauensverhältnis noch nicht so lange währte, als dass er sich blind auf seinen Chef verlassen hätte. Vielleicht hatte er nach ihrer Unterredung Informationen, die ihm halfen, in die richtige Richtung zu denken.

MITTAGESSEN

Jung sah auf die Uhr. Nur noch ein paar Minuten bis
Mittag. Tiny müsste schon längst gelandet und auf dem
Weg an die Algarve sein. Hoffentlich hielt er sich an die
Absprache und machte keinen Blödsinn. Ihm war alles
zuzutrauen. Manchmal sogar verblüffend Schlaues.
Aber bitte nicht jetzt, seufzte Jung. Berechenbarkeit
war ihm lieber. Der Kerl ging ihm auf den Geist. Er
passte ihm absolut nicht in den Kram. Was mach ich
mit ihm, wenn er hier antanzt?, fragte er sich.

Jung nahm seine alte Lederjacke vom Haken und
stieg das Treppenhaus hoch in den obersten Stock. Die
Tür zu Holtgreves Bürosuite stand wie immer offen.
Als er Jung auf dem Flur hörte, rief er ihn zu sich herein. Jung hatte stets das Gefühl, als hocke sein Chef
den ganzen Tag mit gespitzten Ohren hinter seinem
Schreibtisch, um auch ja nichts zu verpassen, nicht
einmal das flüchtige Rascheln einer imaginären Maus
in den Wänden des alten Gemäuers. Früher hatte ihn
das gestört, jetzt nicht mehr. Holtgreve las in einem
Papier, das er, die Ellenbogen auf die Schreibunterlage
gestützt, vor sich in den Händen hielt.

»Ich bin gleich so weit. Sekunde«, murmelte er, ohne
aufzusehen.

Das Büro war etwas größer als die Büroräume auf

den unteren Fluren. Das Mobiliar unterschied sich nicht von dem der anderen. Etwas neuer vielleicht, nicht so abgenutzt wie beim Volk unter ihm. Holtgreve umgab sich nicht mit Protz und Prunk. Jung hatte das auch früher schon registriert, aber nie bewertet. Heute buchte er die ausgestellte Bescheidenheit auf das Pluskonto des Leitenden.

»Okay. Ich bin so weit. Gehen wir«, meldete sich Holtgreve, erhob sich und griff seinen Mantel von der Garderobe. Er hatte es eilig. Jung folgte ihm wortlos.

Die *Walzenmühle* lag in Flensburgs Neustadt. Der Stadtteil begann am Nordertor, dem historischen Wahrzeichen Flensburgs. Nordwärts, rechts und links der Apenrader Straße, erstreckten sich ein paar Straßenzüge mit Mietskasernen aus dem Anfang des letzten Jahrhunderts. Das Gewerbegebiet entlang der Förde gehörte ebenfalls zur Neustadt. Früher gab es dort einen großen Schlachthof mit Restaurant. Heute lagen noch die Werft der Flensburger Schiffbau-Gesellschaft und die Stadtwerke auf dem Areal. Die Neustadt galt lange als der Hinterhof der Stadt, in dem sich Türken angesiedelt und ihre Basare und Teestuben aufgemacht hatten. Seit geraumer Zeit entwickelte sich das Viertel zu einer lebendigen Multi-Kulti-Gemeinde, die bereits die Große Straße südlich des Nordertors erfasst hatte. Die *Walzenmühle* war vor einigen Jahren entkernt und in ein Dienstleistungszentrum umgewandelt worden. Im Erdgeschoss hatte das Weinkontor Roberto Gavin Platz gefunden. Ein Bistro wurde dem Kontor angegliedert.

Sie hatten es nicht weit. Holtgreve war gut zu Fuß und Jung hatte Mühe, ihm zu folgen. Er war kurz davor, ihn zu bitten, etwas langsamer zu gehen. An eine Unterhaltung war nicht zu denken. Nach einer knappen Viertelstunde saßen sie an ihrem Tisch und studierten die Speisekarte.

»Du hast es aber mächtig eilig, Henning«, bemerkte Jung nach einer Verschnaufpause.

»Ja, entschuldige. Mir geht so viel durch den Kopf. Ich muss höllisch aufpassen. Die Lage ist prekär.«

»Prekär?«, fragte Jung erstaunt. »Darf ich fragen, warum?«

»Ich komme gleich dazu. Lass uns zuerst bestellen.«

Holtgreve winkte der Bedienung. Er entschied sich für Tagliatelle in Rotweinsauce mit Paprika und gebratenem Schweinefilet. Jung nahm Muschelnudeln in Proseccorahm mit Scampi und Zucchini.

»Was wünschen die Herren zu trinken?«, fragte die Bedienung.

»Mach du das, Tomas. Du bist doch der ›King of wines‹.«

Woher hat er das denn, dachte Jung und studierte angestrengt die Karte.

»Wir nehmen eine Flasche Primitivo aus dem Mezzogiorno«, entschied er schließlich. »Er passt zu den Tagliatellen.«

»Gute Wahl, mein Herr.« Die Bedienung deutete eine Verbeugung an und ließ sie allein.

»Du wolltest mir etwas erklären, Henning«, leitete Tomas Jung das Gespräch ein.

»Richtig.« Holtgreve hielt inne und schien im Zweifel, wie er fortfahren sollte.

»Hat es etwas mit den Vermissten zu tun, um die ich mich kümmern sollte?«, half Jung ihm auf die Sprünge.

»Genau. Es gibt da eine Besonderheit, die mir Kopfzerbrechen macht. Es könnte eine Menge davon abhängen, wie wir mit der Sache umgehen. Eine delikate Angelegenheit, Tomas. Höchste Alarmstufe.«

Jung wusste mit den ominösen Andeutungen seines Chefs nichts anzufangen und schwieg. Schließlich schien Holtgreve gefunden zu haben, wonach er gesucht hatte.

»Kennst du eigentlich einen von den Vermissten? Hast du ihre Namen schon einmal gehört oder von ihnen in der Zeitung gelesen?«

»Nein? Sollte ich?« versetzte Jung.

»Der Letzte auf der Liste ist der Sohn eines einflussreichen Mannes. Er war Vorstand eines, nach eigenem Selbstverständnis, mächtigen Geldinstitutes. Ich würde eher sagen, eines von regionaler Bedeutung. Trotzdem ein Mann mit Beziehungen«, sagte Holtgreve mit einer Mischung aus Respekt und Herablassung.

»Wer? Der Vater oder der Sohn?«

»Der Vater.« Holtgreve schwieg und sah Jung in die

Augen. Jung las darin die Erwartung, dass er die richtigen Fragen stellte.

»Der Letzte auf der Liste heißt Jens Eilers«, bemerkte Jung. »Der Name sagt mir nichts. Von dem Vater habe ich auch noch nie gehört.«

»Liest du nicht das *Tageblatt*? Dann müsstest du Jan Eilers, den Vater, eigentlich in guter Erinnerung haben. Oder besser, in schlechter.«

»Ich lese keine Tageszeitung«, stellte Jung fest und kam sich blöd vor.

»Er war vor langer Zeit mal das Hätscheltierchen des Chefredakteurs. Dann hat er sich verdächtig gemacht und wurde der Buhmann. Jede Menge vor Moral und Selbstgerechtigkeit triefende Leitartikel. Ekelerregend.«

»Du sagtest, er *war* Vorstand«, kam Jung zurück zum Thema. »Was ist er denn jetzt?«

»Er ist Anlageberater.«

»Für Leute mit zu viel Geld.«

»Für Geldanleger«, erwiderte Holtgreve sachlich. »Er ist auch der Geschäftsführer einer Wohnungsbaugesellschaft.«

»Aha. Welche Rechtsform?«, forschte Jung süffisant.

»GmbH & Co. KG. Sie heißt ›Team Futuro‹.«

»Und er ist auch Kommanditist, oder?«

Holtgreve nickte bestätigend. »Er hält die Mehrheitsanteile.«

»Aha, perfekt. Warum ist er eigentlich kein Banker mehr?«

»Er passte nicht mehr in die Landschaft. Das ist eine lange Geschichte. Ich will das an dieser Stelle nicht vertiefen. Nur so viel: Ihm wurde nahegelegt, sich zurückzuziehen. Die Argumente müssen ausgereicht haben, dass er dem freundlichen Verlangen seines Aufsichtsrates widerstandslos gefolgt ist. Jedenfalls drang nichts Gegenteiliges nach draußen.«

»Sie reichten aber nicht aus, ihn in den Knast zu bringen«, folgerte Jung.

»Ich nehme an, er wusste zu viel. Er hätte den einen oder anderen mitgenommen. Über die Namen hätten wir uns sicherlich gewundert. Wenn diese Leute ins Straucheln kommen, kennen sie kein Pardon.«

Jung überkam die Lust weiterzufragen. Er hielt sich aber zurück und sagte: »Es geht um seinen Sohn. Reden wir über ihn.«

»Genau das ist das Problem. Wenn wir über den Sohn reden, müssen wir auch über den Vater reden. Er ...«

»Wieso das denn?«, fiel Jung ihm ins Wort. »Ist der auch verschwunden?«

»Nein, nein«, winkte Holtgreve ab. »Aber Eilers senior versucht, Einfluss auf die Ermittlungen zu nehmen. Über den Innenminister, den Polizeipräsidenten, den Generalstaatsanwalt. Ich bin der Letzte in der Kette. Bei mir landet die Arbeit. Verstehst du?«

»Nicht so ganz. Er war einmal mächtig, mag sein. Aber heute ist er einer von vielen. Im Übrigen ist es ganz egal, was er war oder was er ist. Alle Versuche, Einfluss zu nehmen, müssen zurückgewiesen werden. Oder sehe ich das etwa falsch?«

»Nein. Natürlich hast du recht. Dennoch …«

»Ich verstehe. Man muss Rücksicht nehmen. An höherer Stelle, nicht wahr?«, höhnte Jung.

»Ich selbst weiß nichts Genaues. Aber es gibt Gerüchte. Es werden üble Geschichten über ihn erzählt. Er soll schon als Student in Kiel …«

Holtgreve unterbrach seine Rede, weil die Bedienung mit der Flasche an ihren Tisch trat und einen Probeschluck einschenkte.

»In Ordnung, danke«, nickte Jung dem Mann zu und wartete, bis er außer Hörweite war. Dann wandte er sich wieder seinem Chef zu.

»Mein Gott, Henning. Das kennen wir doch zur Genüge. Gerüchte, Intrigen, Neider, üble Nachrede und so weiter und so fort. Alles Gelaber, nichts als Getuschel und Gemauschel.« Jung schüttelte angewidert den Kopf.

Holtgreve hatte gerade nach seinem Weinglas gegriffen und setzte es wieder ab, als hätte ihn ein Insekt gestochen. Er sah Jung intensiv an. Dann sagte er mit Nachdruck: »Dieses ›Gelaber‹, wie du es auszudrücken beliebst, bewegt das Wohl und Wehe der ganzen Menschheit. Darüber solltest du dir mal Gedanken machen, mein Lieber, anstatt den Gutmenschen und Besserwisser raushängen zu lassen.«

Jetzt stellte auch Jung sein Weinglas ab. Er fühlte sich bis ins Mark getroffen. Ein ungewohntes Gefühlskonglomerat machte sich in ihm breit: Wut, Angst und Trotz, begleitet von einer Art Respekt. Noch nie zuvor hatte er Holtgreve gegenüber ähnlich empfunden. Nur mühsam behielt er seinen Gleichmut bei. Holtgreve nahm einen langen Schluck.

»Was hat Eilers senior denn tatsächlich unternommen? Was hast du damit zu tun?«, nahm Jung scheinbar ungerührt das Gespräch wieder auf.

»Er hat den Generalstaatsanwalt und den Polizeipräsidenten ersucht, ihn über den Fortgang der Ermittlungen auf dem Laufenden zu halten.«

»Sein Sohn ist verschwunden. Da ist der Wunsch verständlich«, warf Jung ohne Überzeugung ein.

»Aber nach Gesetz und Recht nicht statthaft. Das hast du bereits richtig angemerkt. Er hat keinen Anspruch auf Extrawürste. Er könnte die Ermittlungen beeinflussen, im schlimmsten Fall torpedieren. Mit ziemlicher Sicherheit aber komplizieren. Das weißt du so gut wie ich.«

»Okay. Meinetwegen. So könnte es sein, muss aber nicht. Ich sehe da nicht unbedingt eine Zwangsläufigkeit.«

»Du kennst die Kreise nicht, in denen die sich bewegen, Tomas.«

»Mag sein. Aber ist das ein Grund, die höchste Alarmstufe auszurufen? Wo ist das wahre Problem?«

»Dass Eilers an allerhöchster Stelle Gehör gefunden hat. Gegen die üblichen Regeln, um das noch einmal zu betonen. Und genau das ist das Problem. Das lässt auf nichts Gutes schließen. Auf gar nichts Gutes«, sagte Holtgreve beschwörend. »Der Polizeipräsident hat mich in Kenntnis gesetzt.«

»Er bindet dich ein, Henning. Korrekt von ihm, könnte man sagen.«

»Tomas, ich bitte dich. Sei doch nicht so furchtbar naiv. Wenn der Polizeipräsident mich anruft, dann will er was von mir. Dann hat er ein Problem. Und ich anschließend auch. Er sagt mir durch die Blume, ich soll ihm helfen, sein Problem aus der Welt zu schaffen. Vielleicht hat er sogar mehrere. Hier geht es nicht um Belanglosigkeiten. Das rieche ich. Ich habe das schon zu oft erlebt.«

Tomas Jung hatte Mühe, ruhig zu bleiben. Er war es leid, sich einen Gutmenschen, einen Besserwisser oder naiv nennen zu lassen. Sogar Charlotte bezichtigte ihn einer sauren Moral und nannte ihn altmodischen Tugendbold. Svenja tutete ins gleiche Horn und haute ihm den ganzen Kram noch einmal um die Ohren. Auf welchem Thron saßen sie eigentlich, dass sie sich das erlauben durften? Reichte es, Vorgesetzter oder Frau zu sein? Er war Polizist, ›Ordnungshüter‹ war ein anderer Name für das, wofür er bezahlt wurde. Holtgreve übrigens auch. Recht und Gesetz durchzusetzen und zu schützen, war ihr Beruf. Was war daran altmodisch? Gewaltenteilung, Beweisbarkeit, Schutz vor Übergriffen, Unschuldsvermutung, Nichteinmischung, Verschwiegenheit und so weiter und so fort. Das waren, neben vielen anderen, Eckpfeiler dieser Ordnung, Werte, auf die sich die Gesellschaft in Deutschland verständigt hatte und an die er glaubte. Aus Überzeugung. Er spürte ein großes Verlangen, das lauthals in die Welt zu brüllen. Tomas Jung schwieg verbissen.

Holtgreve griff zu seinem Glas. Jung machte es ihm nach. Die anderen waren einfach schlauer, dachte er, während er einen zweiten Schluck nahm. Holtgreve war Inspektionschef geworden, nicht er. Und Frauen waren unangreifbar, solange sie ihre soziale Kompetenz ausspielten. Sie hatten eine feine Witterung dafür, wo sozialer Abstieg drohte, Gefahr für Leib und Leben bestand, vor allem von Kindern, oder überflüssige Opfer gebracht werden sollten. Jung setzte langsam sein Glas zurück.

»Was hat er für ein Problem?«, fragte er mit gespielter Gleichgültigkeit.

»Das hat er natürlich nicht explizit gesagt. Aber …«

»Natürlich? Ich finde das nicht natürlich. Ich finde das verlogen«, giftete Jung.

»Natürlich oder verlogen, das ist doch völlig wurscht, Tomas. Er hat Angst vor der Öffentlichkeit. Das spüre ich. Presse und Medien sollen unter allen Umständen außen vor bleiben. Keine Schlagzeilen, keine Homestory, keine Interviews, keine Fotografen vor der Haustür. Was nicht in den Medien erscheint, existiert auch nicht. Verstehst du?«

»Wie will er das bewerkstelligen? Wir leben nicht ...«

Jung brach ab, weil der Kellner das Essen brachte. Sie hoben ihre Gläser und wünschten sich guten Appetit. Dann machten sie sich über ihre Teller her. Schon nach wenigen Bissen kam Holtgreve zurück zur Sache.

»Der Präsident will, dass du die Sache in die Hand nimmst. Er besteht darauf«, erklärte er mit Nachdruck.

»Ich?«, reagierte Jung erstaunt. »Ich bin Leiter des S-Kommissariats bei der Bezirkskriminalinspektion Flensburg, Henning. Ich bearbeite unaufgeklärte Kapitalverbrechen, nicht Vermisstenanzeigen. Weiß er das?«

»Oh ja. Das weiß er ganz genau. Er hat aber darauf verwiesen, dass du durchaus zuständig sein könntest. Er ist nicht dumm. Er ...«

»Das weiß ich, Henning. Er wäre sonst nicht da, wo er ist«, warf Jung ein.

»Er ist listig, Tomas. Das solltest du dir gut merken.«

»Okay, okay. Ich weiß. Aber warum ich?«

»Die Fälle sind nicht abgeschlossen. Also unaufgeklärt. Keiner weiß, was passiert ist. Verbrechen drängen sich als Erklärung geradezu auf. Da hat er einfach recht. Das musst du zugeben, Tomas.«

Holtgreve kaute schweigend und sah Jung durchdringend an.

»Am Anfang ist immer alles unaufgeklärt«, sagte Jung lahm. »Das kann nicht der Punkt sein. Es gibt ein paar Menschen, die sich verdünnisiert haben. Nichts deutet bislang darauf hin, dass sie einem Verbrechen zum Opfer gefallen sind. Vielleicht haben sie keine Lust mehr auf unsere Gesellschaft. Einer von ihnen ist der Sohn eines abgehalfterten Bankvorstandes. Wenn an den Gerüchten etwas dran ist, dann braucht der Junior vielleicht mal 'ne Erholungspause von dem Alten. Darauf würde ich zuerst tippen.«

Holtgreve lachte gequält.

»Tomas, ich bitte dich, reg dich nicht auf. Ihr habt die volle Unterstützung und das uneingeschränkte ...«

»Ihr?«, ging Jung dazwischen. Seine mühsam bewahrte Beherrschung begann zu bröckeln. »Wer ist *das* denn? Das wird ja immer abenteuerlicher, Henning.« Jung stocherte fahrig in seinen Nudeln herum. Er ahnte Schlimmes. Ihm begann der Appetit zu vergehen.

»Lass mich bitte ausreden, Tomas. Ich mach es kurz. Du und die Kollegin Bakkens seid oben positiv aufgefallen. Sehr positiv. Den letzten Fall habt ihr geräuschlos und vor allem beeindruckend schnell abgewickelt. Der Auftritt der Kollegin Bakkens vor den Medien hat den Präsidenten begeistert. Das war eine brillante Idee von dir, mein Lieber. Cool, professionell, attraktiv. Beste Werbung für die Polizei. So seine eigenen Worte. Wenn ihr die vorliegende Angelegenheit ebenso erledigt, dann seid ihr oben angekommen, Tomas. Dann stehen euch alle Türen offen. Glaub mir, ich weiß, wovon ich rede.«

Jung starrte Holtgreve entgeistert an.

»Bevor ich durch irgendeine Tür gehe, habe ich aber die totale Arschkarte. Überleg doch mal, Henning. Kopper-Carlson ist schon eine Ewigkeit an der Sache dran. Er hat …«

»Eilers junior steht erst seit ein paar Tagen auf der Liste«, unterbrach ihn Holtgreve. »Kopper-Carlson kann also noch gar nicht richtig losgelegt haben.«

»Er war fleißig«, ließ Jung sich nicht beirren. »Seine Ermittlungen sind akribisch und umfassend. Ich habe die Akten gelesen. Und jetzt soll ich den ganzen Kram in Nullkommanichts in die Archive bugsieren.« Tomas Jung lachte grimmig. »Daran kannst du nicht ernsthaft glauben.«

»Kriminaldirektor Tomas Jung zusammen mit Kriminaloberkommissarin Charlotte Bakkens. Doch, Tomas. Ich …«

»In spe, Henning, in spe. Wenn überhaupt. Was ist, wenn …«

»Tomas, reg dich ab«, beschwor ihn Holtgreve. »An deiner Stelle …«

»Du bist nicht an meiner Stelle, Henning. Du bist …«

»Der Präsident hat sie bereits informiert«, machte Holtgreve dem Wortgefecht ein Ende. »Sie ist auf dem Weg zu uns.«

»Was? Er hat sie …«

Jung brach abrupt ab. Ihm wurde klar, dass die Würfel längst gefallen waren. Die Beamtenmaschinerie war angesprungen und nahm ihren Lauf. Die Probleme waren von oben nach unten bis auf die Arbeitsebene durchgereicht worden. Und da würden sie unweigerlich mit den alltäglichen Notwendigkeiten kollidieren. Krawumm! Und das Desaster begann. Nur ein Weltuntergang, ein Krieg oder Krankheit würden daran etwas ändern können. Die beiden ersten waren nicht in Sicht und krank wollte Jung nicht werden. Aus diesen Gründen schon gar nicht. Aber welche Motive bewegten die Leute an den Schalthebeln, das absehbare Kuddelmuddel zuzulassen? Welche Gründe könnte es überhaupt dafür geben? Vielleicht überschätzte er seine Vorgesetzten einfach.

Holtgreve schien in Jungs Gesicht zu lesen, was ihn bewegte. Er redete begütigend auf ihn ein.

»Der Präsident hat seinen Einfluss geltend gemacht und dafür gesorgt, dass ihr zu jeder Zeit und zu jedem Thema mit Eilers reden könnt. Auch mit seiner Frau. Ihr habt exklusiven Zutritt zu den beiden. Das war die Bedingung für seine Zugeständnisse. Soviel ich weiß, sind sie alte Freunde.«

»Auch das noch«, stöhnte Jung.

»Das kann durchaus von Vorteil sein, Tomas. Wenn der Präsident euch persönlich auswählt, dann zeigt er damit, dass ihr sein uneingeschränktes Vertrauen genießt. Dass er mit all seinem Einfluss hinter euch steht. Verstehst du, was ich damit sagen will?«

»Sein Vertrauen. Ach du meine Güte«, brummte Jung unwillig.

»Seine Macht färbt auf euch ab. Man wird euch mit Respekt begegnen. So läuft das in den höheren Kreisen.«

Jung dämmerte, was auf ihn zukam. Er schwieg verstimmt und widmete sich seinem Essen.

Holtgreve hingegen schien erleichtert. Er aß mit sichtlichem Appetit den Rest der Tagliatelle und schloss mit einem ordentlichen Schluck Rotwein ab.

»Hervorragender Tropfen. Wie bist du auf den gekommen, Tomas?«

»Robertos Empfehlung«, antwortete Jung einsilbig. Er fühlte sich unwohl. Er ermahnte sich, höflich zu sein. Das war auf jeden Fall besser, als seinem aufkommenden Verdruss freien Lauf zu lassen.

»Nehmen wir zum Abschluss einen Espresso, Henning?«, fragte er aufgeräumt.

»Danke, Tomas. Aber ich muss los. Lass dir Zeit und denk über alles in Ruhe nach. Wir sprechen uns später.«

Holtgreve stand auf. Jung machte Anstalten, sich ebenfalls zu erheben.

»Lass stecken, Tomas. Trink deinen Kaffee. Ich zahle. Mach dir keine Sorgen. Wir kriegen das hin. Tschüss. Man sieht sich.«

»Tschüss, Henning. Bis später.«

Jung setzte sich und starrte vor sich hin. Was ist hier eigentlich los?, fragte er sich. Was machte ihn so sauer? Du musst das positiv sehen, versuchte er sich zu überzeugen. Die Anerkennung der Chefs, die Übernahme eines Falles, in dem sie sich bewähren konnten, die in Aussicht gestellte Beförderung. Andere würden darüber schier aus dem Häuschen geraten. Er nicht. Nur Charlotte versüßte ihm die Aussicht auf das heraufziehende Unheil. Die Arbeit mit ihr war immer anregend gewesen. Er konnte sogar von ihr lernen. Das war der einzige Grund sich zu freuen, neben ihrem Anblick natürlich. Sie war wirklich ein Lichtblick in dem ganzen Durcheinander.

Im selben Moment fiel ihm Tiny wieder ein. Der und seine Ängste. Er versaute alles. Sein Leben war ohnehin schon aus den Fugen. Er fühlte sich manipuliert, unter Druck gesetzt, missbraucht. Hätte ihm der Leitende nicht von Anfang an reinen Wein einschenken können? Warum musste er so tun, als stünde noch zur Diskussion, was schon längst entschieden war?

»Ihr Espresso, Signore«, sagte jemand neben ihm.

Jung fuhr auf und blickte erschrocken in das Gesicht von Roberto. Er war klein und hatte eine Halbglatze. Alles an ihm war rund und freundlich. Selbst wenn er den Mund nicht aufmachte, jeder hätte sofort erkannt, dass er Italiener war.

Jung kam gerne in sein Bistro. Er schätzte die leichte Küche. Es gab sechs Speisen auf der Karte, die wöchentlich wechselten. Nur Brot mit Dip gab es immer und gemischte Antipasti, aber die erst ab Wochenmitte. Roberto duzte seine Stammgäste und nannte sie beim Vornamen. Jung atmete auf.

»Entschuldige, ich war in Gedanken. Ich hab dich gar nicht kommen hören.«

Jung nahm die Tasse entgegen und rührte Zucker in den Kaffee.

»Ich sah dich und dachte, ich geh mal rüber«, fing Roberto an.

»Setz dich doch. Ich schätze angenehme Gesellschaft.«

»Grazie, Tomi. Gibt's Probleme?«, fragte Roberto und setzte sich Jung gegenüber an den Tisch.

»Der Job, Roberto, der Job. Kennst du das nicht?«

»Ich jage keine Kriminellen, Tomi, ich bewirte sie.«

Sie lachten. Roberto wusste, womit Tomas Jung sich herumschlug. Sie hatten sich gelegentlich darüber unterhalten.

»Weißt du eigentlich immer, wann du einen Bösewicht vor dir hast oder einen harmlosen Zeitgenossen?«, fragte Jung amüsiert.

»Du nicht?«

»Mein Chef hat mir gerade angeraten, mehr Zeitung zu lesen. Dann wüsste ich, was mir fehlt.«

Sie lachten. Jung schlürfte seinen Kaffee.

»Zeitung lesen. Mamma mia! An was hat er dabei gedacht?«, fragte Roberto mitfühlend.

»An einen gewissen Eilers. Der Name sollte mir bekannt sein. Meint er jedenfalls. Kennst du ihn?«

»Welchen? Den Senior oder den Junior?«

»Du kennst sie also.«

»Sie sind ab und zu bei mir. Wenn das heißt, dass ich sie kenne, dann ja.«

»Gehören sie zu deinen hungrigen Kriminellen oder zu den anderen?«, fragte Jung.

Roberto schmunzelte und wiegte den Kopf.

»Warum willst du das wissen? Haben sie was ausgefressen?«, fragte er zurück.

»Nein, nein. Der Junior wird vermisst. Ich soll mich darum kümmern.«

»Ach so, ich verstehe«, kommentierte Roberto nichtssagend.

»Was verstehst du? Weißt du etwas über sie?«

»Nein, nein. Jedenfalls nichts, was dir weiterhelfen könnte.«

»Was weißt du denn über sie?«, fragte Jung neugierig.

Roberto stierte auf den Tisch und schwieg.

»Ich weiß, Roberto. Du redest nicht gerne über deine Gäste. Aber in meinem Job bin ich …«

»Sie sind sehr unterschiedlich«, unterbrach ihn Roberto ernst. »Wie Tag und Nacht, como acqua e fuoco, wie Himmel und Hölle. Du weißt, was ich meine, nicht wahr?«

»Okay. Ich weiß, was du sagen willst. Aber eine Vorstellung …«

»Der Alte ist laut, crudamente e arrogante, der Junge leise, discrete e gentile. Capire?«

»Ja, schon verstanden. Aber ...«

»Reicht das nicht?«, bemühte sich Roberto, das Thema zu beenden.

»Ja. Das ist schon mal was. Aber ist dir ...«

»Möchtest du zum Abschluss una Grappa?«, fragte Roberto dazwischen.

Jung fügte sich Robertos unausgesprochenem Wunsch und brach ab.

»Hast du einen, den du mir empfehlen kannst?«, fragte er freundlich.

»Habe ich tatsächlich«, erwiderte Roberto munter. »Gerade frisch reingekommen. Aus dem Friaul. Einen Grappa Il Merlot di Nonino Monovitigno. Molto fantastico. Du wirst sehen.«

»Hoffentlich schmeckt er auch so«, lachte Jung.

»Er schmeckt auch so«, echote Roberto und erhob sich.

CHARLOTTE BAKKENS

Die *Walzenmühle* lag an der Werftstraße. Ein Stück weiter bis zur Schiffbrücke und Jung war am Hafen angekommen und auf dem halben Weg zurück zu seiner Arbeitsstätte. Er schlenderte vorbei an der Museumswerft und den restaurierten Oldtimern aus Zeiten, in denen noch Kohle auf Gaffelschonern verschifft wurde. Von hier hatte er eine ungehinderte Aussicht über den Hafen bis rüber zum Restaurant Bellevue auf dem Ostufer. Er ließ den Blick schweifen über die Marina links davon, das Hafenkontor und das hässliche Silo der Raiffeisengenossenschaft am Harniskai. Dahinter reihten sich alte Mietshäuser, manche hübsch renoviert, manche, wie die in der Kurzen Straße, abgesackt, schief und dem Abriss nahe. Den Hang hinauf, nach Jürgensby schob sich ein unübersichtliches Gewirr aus Häuschen und Häusern, die durch enge Gassen, Treppen und Wege verbunden waren. Dazwischen kleine Plätze, Bäume, Buschgruppen und Kinderspielplätze. In Richtung Hafenausgang wurde das winklige Viertel von dem Neubau des regionalen Telekom-Anbieters abgeschlossen. Darüber erhob sich St. Jürgen wie das Mahnmal für eine bessere Welt. Und stadteinwärts, oberhalb der Hafenspitze, wachten die massiven Blocks hübscher Altbauten wie eine freundliche Festung über der Stadt, wehrhaft und doch einladend. Er liebte den Anblick. Er liebte seine Stadt, gestand Jung sich ein.

Er riss sich von dem Anblick los und sah nach vorn. Er erkannte sie sofort. Unter den vielen Passanten auf der Pier stand sie weit vorne, am Liegeplatz des Salonschiffs *Alexandra*. Sie musterte den Oldtimer, eine vielbewunderte Attraktion Flensburgs. 1986 hatte der damalige Besitzer den Dampfer einem Verein geschenkt, deren Mitglieder die alte Lady nicht missen mochten. Sie hatten das Überbleibsel aus vergangenen Seefahrerzeiten vor dem Verschrotten gerettet. Seitdem ist die 1908 gebaute »Alex«, wie sie die Flensburger liebevoll nennen, der letzte seegehende Passagierdampfer Deutschlands.

Jung konnte sich nicht vorstellen, dass Charlotte großes Interesse an dem Schiff hegte. Nostalgisch angehauchte Schwärmerei hatte er noch nie an ihr festgestellt. Dazu war sie nicht der Typ. Ihre Stärken lagen woanders. Sie lebte im Jetzt, hatte einen pragmatischen Verstand und ein breitgestreutes Wissen über alles, was den Alltag der Menschen bestimmte: Gesundheit und Krankheit, Fitness und Ernährung, Computer und das Leben im Internet. Er hatte ihre Fähigkeiten schätzen gelernt, gelegentlich sogar bewundert.

Sie war nicht zu übersehen. Er hätte darauf gewettet, sie in jeder erdenklichen Verkleidung auf der Stelle wiederzuerkennen: groß, um die 1,80, sportliche, makellose

Figur, kurzer, kunstloser Haarschnitt, bis auf den dezenten Lippenstift ungeschminkt. Das letzte Mal war sie in gelbem Ölzeug bei strömendem Regen gekommen. Heute war sie gekleidet wie bei ihrem ersten Zusammentreffen: helles Sweatshirt, kurze, braune Lederjacke, Kaki-Jeans und flache Leinenschnürschuhe. Ein Rock, ein Kleid oder ein Hosenanzug wären eine Sensation gewesen. Sie sah ungeheuer gesund aus. Tomas Jung empfand so etwas Ähnliches wie Freude.

*

Sie wandte sich ab und blickte in Jungs Richtung. Sie hatte ihn genauso schnell entdeckt wie er sie. Beide setzten sich in Bewegung, als triebe sie etwas Unsichtbares an.

»Der Boss hat mir gesagt, wo ich Sie treffe«, sagte Charlotte Bakkens, als sie Tomas Jung zur Begrüßung die Hand entgegenstreckte.

»Moin, Charlotte.« Lächelnd nahm er ihre Hand. »Warum lässt du dich nicht endlich versetzen? Du hast hier öfter zu tun als in Kiel.«

»Moin, Chef. Ich denk mal drüber nach.« Sie lachten und ließen voneinander ab.

»Ihre Frau hat angerufen. Das soll ich Ihnen vom Boss ausrichten«, sagte sie bedeutungsvoll.

»Okay. Bist du schon in den neuen Fall eingeweiht?«, überging er ihre Bemerkung.

»Der Anruf schien wichtig. Sonst hätte er mir nicht aufgetragen, Sie zu informieren«, blieb Charlotte hartnäckig.

»Ich kümmere mich darum. Später.«

Charlotte fixierte ihn aufmerksam. Jung registrierte ihren skeptischen Blick.

»Weißt du, um was es in unserem neuen Fall geht?«, fragte er noch einmal.

»Im Großen und Ganzen, ja«, erwiderte sie unbeteiligt.

»Das Große und Ganze. Was ist das?«, hakte Jung nach und setzte sich langsam in Richtung Polizeiinspektion in Bewegung.

»Der Polizeipräsident wollte mich sehen. Das ist ganz was Neues. Ich war so was von nervös, Chef«, erklärte Charlotte mit gespieltem Entsetzen. Jung lachte.

»Es geht um ein paar vermisste Personen auf Sylt«, fuhr sie fort. »Wir sollen sie finden. Schnell. Das schien ihm wichtig zu sein. Was soll das? Schnell soll es doch immer gehen, oder?«

»Ansonsten nichts?«

»Er schien ein gesteigertes Interesse zu haben. Warum, weiß ich nicht.«

»Typisch«, lachte Jung.

»Wissen Sie mehr, Chef?«, fragte Charlotte unsicher.

»Nicht wirklich. Holtgreve hat einige wenige Andeutungen gemacht. Mehr nicht.«

»Andeutungen. Was für Andeutungen?«

»Wir sind oben aufgefallen, Charlotte«, lachte Jung spitzbübisch.

»Oben? Sie meinen, beim Präsidenten?«

»Bei dem Minister, dem Generalstaatsanwalt, dem Präsidenten. Ja, die da oben. Sie lieben uns, seit wir den Mordfall auf Sylt so schnell und geräuschlos begraben haben.«

»Lieben? Das kann nicht wahr sein«, amüsierte sich Charlotte.

»Der Präsident hat deinen Fernsehauftritt in den höchsten Tönen gelobt, Charlotte. Holtgreve übrigens auch.«

»Hört sich gut an. Und was weiter?«

»Sie wollen uns weiter lieben können. Das heißt, wir sollen ihnen aus der Patsche helfen.« Jung grinste in sich hinein.

»Welche Patsche? Reden Sie doch nicht so drum herum. Ich komme mir schon ganz blöd vor.«

»Lies die Akten. Dann weißt du mehr. Vielleicht kommt dir die eine oder andere Idee. Wir unterhalten uns anschließend.«

Sie waren angekommen. Die Polizeiinspektion lag schräg gegenüber. Der neben dem Eingang angeschraubte Wegweiser zu den verschiedenen Dienststellen war nach der Neuordnung der Inspektion entfernt worden. Nur der blaue Leuchtkasten war übrig geblieben. Wenn er nicht gewesen wäre, hätte man in dem Gebäude eher ein kleines, feines und teures Hotel alter Pracht vermuten können. In Paris oder anderen französischen Städten fand man sie noch, ausgestattet mit edlen Stilmöbeln und schweren Teppichen. Aber zu Flensburg hätte das nicht gepasst. So stellte sich die Frage, wozu das Gebäude früher gedient haben mochte. Es musste aus der Gründerzeit stammen, die Stilrichtung war nicht eindeutig zuzuordnen. Die Fassade war reich ornamentiert. Simse, Steinmetzarbeiten und schmiedeeiserne Geländer vor Balkonen und Austritten zierten die Vorderfront. Vor einiger Zeit hatte es einen strahlend weißen Außenanstrich erhalten. Es hob sich auch deswegen vorteilhaft von der ebenfalls dekorativen Nachbarschaft ab.

»Moin, Herr Oberrat«, begrüßte sie der wachhabende Beamte am Eingang.

»Moin, Petersen. Das ist Charlotte Bakkens, Kriminalkommissarin aus Kiel. Sie wird die nächste Zeit bei uns sein«, stellte Jung seine Begleiterin vor.

»Schön. Wenn Sie etwas brauchen sollten, Frau Kommissarin, ich bin immer für Sie da«, sagte Petersen und lächelte charmant.

»Ich werde Sie bei passender Gelegenheit daran erinnern, Hauptwachtmeister«, lächelte Charlotte zurück.

Jung setzte sich in Bewegung und Charlotte folgte ihm auf dem Fuß.

»Das Gesülze hat er sonst nicht drauf«, flüsterte Jung ihr ins Ohr.

»Bei Ihnen wäre das auch völlig unangebracht, Chef«, flüsterte sie zurück und lachte.

Jung streifte sie mit einem irritierten Blick und strebte dem Treppenhaus zu.

»Die Akten sind bei mir«, wandte er sich an sie, als sie das Stockwerk erreicht hatten, auf dem sein Büro lag. »Hast du schon einen Schreibtisch und einen PC?«

»Ja. Der Boss hat das bereits geregelt. Ich sitze unten, gleich neben Petersen. Meinen Laptop habe ich auch mitgebracht.«

»Gut. Dann komm mit.«

In seinem Zimmer händigte Jung ihr die Akten aus.

»Ich warte auf deine Ideen, Charlotte«, sagte er schmunzelnd.

»Und Sie denken an den Anruf, Chef?«, entgegnete Charlotte, während sie die Tür hinter sich schloss. Jung ließ sich seufzend in seinen Bürostuhl fallen.

*

Sie warf die Akten auf den Tisch und stellte ihre Segeltuchtasche daneben. In letzter Zeit waren ein paar findige Newcomer in der Modeszene auf die Idee gekommen, aus dem Leder alter Turngeräte, ausrangierten Armeezelten und ausgemusterten Segeln Taschen zu fertigen. Die Materialien hatten alle Strapazen der Vergangenheit überstanden. Sie waren einfach unverwüstlich. Deswegen hatte sich Charlotte für sie entschieden. Aber nicht allein deswegen. Die Taschen waren sorgfältig verarbeitet. Auf handwerkliche Qualität legte sie Wert. Nicht zuletzt schätzte sie den sportlichen Chic. Die schwarze Fünf auf der Vorderseite erinnerte sie an das Alter, in dem sie sich unwiderruflich entschieden hatte, Polizistin zu werden. Für sie war die Fünf eine geheime Botschaft, die ihr ungeahnte Kräfte verlieh. Bis zu diesem Augenblick waren sie noch nie versiegt.

Sie packte ihren Laptop aus. Smartphone und Portemonnaie ließ sie in der Tasche. Den Rest hatte sie im Auto. Für ein paar Tage außer Haus benötigte sie nicht viel. Eine kleine Reisetasche, ebenfalls aus weißem Segeltuch, genügte ihr. Den meisten Platz nahm ihre Joggingausrüstung in Anspruch. Ohne Joggen würde ihr etwas fehlen. Es gehörte zu ihrem Leben wie Essen und Trinken. Vorhin hatte sie schon eine attraktive Laufstrecke ausgekundschaftet. Die Promenade entlang um die Hafenspitze herum auf die andere Seite, hinauf auf das Steilufer – eine geeignete Treppe für eine verschärfte Härteübung würde sich da schon finden lassen – und wieder zurück zu ihrem Hotel unweit der Polizeiinspektion.

Das Hotel gefiel ihr nicht. Die genormte Plastik-Nasszelle jagte ihr Schauer über den Rücken. Sie wollte da nicht bleiben und würde sich eine neue Unterkunft suchen. Vielleicht sollte sie den Hauptwachtmeister an der Wache beim Wort nehmen.

Sie setzte sich auf den einfachen Stuhl vor ihrem Schreibtisch. Es war das einzige Sitzmöbel in ihrem Büro, wenn man den Raum überhaupt so nennen wollte. Er wirkte wie die ehemalige Arrestzelle für orientierungslose Betrunkene, festgenommene Nutten oder rabiate Randalierer. Das musste schon eine Weile her sein. Jetzt gab es neben Tisch, Stuhl und Aktenablage ein Telefon, einen PC mit Zugang zum Internet und dem Netzwerk der Polizei. Mehr brauchte sie auch nicht. Tageslicht wäre schön gewesen. Sie tröstete sich bei dem Gedanken, dass ihre Verweilzeit hier ohnehin nicht lang dauern würde. Die Suche nach den Vermissten würde sie ganz gewiss nach außerhalb führen. Sylt war nicht gerade ihr Lieblingsplatz. Aber sie hatte hier ihren ersten spektakulären Erfolg als Kriminalbeamtin gehabt. Und das versöhnte sie mit der Aussicht, wieder dort hinzumüssen.

Sie schlug die erste Akte auf. Die Vermisste, Goscha Müller, war 53 Jahre alt, eine Witwe aus Düsseldorf. Zuletzt hatte sie mit ihrer Schwester vom Bahnhof Niebüll aus telefoniert. Ihre ältere Schwester erwartete sie in ihrem Ferienhaus in Rantum. Gosche Müller hatte sie gebeten, sie vom Bahnhof in Westerland abzuholen. Sie war dort nie angekommen. Die Schwester meldete sie nach zwei Tagen als vermisst.

Der Zweite war ein Mann, Helmut Bohl, er wohnte in Berlin und war auf dem Weg in den Urlaub gewesen. Seine Frau war vorausgefahren und hatte sich im

Hotel *Stadt Hamburg* in Westerland einquartiert. Er war 55 Jahre alt. Sein Beruf als Fondsmanager hatte ihn auf dem Festland aufgehalten, sodass er erst später zu seiner Frau stoßen wollte. Von Niebüll aus hatte er seine Frau über seine Ankunft in Westerland informiert. Sie wartete vergeblich. Als sie die nächsten zwei Tage nichts von ihm hörte, ging sie zur Polizei und gab eine Vermisstenanzeige auf.

Die dritte Vermisste, Gisela Terhegen, war ebenfalls in den Fünfzigern: Eine verheiratete Frau, wohnhaft in Köln und allein unterwegs nach Sylt. Sie hatte von Niebüll aus mit dem Facilitymanager der Eigentumsanlage in Westerland telefoniert, in der sie ein Apartment hatte. Sie hatte ihn angewiesen, ihre Wohnung für einen längeren Aufenthalt herzurichten und mit dem Nötigsten zu versorgen. Im Klartext hieß das, er sollte die Betten neu beziehen und den Kühlschrank auffüllen. In der Folgezeit hatte sie nichts mehr von sich hören lassen, weder beim Hausmeister noch bei ihrem Mann. Eine Woche später hatte der Ehemann seine Frau als vermisst gemeldet.

Der Vierte, Jens Eilers, fiel durch sein Alter aus dem Rahmen. Er war Anfang 30, hatte eine führende Position als Projektmanager eines Baukonsortiums. Zur Zeit seines Verschwindens leitete er die millionenschwere Konversion eines ehemaligen Militärgeländes an der Ostsee. Er hatte sein Segelboot in List auf Sylt liegen. Seine Mutter hatte mit ihm zuletzt am Telefon gesprochen, als er in Niebüll den Zug bestieg, um ein Segelwochenende auf der Nordsee zu verbringen. Das war das letzte Lebenszeichen von ihm gewesen. Der Liegeplatz im Lister Hafen blieb leer. Seine Mutter meldete ihn am darauffolgenden Dienstag als vermisst.

Den Akten waren Fotos beigeheftet. Sie zeigten gut frisierte Köpfe und gepflegte Gesichter, wie man sie auf Anzeigen für Kreuzfahrtschiffe und Bildungsreisen nach Kappadokien fand.

Allen Fällen gemeinsam war, dass sie jeweils an einem Freitag vom Bahnhof Niebüll aus Kontakt zu ihren Angehörigen hatten und die Züge, die sie vermutlich bestiegen hatten, mit demselben Bahnpersonal unterwegs waren.

Charlotte Bakkens lehnte sich zurück. Das gibt eine Menge Arbeit, dachte sie. Zum Glück war sie frei, musste keine Rücksicht nehmen, etwa auf eine feste Beziehung oder gar eine Familie. Es hatte in der Vergangenheit den einen oder anderen Mann in ihrem Leben gegeben. Aber warum musste immer alles gleich so kompliziert werden? Warum konnte es nie dabei bleiben, ein paar unbeschwerte Stunden oder auch eine Nacht miteinander zu verbringen, Spaß zu haben und dann wieder an die Arbeit zu gehen?

Sie schüttelte den Kopf. Ideen sollte sie haben, hatte der Chef gesagt. Welche Ideen? Niebüll und das Bahnpersonal am Freitag waren allen Fällen gemeinsam. Dem Kollegen vor ihr war das natürlich sofort aufgefallen und er war diesem Aspekt zuerst hinterhergestiegen. Ohne handfestes Ergebnis. Langweilig, höchstwahrscheinlich auch nutzlos, da weiterzumachen. Was gab es noch? Das Alter der Vermissten war eine weitere Gemeinsamkeit. Bis auf eine Ausnahme gehörten sie der älteren Generation an, Menschen im besten Alter mit Geld. Sylt, teure Hotels, Ferienwohnungen ließen darauf schließen. Wahrscheinlich gab es noch mehr als das, was in den Akten festgehalten worden war. Auf Neudeutsch hießen diese Menschen »Bestager«. Der junge Typ machte da keine wirkliche Ausnahme. Er war Eigner eines Segelbootes mit Liegeplatz im Lister Hafen. Geld schienen sie also alle zu haben. Aber was hieß das schon? Man konnte daraus alle möglichen Schlüsse ziehen. Was noch?

Zuerst einmal sollte sie die Personen googeln, dachte sie. Vielleicht ergaben sich ein paar versteckte Hinweise, wo und wie sie weiterkommen konnten. Sie mussten sich den vermissten Personen nähern. Das hatte sie von Jung gelernt. Tätern und Opfern auf den Pelz zu rücken, das Innerste nach außen zu kehren, das war das Geheimnis eines erfolgreichen Ermittlers.

Sie packte ihren Laptop aus, stellte die Tasche neben den Stuhl und entriegelte die Klappe.

AN DIE ARBEIT

Sein Ärger war nach der Begegnung mit Charlotte fast verflogen. Er verspürte einen Hauch von Elan. Sie würden arbeiten und erfolgreich sein. Er warf sich vor, dass er an allem etwas auszusetzen hatte und automatisch Schwierigkeiten befürchtete. Ohne Kritik fühlte er sich einfach unwohl. Er neigte zu Pessimismus, gestand er sich ein, einem Pessimismus, der ihn zu beherrschen schien, egal, was auf ihn zukam. Warum nur? Seine Lebenserfahrung, seine berufsspezifischen Traumata, seine Skepsis gegenüber scheinbar unumstößlichen Tatsachen, reichte das als Erklärung aus? In Momenten der absoluten Stille, wenn er tief in sich hineinhorchte, vernahm er ein fernes Rauschen, ein Grauen vor den Menschen und vor dem, wozu sie fähig waren.

Erst neulich hatte im Fernsehen eine Journalistin berichtet, dass sogenannte Gotteskrieger im Irak ihre Gefangenen folterten. Sie setzten sie so lange auf Flaschen mit abgebrochenen Hälsen, bis After und Enddarm zerfetzt waren. Ihm war schlecht geworden. Er hatte sich danach eine Folge True Detective reingezogen. Er war ein Fan amerikanischer TV-Serien. The Sopranos, Dexter, The Wire und andere faszinierten ihn. Die Schauspieler waren gut, ihre Gesichter unverbraucht, echt und wirklichkeitsnah. Die Sicht auf die

Welt war seiner eigenen Sicht recht ähnlich. Danach schaltete er um auf Eurosport 1 und platzte in einen Werbespot für einen Online-Möbelversand. Am Arsch der Welt kaufe man keine Möbel ein, behauptete ein Schauspieler, der durch seine Auftritte in deutschen TV-Krimis prominent geworden war. Der Trottel lümmelte sich auf einem weißen Sofa, fingerte auf einem Tablett-PC herum und merkte gar nicht, dass er selbst schon längst im Arsch der Welt angekommen war. Jung wechselte daraufhin zu Arte, dem Bildungssender. Auf dem Kanal lief ein Erotikthriller. Endlose Szenen, in denen alte Männer an einer bewusstlos gedopten nackten Studentin herumsabberten. Das hatte gereicht. Er flüchtete sich ins Bett und verbrachte eine unruhige Nacht.

Jung schüttelte den Kopf und ließ sich in seinen Bürostuhl sinken, das einzige luxuriöse Möbelstück in seiner kargen Arbeitszelle. Er versuchte sich weiter Mut zu machen und dachte, dass es ganz und gar unmöglich war zu wissen, was genau die Zukunft bringen würde. Ganz im Gegenteil. Versuchte man im Vorfeld zu verhindern, was man ängstlich befürchtete, so bekam man das Schlimmste irgendwann auf dem Silbertablett serviert. Das hatte ihn das Leben gelehrt. Aber wie war es mit dem, was man sich sehnlichst wünschte? Gingen Wünsche eher in Erfüllung, wenn man gar nichts tat? Das hatte ihn das Leben nicht gelehrt. Noch nicht! Seine Art zu denken und zu handeln hatte ihm in letzter Zeit Erfolge eingebracht. Der Gedanke daran richtete ihn halbwegs wieder auf. Das Lob seiner Chefs hatte ihm geschmeichelt. Das konnte er nicht leugnen. Seine Freude darüber irritierte ihn, weil das Lob aus einer Ecke kam, die er oft kritisiert hatte und insgeheim verachtete. Der Beifall kam von der falschen Seite. Aber von welcher Seite sollte er sonst kommen?

Am liebsten hätte er das Gespräch mit Holtgreve rückgängig gemacht und noch einmal geführt. Dann hätte er sich in aller Ruhe angehört, was sein Chef vorzubringen gehabt hätte, bis zum Schluss und ohne zu unterbrechen, hätte vielleicht die eine oder andere Frage zur Präzisierung oder zum besseren Verständnis gestellt und hätte, wie es sich für einen guten Beamten gehörte, seinen vollen Einsatz zugesichert. Statt eines disharmonischen Arbeitsessens hätten sie eine lösungsorientierte Besprechung gehabt, aus der beide gestärkt den heraufziehenden Herausforderungen ins Auge geblickt hätten. Zu schön, um wahr zu sein, aber durchaus möglich, dachte Jung. Es lag an ihm. Wenn er etwas zum Besseren wenden wollte, dann sich selbst. Die anderen waren die anderen. Sie hatten das Recht, zu sein, wie sie waren, und sich zu ändern oder nicht. Dieses Recht nahm er für sich selbst auch in Anspruch. Und jede Einmischung von außen hätte er als Anmaßung und ungehörig zurückgewiesen.

Fang endlich an zu arbeiten und versinke nicht in Grübeleien, ermahnte er sich. Was war zu tun?

Das Telefon läutete und hielt ihn von weiteren Erwägungen ab.

»Jung, Polizeiinspek…«

»Ich bin's, Svenja. Ich hatte vorhin schon einmal versucht, dich zu erreichen. Hat dir dein Chef das nicht ausgerichtet?«

Jung seufzte lautlos und lehnte sich zurück.

»Hallo, Svenja. Doch, hat er. Was gibt es denn so Dringliches?«, sagte er, um einen freundlichen Tonfall bemüht.

»Wie geht es dir in deiner WG? Musstest du schon ordentlich putzen?«

»Danke der Nachfrage. Es geht. Aber deswegen rufst du doch nicht an, oder?«

»Cara kommt in zwei Wochen aus dem Semester.« Sie schwieg, als erwartete sie eine heftige Reaktion.

»Ja und?«, erwiderte er gleichmütig.

»Hast du nicht mehr zu sagen?«, reagierte sie ungehalten.

»Was willst du von mir, Svenja?«

»Ich meine, du solltest dich darum kümmern, dass du …«

»Svenja, ich fände es besser, wenn du dich um dich selbst kümmerst und nicht um mich. Ich mag es nicht, wenn wir …«

»Warum sind wir eigentlich noch verheiratet, Tomi?«, sagte sie in einem Tonfall, der nichts Gutes verhieß.

»Svenja, wenn du wirklich nach einer Antwort suchst, dann frage dich lieber, warum wir geheiratet haben. Du hältst mich von der Arbeit ab.«

»Arbeit? An was arbeitest du denn, mein Lieber?« Ihre Ironie war unüberhörbar.

»Ich soll vier Menschen finden, die spurlos verschwunden sind.«

»Sicherlich waren sie zu lange verheiratet«, sagte sie schnippisch.

Bevor Jung reagieren konnte, klickte es in der Leitung. Jung legte den Hörer langsam zurück. Der Schmerz, den er empfand, wurde gedämpft von dem Gedanken, dass sie durchaus den Nagel auf den Kopf getroffen haben könnte. Nicht, was sie beide, Svenja und ihn, anbelangte, so weit war er noch lange nicht. Aber was die Vermissten anging.

Es war immer wieder das alte Lied. Man musste den Opfern nahekommen, in sie hineinkriechen, das Unterste zuoberst kehren. Dann kam man den Dingen auf die Spur, auch möglichen Tätern. Und wie machte man das, wenn die Vermissten nicht greifbar oder vielleicht schon tot waren? Man musste ihre Beziehungen zu anderen untersuchen, zu Angehörigen, Kindern, Ehepartnern und so weiter und so fort. Ganz einfach. Die gab es immer.

Beziehungen, dachte er und lachte lautlos. Beziehungen, mein Gott. Die ganze Welt war eine einzige riesige Beziehungskiste, man konnte sich davor gar nicht schützen, auch wenn man wollte. Selbst eine unerwünschte

Nicht-Beziehung war eine Beziehung, gerade weil man sie als Pest empfand. Sie verursachte Schmerzen. Und Schmerzen, das hatte sein Beruf ihn gelehrt, waren die produktivsten Antreiber, unaufhaltsam und mit erschreckend grausamen, oft aber auch mit überraschend wohltätigen Folgen.

Also, was war zu tun? Er musste die Verwandten aufsuchen und fragen. Wer waren die Vermissten? Was trieb sie um? Wonach waren sie auf der Suche? Was war ihnen wichtig?

Bei wem sollten sie am besten anfangen? Beim Letzten. Bei Jens Eilers. Sein Fall bot die besten Aussichten, rasch voranzukommen. Der Vater hatte ein spezielles Interesse bekundet. Er und seine Frau hatten ihre rückhaltlose Unterstützung zugesagt. Jedenfalls hatte Holtgreve das berichtet. Es wäre blöd, nicht davon Gebrauch zu machen.

Jung nahm den Hörer auf und wählte die Vermittlung.

»Wir haben eine neue Mitarbeiterin. Ihr Büro liegt neben dem Wachlokal. Unter welcher Nummer kann ich sie dort erreichen? … Danke.«

Jung wählte 3010.

»BKI, Bakkens.«

»Charlotte, ich bin's. Wir sollten loslegen. Kannst du hochkommen?«

»Okay. Bin schon unterwegs.«

*

»Also, hast du eine Idee?«, begann Jung.

»Ich habe die vermissten Personen gegoogelt«, antwortete Charlotte und machte eine Pause.

»Und? Was hast du gefunden?«

»Eine Menge, aber nicht viel, was uns weiterhelfen könnte. Es ist merkwürdig. Unsere Vermissten haben so gut wie keine Präsenz im Netz. Alles sehr, sehr dünn. Bis auf den jungen Eilers. Und der auch nur als Segelenthusiast. Ein Fan von Folkebooten.«

»Die anderen sind alt. Sie sind anders aufgewachsen als die Handy-Generation. Mit Facebook und Co haben die nichts am Hut.«

»Zumindest von dem Fondsmanager hätte ich mehr erwartet. Schließlich geht es ums Geschäft. Soviel ich weiß, sammelt so ein Typ Geld ein, um damit noch mehr Geld zu machen. Das Netz bietet ihm ideale Möglichkeiten dafür.«

Jung lachte.

»Warum lachen Sie, Chef? Wenn ich …«

»Weißt du, dass die Schweizer Großbanken eigene Abteilungen zur Verschleierung und Vernichtung von Daten eingerichtet haben? Ohne das Netz geht bei denen natürlich gar nichts mehr. Deswegen brauchen sie die Datenfuzzis, um ihre Aktivitäten zu tarnen. Anlagestrategien, Kunden, Transaktionen, niemand soll die Nase in ihre Angelegenheiten stecken können. Vertrauensschutz nennen die das.«

»Woher wissen Sie das, Chef?«

»Zufall. Ein Journalist, Lucas Hässing. Er schreibt gerne über die Großbanken und ihre Geheimnisse. Ich weiß nicht mehr, wo ich auf ihn gestoßen bin.«

»Okay. Wenn es um schmutziges Geld geht, dann muss natürlich …«

»Nicht nur das, Charlotte«, unterbrach sie Jung. »Auch normale Leute schätzen es nicht, wenn jeder über ihre Verhältnisse Bescheid wissen kann. Armut ist eine Bürde, Geld aber auch. Den ganzen Tag zermartern sich die Reichen das Hirn. Die Frage, wohin mit der Knete, begleitet sie wie eine juckende Allergie. Schließlich soll ihr Geld ja nicht renditelos in den Tresoren der Banken …«

»… oder in den Steuersäckeln unfähiger Politiker versickern«, ergänzte Charlotte.

»Genau. Das will keiner.« Jung lachte grimmig.

»Vielleicht trifft das ja auch auf die anderen zu. Ferienhäuser auf Sylt, Urlaub im *Stadt Hamburg*. Das stinkt geradezu nach Geld.«

»Du sagtest vorhin, ihre Präsenz im Internet sei dünn. Wie dünn?«

»Die Witwe wird in den Sylter Nachrichten erwähnt. Der Artikel berichtete über die Eröffnung des Golfhotels *Budersand* in Rantum. Sie war einer der namentlich aufgeführten Gäste. Der Fondsmanager …«

»Wie war noch gleich sein Name?«, unterbrach Jung sie.

»Helmut Bohl. Kommt der Ihnen bekannt vor?«

Jung schüttelte nachdenklich den Kopf. »Ich dachte, vielleicht … Aber nein, der Name sagt mir nichts. Weiter!«

»Er wird in einem Artikel der *Baseler Nachrichten* als einer der Geldgeber für eine neu errichtete Wintersportanlage in der Schweiz genannt: Fünfsternehotel plus Luxuschalets mit Privatlift zu diversen First-Class-Skigebieten.«

»Wo genau in der Schweiz?«

»Zwischen St. Moritz und Silvaplana. Ist das wichtig?«

»Nein. Noch was?«

»Gisela Terhegen, die verheiratete Frau. Sie brachte gar keinen Treffer. Sie ist medial schon tot.«

»Nie gelebt, könnte man auch sagen«, fügte Jung beiläufig an. Charlotte lachte.

»Wir werden das klären«, fuhr Jung fort. »Was ist mit dem jungen Eilers?«

»Er ist Segler und hat eine eigene Website. Er postet Fotos und schreibt einen Blog über seine Erlebnisse und Erfahrungen. Außerdem betreibt er einen Chatroom, in dem sich Folkebootfans treffen. Wenn …«

»Über was reden die da?«, fragte Jung dazwischen.

»Über alles rund ums Boot. Reparaturen, die richtigen Segel, Winterlager und so weiter und so fort. Oldtimer sind ihr Hobby.«

»Irgendetwas, das uns auf seine Spur bringen könnte?«

»Er träumt von einem Segeltörn rund um die Welt.

Einhand, in seinem klapprigen Folkeboot. Das muss für sich allein schon eine halsbrecherische Unternehmung sein. Jedenfalls lassen die Kommentare seiner Segelfreunde darauf schließen.«

»Für sich allein? Was denn noch?«

»Er ist Diabetiker. Für ein Abenteuer ganz allein auf hoher See …«

»… bedarf es einer guten Vorbereitung«, unterbrach sie Jung nachdenklich.

»Aber er hat ein Vorbild. In seinem Blog schwärmt er von einem gewissen Bastian Hauck, auch ein Folkebootfan und Diabetiker.«

»Warum?«

»Was meinen Sie, Chef?«

»Warum schwärmt er von ihm?«

»Weil er ganz allein rund um die Ostsee gesegelt ist. Bis hoch an den Polarkreis, nach Kemi im Bottnischen Meerbusen. Er hat ein Buch darüber geschrieben, ›Raus ins Blaue‹. Jetzt betreibt er eine Bootswerft für kleinere Schiffe an der Schlei. In Schleswig. Er hat eine Menge Erfahrung und chattet regelmäßig auf der Seite von Jens Eilers.«

»Sagt dieser Typ auch was zu seinen Plänen?«

»Er hat ihm Mut gemacht. Vor ihm hat das schon einmal jemand geschafft.«

»Wer?«

»Eine Australierin. In den 60er-Jahren.«

»Na ja, die leben da auf ihrem Kontinent unter harten Bedingungen. Sind Strapazen gewöhnt. Im Gegensatz zu uns Europäern. War die auch Diabetikerin?«

»Keine Ahnung. Davon war nicht die Rede.«

»Träumer sind in der Regel sture Hunde, Charlotte«, bemerkte Jung und lächelte sie an.

»Wissen Sie das aus eigener Erfahrung, Chef?«, lächelte sie zurück. Jung reagierte nicht.

»Egal«, fuhr Charlotte fort. »Jedenfalls kann er nicht aus dem Stand loslegen. Wenn er beschlossen haben sollte, unbemerkt zu verduften, dann sollten wir Hinweise darauf finden können. Darauf wollten Sie doch hinaus, oder?«

Jung nickte.

»Okay, Charlotte. Noch was?«

»Von meiner Seite nicht. Aber Sie sind mir noch eine Erklärung schuldig.«

»Welche Erklärung?«

»Sie haben Andeutungen gemacht. Aus der Patsche helfen und so weiter. Klang irgendwie faul und …«

»Ach ja, richtig. Henning hat zu verstehen gegeben, dass an der raschen, vor allem aber geräuschlosen Aufklärung gesteigertes Interesse besteht. Nicht nur seitens des Präsidenten. Es geht bis zum Minister. Er hat mich geradezu beschworen: Prekär, Alarmstufe, äußerste Vorsicht. Deutlicher konnte er nicht werden.« Jung lachte in sich hinein.

»Nicht gerade beruhigend«, merkte Charlotte nachdenklich an. »Wer ist Henning?«, fragte sie beiläufig.

»Holtgreve.«

»Sie duzen sich mit ihm?«

»Seit Quebec. Er hat mir das Du angeboten.«

»Sie sind also jetzt sein Spezi?«

»Das hat heute schon einmal jemand behauptet. Ich sehe das nicht so. Unser oberster Boss, der Herr Polizeipräsident in Kiel, ist mit dem Vater des Vermissten befreundet. Das klingt schon eher nach Spezi.«

»Verstehe. Wir …«

»Er wollte dich sehen. Das reicht als Warnschuss.«

»Warnschuss? Wovor?«

»Wir fangen mit Jens Eilers an«, überging Jung ihre Frage. »Dafür wäre es vielleicht ganz gut, auch seinen Vater zu googeln. Ich vermute mal, du wirst da mehr zu tun haben als bei den anderen.«

»Okay. Mach ich.«

»Außerdem haben die Eltern zu verstehen gegeben, dass sie uns helfen wollen. Sie wohnen in Glücksburg. Also quasi nebenan. Wir fahren dahin. Vorher informiere ich Holtgreve.«

»Tanzen Sie jetzt jedes Mal beim Boss an, bevor wir loslegen?«

»Ich sage dir Bescheid, wenn wir fahren.« Jung stand auf und ging an Charlotte vorbei zur Tür, ohne sie anzusehen.

*

Holtgreve hatte sofort Zeit für ihn.

»Wir fangen mit Jens Eilers an«, begann Jung. »Er liegt zeitlich und räumlich am nächsten. Und es besteht ein gesteigertes Interesse an höchster Stelle.« Jung sah seinen Chef an und wartete.

»Sehr gut«, reagierte Holtgreve, wie nicht anders zu erwarten. »Ich wusste, dass der Fall bei dir in guten Händen ist.«

»In unseren, Henning. Charlotte Bakkens hat bereits angefangen und erste Informationen ausgegraben.«

»Welche? Etwas Wichtiges?«

»Jens Eilers hat eine eigene Website. Er ist Segler und träumt davon, um die Welt zu segeln. Vielleicht hat er ja seinen Traum wahr gemacht.«

»Ohne jemandem davon zu erzählen? Nicht einmal seinen Eltern?« Holtgreve schüttelte den Kopf. »Außerdem managt er ein Millionenprojekt, Tomi. Da kann man sich nicht so einfach mir nichts, dir nichts verpissen.«

»Wir werden der Sache auf den Grund gehen. Deswegen wollen wir zuerst mit den Eltern reden. Du sagtest ja, sie wollen uns mit allem, was sie haben, zur Verfügung stehen. Richtig?«

»Ja. Davon dürfen wir ausgehen«, sagte Holtgreve mit Überzeugung.

»Ich fände es angebracht, wenn du als Inspektionschef einen Termin für uns vereinbarst. Hochgestellte

Persönlichkeiten erwarten eine angemessene Ansprache«, sagte Jung und lächelte säuerlich.

Holtgreve lachte und nickte.

»Gut. Mach ich.«

»Am besten sofort. Wir wollen keine Zeit vertrödeln.«

»Ich werde das heute noch regeln.«

»Die Brisanz des Falles zwingt uns, schnell zu sein«, bekräftigte Jung sein Begehren.

»Brisanz? Was lässt dich vermuten, dass ...«

»Die Gesamtkonstellation legt das nahe. Du selbst witterst doch Unheil, oder habe ich dich falsch verstanden?«

»Vielleicht hast du mich überinterpretiert, Tomas. Ich wollte nur ...«

»Das Umfeld schreit nach Problemen. Wolltest du das nicht zum Ausdruck bringen?«, unterbrach ihn Jung.

»Ja, ja, stimmt. Leider«, gab Holtgreve zögernd zu. »Und die anderen? Was ist mit denen?«

»Medial unergiebig. Sie scheinen alle Geld zu haben. Sonst nichts. Ziemlich uninteressante Leute.«

»Viel Geld?«, hakte Holtgreve nach.

»Wohlhabend, sollte ich vielleicht besser sagen. Oft trügt der Schein. Davon wissen wir doch ein Lied zu singen, oder?«

Holtgreve lachte. »Mehr sein als scheinen. War das nicht mal eine deutsche Tugend?«

»Eine preußische. Aber das ist lange her«, bemerkte Jung beiläufig und erhob sich.

Holtgreve stand ebenfalls auf und streckte ihm die Hand entgegen. Jung ergriff sie. Die Geste besiegelte sein endgültiges Einverständnis. »Du hältst mich auf dem Laufenden«, sagte Holtgreve und bemühte sich nicht, seine Erleichterung zu verbergen. »Am besten, wir richten einen festen Termin ein. Täglich kurz vor Dienstschluss. Okay?«

»In Ordnung. Ich höre von dir.«

»Noch heute. Versprochen, Herr Kriminaldirektor in spe.« Holtgreve schmunzelte verständnisinnig.

Jung verließ Holtgreves Büro. Er fühlte sich unwohl.

*

Er verbrachte die darauffolgende Zeit damit, Papiere zu lesen. Papiere von vorgesetzten Dienststellen über neue Bestimmungen bei Krankmeldungen, über Einschränkungen bei Urlaubsreisen in den Nahen Osten, die neu ausgehandelten Tarife im öffentlichen Dienst und deren Übernahme für Beamte und so weiter und so fort. Hätte er eine Liege im Zimmer gehabt, hätte er sich liebend gerne eine Stunde aufs Ohr gelegt.

Das Telefon klingelte. Jung nahm den Hörer auf und murmelte seinen Namen.

»Svenja hier. Was ist denn mit dir los?«

»Ah, Svenja. Hallo. Was soll denn los sein?«

»Du klingst, als hätte ich dich aus dem Bett geholt.«

»So kann man es auch sehen. Ich arbeite.«

»Schöne Arbeit. Kein Wunder, wenn die Kriminalitätsrate in Deutschland …«

»Svenja, ich bin beschäftigt. Was kann ich für dich tun?«

»Ich hatte einen Anruf«, sagte Svenja und schwieg bedeutungsvoll. Jung ahnte nichts Gutes und stellte sich stur.

»Und?«, fragte er trocken.

»Dein Freund aus Carvoeiro, dieser ausgelutschte Piloteur, hat sich bei mir gemeldet.« Sie legte eine Pause ein und Jung hatte das ungute Gefühl, als warte sie nur darauf, ihn bei irgendeiner Schweinerei zu ertappen. Er war auf der Stelle hellwach und versuchte, seine aufkeimende Wut zu unterdrücken.

»Was wollte er?«, fragte er kühl. Seine Nerven vibrierten.

»Das frage ich dich. Ich habe seinem Gefasel ein vorzeitiges Ende bereitet und ihm deine Dienstnummer gegeben. Was will der von dir, Tomas? Ich dachte, der portugiesische Albtraum wäre längst vorbei?«

»Das weiß ich nicht«, erwiderte Jung. Der Klang seiner Stimme ließ nicht erkennen, wie erleichtert er war.

»Hat er sich schon bei dir gemeldet?«

»Heute?«

»Wann denn sonst?«

»Ich war mit Holtgreve über Mittag unterwegs. Zum Essen.«

»Wie lange soll das eigentlich noch so weitergehen, Tomi?«

»Was meinst du?«

»Mit uns. Ich komme mir blöd vor und …«

»Das tut mir aufrichtig leid, Svenja. Aber ich weiß es nicht.«

»Cara kommt demnächst nach Hause. Könntest du zur Abwechslung mal *darauf* einen Gedanken verschwenden?«, erregte sie sich. »Sie hat ein Recht darauf zu erfahren, was los ist. Wie willst du ihr erklären, dass du in einer schmuddeligen Studenten-WG haust?«

»Auch das weiß ich nicht, Svenja. Noch nicht. Es tut mir wirklich leid, aber …«

»Du weißt ziemlich wenig, Tomi. Ist das deine neue Masche? Früher hattest du für alles und jedes furchtbar kluge Erklärungen. Und nun? Wenn es wirklich mal ernst …«

»Svenja, hör bitte auf. Du hinderst mich gerade daran, meine Wissenslücken zu füllen. Wenn du wirklich willst, dass …«

Sie hatte aufgelegt. Jung schmiss den Hörer in die Halterung. »Scheiße!«, schimpfte er laut. Dieser verdammte Expilot verfolgte ihn wie ein böses Gespenst. Es tauchte mit penetranter Zuverlässigkeit zum falschen Zeitpunkt auf und verbreitete Angst und Schrecken. Er musste es loswerden. Aber wie? Ich hocke hier tatenlos hinter meinem Schreibtisch und draußen braut sich ein Unwetter zusammen. Was kann ich tun?, fragte er sich genervt. Ihm fiel nichts ein. Die Minuten verrannen im Schneckentempo. Er wartete auf Holtgreves Anruf wie auf seine Erlösung.

Kurz vor Dienstschluss war es so weit. Holtgreve teilte ihm Ort und Zeit für ein erstes Treffen mit den Eltern von Jens Eilers mit.

»Hoffentlich verpasst du ihr kleines Häuschen nicht, Tomi«, kicherte Holtgreve zum Schluss. Jung reagierte auf die merkwürdige Heiterkeit seines Chefs mit Unwillen. Holtgreve schien das nicht zu irritieren. »Viel Erfolg. Ich bin gespannt auf deinen Bericht«, verabschiedete der sich fröhlich.

Jung trat ans Fenster und sah über den Hafen. Es dämmerte. Die Straßenbeleuchtung war schon angegangen und die ersten Lichter aus dem Restaurant Bellevue spiegelten sich auf dem glatten Wasser. Nach einer Weile drehte er sich um, griff zum Telefon und wählte die 3010.

»Bakkens, Bezirkskrimi…«

»Ich bin's, Jung. Ich habe Hunger. Hast du Lust, essen zu gehen?«

»Ach du meine Güte! Nein, nein. Ich bin gerade tierisch beschäftigt. Artikel, Interviews, Gerichtsreporte. Ich muss unbedingt …«

»An was arbeitest du?«

»Ich bin Jan Eilers auf der Spur. Wie Sie mir aufgetragen haben.«

»Ja, richtig. Aber mach mal Pause.«

»Nee, nee. Noch nicht. Es gibt Informationen ohne Ende. Echt überraschend, könnte man sagen.«

»Was Wichtiges?«

»Das weiß ich noch nicht. Könnte sein. Ich mache weiter. Morgen berichte ich Ihnen. Irgendwann muss ja mal Schluss sein. Selbst bei diesem Kerl.«

»Wir sind morgen Vormittag bei den Eilers. In ihrem Haus. Zum Gespräch, nicht zum Verhör. Du musst bis dahin nicht auch noch das Letzte ausgegraben haben, Charlotte.«

»Okay. Trotzdem.«

»Wir essen ein Steak im besten Steakhouse in Flensburg. Ich lade dich ein.«

»Danke. Aber Fleisch am Abend? Sie wissen doch, wie ich darüber denke.«

»Ach ja, das hatte ich ganz vergessen. Kann ich dich nicht zu was anderem überreden?«

»Nein. Ich will weitermachen. Bevor ich fertig bin, bin ich sowieso zu nichts anderem zu gebrauchen.«

»Okay. Dann bis morgen.«

»Ich bin dabei, selbst wenn ich die Nacht durchmachen muss.«

»Wenn nicht du, wer denn dann.« Sie lachten.

»Essen Sie doch mit Ihrer Familie«, schlug Charlotte ihm abschließend vor. »Haben Sie Ihre Frau noch erreicht?«

»Ja. Hat sich erledigt. Bis morgen.«

»Bis morgen.«

Jung legte enttäuscht auf und trat zurück ans Fenster. Seine Situation erinnerte ihn an seine Studentenzeit. Wenn er damals dagestanden und nichts mit sich anzufangen gewusst hatte, war er ins Kino gegangen, ins *Bluntschli* oder ins *Quamquam*. Seitdem waren Jahrzehnte ins Land gegangen. Seine Lust auf Kino war verflogen. Abgesehen davon, dass Kneipen wie das *Bluntschli* und *Quamquam* längst aus den Städten verschwunden waren, hätte er sich dort auch nicht mehr wohlgefühlt. Was war geschehen? Er hatte schmutzige Erfahrungen gemacht. Wie andere auch. Aber im Gegensatz zu ihnen, deren Lust auf Unterhaltung und Zerstreuung ungebrochen schien, hatte er sich in eine Richtung bewegt, die ihn immer einsamer machte. Langsam und stetig. Svenja hatte ihm ins Gewissen geredet, er denke zu viel, sei überempfindlich, nehme alles persönlich, wolle ein guter Mensch sein und stoße seine Umgebung vor den Kopf. Hatte sie recht?

Hör auf zu grübeln, ermahnte er sich, geh spazieren.

*

Die Piers auf der Westseite waren verlassen. Auch der letzte seegehende Passagierdampfer Deutschlands hatte abgelegt. Gegenüber, auf der Ostseite, schimmerten auf dem Wasser die Lichter der Anlegestege, die mit Segelbooten und Motorjachten vollgepackt waren.

Jung lenkte seine Schritte um die Hafenspitze herum, vorbei am Bellevue in Richtung *East Side*. Das kleine Café lag unmittelbar an der Marina. Jung hatte Lust auf ein Bier. Vor seinem Ziel passierte er den Hafenschuppen, in dem einige maritime Dienstleister untergekommen waren. Sein Blick fiel auf den Schaukasten der Hafenmeisterei. Er blieb stehen und studierte die Öffnungszeiten.

»Der hat schon lange Feierabend«, rief ihn eine kräftige Männerstimme an. »Kann ich Ihnen weiterhelfen?«

Jung drehte sich um und entdeckte den Mann ein paar Boote den Schwimmsteg hinunter in der Plicht seines Schiffes sitzend. Es war eine größere Segeljacht. Jung schätzte die Länge auf mindestens 40 Fuß.

»Ist der immer nur die paar Stunden am Tag da?«, musste Jung lauter rufen, als ihm lieb war. Er setzte sich in Richtung der Jacht in Bewegung.

»Kommen Sie doch rüber. Dann müssen wir nicht so schreien.«

Jung ging den Steg entlang, bis er bei dem Mann angekommen war. Dieser trug die typischen Klamotten gut situierter älterer Hobbysegler. Marineblauer Pullunder über weißem Polohemd, helle Baumwollhosen und Bordschuhe aus blauem Leinen und milchig-weißer Kautschuksohle. Die dichte, eisgraue Haarmähne, die unter einem verbeulten Elbsegler hervorlugte, und das wettergegerbte runde Gesicht passten perfekt. Wie aus dem Bilderbuch, dachte Jung.

»Was wollen Sie denn von ihm?«, lachte der Mann. »Kommen Sie an Bord«, er machte eine einladende Handbewegung in Richtung des freien Platzes gegenüber, »dann erzähl ich Ihnen was über ihn.«

»Danke. Gerne.« Jung turnte an Bord und setzte sich auf die blau gepolsterte Sitzbank, die die Plicht rundum einschloss. Nur der breite Niedergang ins Schiffsinnere unterbrach die geräumige Sitzlandschaft.

»Eigentlich wollte ich nur auf ein Bier ins *East Side*«, begann Jung einen Smalltalk.

»Ach so. Wo liegt Ihr Boot?«

»Ich habe kein Boot«, sagte Jung bedauernd.

»Oh!«, sagte der Mann. »Was wollen Sie dann von dem alten Haudegen?«, versuchte er launig, seine Enttäuschung zu überspielen.

Jung stellte sich vor und erklärte, wer er war und was er machte. Er spürte, dass er das Interesse seines Gegenübers wiedergewonnen hatte.

»Hat unser guter Freund was ausgefressen?«, fragte er schelmisch. Jung spürte die lauernde Wissbegier seines Gastgebers und entschloss sich, sie auszunutzen.

»Ich habe wirklich Durst. Wollen Sie mich nicht ins *East Side* begleiten? Dann erzähle ich Ihnen, was mich gerade beschäftigt.«

»Ach was! Ich hol uns ein Becks aus dem Kühlschrank.« Der Mann sah Jung fragend an. »Flens ist besser, ich weiß. Hab ich aber nicht.«

»Becks geht schon in Ordnung. Danke«, lachte Jung.

»Wir sind an Bord besser aufgehoben als in dieser müden Kaschemme. Die alte Schabracke hinterm Tresen geht mir auf den Keks. Tun Sie sich das nicht an, alter Freund.«

Jung wusste nicht, wen er meinte. Er verkehrte nicht regelmäßig im *East Side*. Dennoch freute er sich, an Bord zu bleiben, obwohl er sich nicht gerne von Fremden mit »alter Freund« anreden ließ. Der Mann verschwand im Schiffsinneren. Jung hörte ihn hantieren. Schließlich kam er, bewaffnet mit zwei Flaschen Bier, zurück ins Cockpit und reichte Jung eine davon in die Hand.

»Prost, Herr Kommissar. Ich bin gespannt.«

»Prost.« Sie nahmen einen kräftigen Schluck.

»Sie haben ein wirklich beeindruckendes Schiff«, lobte Jung.

»Nun ja. Sie ist ganz okay, die alte Lady. Mein Traum ist aber eine Swan 65. Wunderbares Schiff. Von ›Sparkmann & Stephens‹ entworfen. Eine Ketch mit allem, was das Herz eines Seglers höher schlagen lässt. Außergewöhnlich. Interessieren Sie sich für Segeljachten?«

»Ich interessiere mich eigentlich für kleinere Boote.«

»Wie klein? Drachen, Jollen, Dingis?«

»Sie kennen sich aus?«

»Ich habe im *Optimisten* angefangen. Da lernt man richtig segeln.« Er machte eine wegwerfende Handbewegung, als wollte er ein für alle Mal klarmachen, dass er nicht zu den Amateuren gehörte. »Was genau wollen Sie wissen?«

»Alles über Folkeboote«, erwiderte Jung.

»Ah, ein guter Bootstyp. Bisschen klein. Maximal für vier, besser für zwei. Sportlich spartanisch. Für junge Eltern mit zwei Blagen. Nichts für die hohe See, aber gute Seemannschaft braucht es. Wie kommen Sie darauf?«

»Ich kenne jemanden, der hat sein Folkeboot in List auf Sylt liegen. Er will damit allein um die Welt segeln. Ich weiß nicht ...«

Ein dröhnendes Lachen ließ Jung verstummen. Er wartete, bis sein Gastgeber sich beruhigt hatte.

»Der muss wahnsinnig sein oder lebensmüde«, stieß der Mann hervor, um Fassung ringend. »Auf der Nordsee ist die Nussschale schon bei mittelschwerem Wetter verloren. Erst kürzlich ist so ein schneller Minizyklon über uns hinweggezogen. Böen bis zehn, wenn ich mich recht erinnere. Wenn Ihr Freund da unterwegs war, dann ist er jetzt bei Neptun und nicht auf Kurs in die Südsee.« Er lüftete seine Mütze und schwenkte sie gen Himmel. »Gott steh ihm bei.«

»Gibt es denn kein Radio an Bord? Oder irgendein anderes elektronisches Gerät, das ihn rechtzeitig warnt? Heute geht doch ohne so was überhaupt nichts mehr. Auf See ist es doch vermutlich sogar Pflicht, könnte ich mir denken.«

»Klar, das braucht er. Schon aus Eigennutz. Auf Schiffen wie auf diesem ist das Standard.« Er machte eine Pause. »Schließlich muss er navigieren. Er muss doch wissen, wo er ist. Ein Smartphone ist das Mindeste. Funktioniert aber nur in Küstennähe. Wenn er weiter draußen ist, braucht er ein GPS-fähiges Gerät, um ins Internet und an Informationen zu kommen. Aber selbst wenn er das hat, wird es ihm auf hoher See nicht viel nutzen. Jedenfalls nicht gegen aufziehendes Schlechtwetter. Das rettende Ufer ist außerhalb seiner Reichweite. Von den Ozeanen will ich gar nicht reden.« Er setzte die Bierflasche an und trank. »Ihr Freund muss verrückt sein.«

»Er ist Diabetiker«, sagte Jung trocken und nahm ebenfalls einen Schluck.

»Gütiger Gott. Auch das noch«, ereiferte sich der Mann. »Bei körperlicher Überanstrengung besteht die Gefahr eines Insulinschocks. Er fällt dann ins Koma.« Er warf die Arme in die Luft. »Schluss mit der Weltumsegelung. Ab zu den Fischen. Ich bin Arzt. Ich weiß, wovon ich rede.«

Er nahm einen langen Schluck aus der Flasche.

»Als Diabetiker braucht er einen geregelten Wach-Schlaf-Rhythmus«, fuhr er ruhiger fort. »Den kriegt er aber nur, wenn er AIS an Bord hat. Eine verlässliche Selbststeuerungsanlage braucht er auch.«

»Was ist AIS?«

»Automatic Identification System. Wenn ein Großer ihm in die Quere kommt, piepst's bei denen auf der Brücke. Andernfalls läuft er Gefahr, überrollt zu werden. Auf dieser Nussschale. Der ist wirklich komplett verrückt. Lebt er noch?«

»Ich weiß es nicht«, erwiderte Jung lapidar.

»Verstehe. Deswegen der Besuch beim Hafenmeister. Der in List wäre allerdings besser. Der kennt seine Schäfchen. Besonders die verrückten.«

Der Kommissar nickte mehrmals, setzte die Flasche an und trank. Sein Gegenüber tat es ihm nach.

»Noch eins?«, fragte der Mann.

»Nein danke«, erwiderte Jung und sah sich suchend um.

»Ohne einen Käpt'n Morgan geht bei mir keiner von Bord. Ist Gesetz. Verstehen Sie?«

Jung lächelte seinen Gastgeber fragend an.

»Rum. Altes Seemannsgetränk.« Er erhob sich. »Es ist kühl geworden. Kommen Sie. Wir gehen runter in den Salon.«

Er betrat den Niedergang.

»Übrigens, die 65er«, er wandte den Kopf, um sich zu vergewissern, dass Jung ihm folgte, »ist 1971 zum ersten Mal bei ›Nautor's Swan‹ in Finnland …«

Jung folgte ihm gern.

ERSTER BESUCH

Die Nacht war kurz gewesen. Jung hatte tief und fest geschlafen. Käpt'n Morgan hatte seinen Teil dazu beigetragen. Es hatte ihm gutgetan, seine Probleme eine Zeit lang ertränken zu können. Unter der Dusche waren seine Lebensgeister langsam wieder in Gang gekommen. Und sein Appetit auf ein gutes Frühstück. Nebenan, nur wenige Schritte in Richtung Nordermarkt, fand er im *Kritz*, wonach ihn verlangte. Nach einem Becher Kaffee und einer Scheibe Schwarzbrot mit Rührei und Krabben hatte er sich so weit erholt, dass er auf Charlottes Bericht gespannt war. Nach dem Eindruck, den er nach ihrem Telefongespräch gewonnen hatte, musste sie auf eine Menge interessantes Material gestoßen sein.

»Moin, Petersen«, begrüßte er den Wachhabenden am Eingang zur Inspektion. »Ist unser Neuzugang schon da?«

»Moin, Herr Oberrat. Ja, sie ist seit genau«, er sah auf seine Uhr, »einer Stunde und 27 Minuten bei der Arbeit.«

»So genau wollte ich es gar nicht wissen, Petersen«, lachte Jung verlegen.

»Schicke Deern, die Sie da an Land gezogen haben, Herr Jung.«

»Sie ist mir zugeteilt worden, Hauptwachtmeister. Vom Präsidenten persönlich.«

»Egal, Herr Jung. Sie sieht klasse aus.«

»Ich wollte das nur der guten Ordnung halber erwähnt haben, Petersen. Ansonsten gebe ich Ihnen recht.«

»Alles klar, Herr Jung. Ich wollte nur …«

»Ich weiß, Petersen. Schönen Tag auch«, grinste Jung.

»Danke, gleichfalls«, lachte Petersen zurück.

Zwei Büros weiter klopfte Jung an die Tür und betrat Charlottes Provisorium. Das fehlende Tageslicht störte. Ich werde mich für einen anderen Arbeitsraum starkmachen, nahm er sich vor. Wenn's geht, mit Aussicht auf den Hafen.

»Da sind Sie ja endlich, Chef«, begrüßte ihn Charlotte Bakkens fröhlich. »Ich habe mich schon gefragt, wo Sie stecken.«

Jung sah auf seine Armbanduhr. Es war bereits nach 9 Uhr.

»Ich hatte eine längere Unterredung«, wiegelte er ab.

»Unseren Fall betreffend? Ich glaube, es geht wirklich los.«

»Ja. Es ging um Folkeboote und so weiter. Was meinst du mit losgehen?«

»Ich bin erst nach Mitternacht ins Bett gekommen. Der Mann hat mich geschafft«, stöhnte sie.

»Erzähl«, forderte Jung sie auf.

»Es gibt rund 5.000 Hits auf Jan Eilers. Fast alles Medienverweise, Artikel, Pressemitteilungen, Interviews und so weiter. Ich wollte eine Auswahl treffen und habe Artikel auszusondern versucht, in denen seine Tätigkeit als Bankvorstand keine Rolle spielt. Ergebnis: null. *Stern*, *Welt*, *Focus*, *FAZ*, *Flensburger Tageblatt*, alle sind sie dabei. Der Mann war ungeheuer umtriebig. Und umstritten. Das schon mal vorweg. Er muss vor den Boomjahren ans Ruder gekommen sein und ...«

»Wann genau?«, fragte Jung dazwischen.

»Genau weiß ich das nicht. Jedenfalls vor 2000. Ab dann begann sein unaufhaltsamer Niedergang, wenn ich das richtig sehe. Vorher war sein Laden gut aufgestellt. Das Geldhaus hat sich bei der Entwicklung der Stadt und der Region Verdienste erworben. Das Lob ist unisono. Es machte sogar Gewinne. Nichts Sensationelles, nicht zu vergleichen mit der Deutschen Bank, aber immerhin. Er konnte sich sehen lassen. Das reichte Jan Eilers aber nicht. Er wollte ganz oben mitmischen und entdeckte die USA. Zu Beginn des neuen Jahrtausends herrschte da drüben Goldgräberstimmung. Alle wollten von den Internet-Startups, dem Immobilienboom und den neuen Anlagemodellen der amerikanischen Investmentbanken profitieren. Vor allem deutsche Provinzbanker wollten Kasse machen, Banker, die vorher noch nie auf diesem Parkett unterwegs gewesen waren. Anders ausgedrückt: Sie hatten keine Ahnung. Ich nenne nur *Helaba*, *NRW.Bank* und so weiter. Sie erinnern sich?«

»Ja. Ich erinnere mich. Aber irgendwie sind die mit einem blauen Auge davongekommen. Man hört jedenfalls nichts mehr von ihnen. Weder Schlechtes noch Gutes, oder weißt du mehr?«

»Unser Mann aus Schleswig-Holstein wollte am großen Rad drehen«, überging Charlotte Jungs Frage. »Raten Sie mal, wie das ausging.«

»Schlecht. Ich weiß. Holtgreve hat es mir erzählt. Aber nur kurz. Er wollte nicht ins Detail gehen.«

»Ich könnte Ihnen einen stundenlangen Vortrag halten. Nur so viel: Das USA-Engagement ging in die Hose. Ein einziges Desaster. Zum ersten Mal werden dicke, rote Zahlen geschrieben. Die öffentliche Hand muss dem halbstaatlichen Bankinstitut unter die Arme greifen. Wie finden Sie eigentlich das Wort ›Institut‹ für eine miese Geldausleihe, Chef?«

»Euphemistisch.« Jung lächelte grimmig.

»Schön ausgedrückt, Chef«, erwiderte Charlotte trocken. »Was ich sagen wollte, ist«, fuhr sie fort, »dass Jan Eilers unter Druck gerät. Er stürzt sich in Geschäfte, die mit überhöhten Risiken behaftet sind. Gegen die Einwände einiger Kollegen im Vorstand und auch den seiner Mitarbeiter, wohlgemerkt. Er vertraut auf seinen Instinkt und seine Kreativität als Banker – haha, da kann ich nur lachen – und auf seine Beziehungen zu, wie er meint, potenten Geschäftsleuten und Unternehmern. Darunter ziemlich anrüchige Leute, die schon vorher ins Gerede gekommen waren. Jedenfalls glaubt er, mit seinen Aktivitäten wieder auf dem Weg nach ganz oben zu sein. Er gibt sich der Illusion hin, die Löcher stopfen zu können. Wir sprechen da von Summen, die in die Milliarden gehen. Wer weiß schon, was in den Köpfen dieser Typen vor sich geht. Haben Sie eine Ahnung?«

»Nein. Aber er hat sicherlich Vorbilder. Außerdem stirbt bekanntlich die Hoffnung zuletzt. Mach weiter.«

»Ich sagte ja schon, der Mann ist wahnsinnig umtriebig. Fantasie entwickelt er auch. Er legt die Kreditvergaberichtlinien und das Aktienrecht sehr eigenwillig aus, um es mal freundlich zu formulieren. Meiner Meinung nach manipuliert er zwanghaft. Aber ich bin kein Experte. Es gibt nicht wenige, die ihm Betrug, Urkundenfälschung und Bestechlichkeit vorwerfen. Dazu gehört auch der Chefredakteur des *Tageblattes*. Anwälte werden eingeschaltet. Die Staatsanwaltschaft ermittelt. Es kommt zu Anklageerhebungen und Prozessen. Die Skandalisierung ist nicht mehr aufzuhalten. Er wird den Mächtigen immer lästiger. Na ja, den Rest können Sie sich denken.«

»Aber er fällt nicht um. Er fällt auf die Füße. Wie geht das?«

»Er streitet mit seinem ehemaligen Arbeitgeber um die Höhe eines Ruhegehalts von 123.000 Euro im Jahr. Hallo! Der Typ ist unter 60.« Charlotte schüttelte den Kopf.

»Tolle Wurst. Nochmals: Wie geht das?«

»Ja, das ist die Frage. Und an dieser Stelle wird's interessant. Beim Surfen ...«

»Wo?«

»Im Internet natürlich, Chef.« Charlotte sah ihn strafend an. »Es gibt da Portale«, fuhr sie fort, »auf denen sich ehemalige Schulkameraden suchen. Und auch finden, selbstverständlich. Ich gebe also einfach mal so aus Spaß den Namen unseres Helden ein.« Charlotte machte eine Pause und sah Jung triumphierend in die Augen.

»Mach's nicht so spannend, Charlotte«, sagte Jung streng.

»Er wird von seinen ehemaligen Mitschülern auf der Domschule in Schleswig gebeten, sich zu melden. Sie wollen eine komplette Aufstellung ihres Abiturjahrgangs ins Netz stellen. Mit Bild, Werdegang und so weiter und so fort. Ich habe dann ...«

»Okay«, fiel ihr Jung ins Wort. »Er hat auf der Domschule Abitur gemacht. Und? Was bringt uns das?«

»Die Schule hat eine eigene Website. Sehr umfangreich und detailliert. Schwatzhaft, meiner Meinung nach. Die Webmaster sind Schüler. Die probieren sich aus. Ist vielleicht eine Erklärung. Tausend Rubriken für neugierige Surfer wie mich. Ich will es kurz machen. Die eingestellte Fotogalerie ist gesperrt. Es gibt angeblich rechtliche Probleme. Aber ich stoße auf den Namen unseres allseits geschätzten Generalstaatsanwaltes. Er selbst wird nirgendwo erwähnt, jedenfalls habe ich nichts gefunden, dafür aber seinen Vater. Er war Elternbeiratsvorsitzender, als Eilers auf die Schule ging, die sein Sohn offensichtlich auch besuchte. Sie müssen sich damals gekannt haben. Vielleicht waren sie befreundet.«

»Spekulation, Charlotte«, wandte Jung ein. »Getroffen, sehr wahrscheinlich. Aber befreundet? Das wissen wir nicht.«

»Egal. Der Vater war damals – und jetzt hören Sie mal genau hin – Stellvertretender Generalstaatsanwalt in Schleswig. Sein Sohn ist in seine Fußstapfen getreten. Er hat es noch weiter gebracht. Damit nicht genug. Der Vater …«

»Lebt der noch?«, fragte Jung dazwischen.

»Nein. Ich habe ihn gegoogelt. Der Vater war Mitglied der Burschenschaft ›Teutonia‹ in Kiel. Die haben auf ihrer Website so eine Art Ahnengalerie prominenter Teuten – so nennen sie sich –, die sich um Vaterland und Nation verdient gemacht haben. Er steht da drauf. ›Teuten‹ klingt wie ›Tunten‹, finden Sie nicht auch?«

Jung lachte »Gut, Charlotte. Tolle Recherche. Aber nun komm mal auf den Punkt. Was …«

»Wissen Sie etwas über Burschenschaften, Chef?«, ließ Charlotte nicht nach.

»Wenig«, erwiderte Jung gequält. »Sie waren mal das Sammelbecken deutschnationaler Freiheitskämpfer. Wurden unter den Nazis verboten. Nach dem Krieg waren sie irgendwie verpönt. Mehr weiß ich nicht.«

»Ich aber. Ich hab mir das ausgedruckt.« Charlotte fischte einen Bogen aus dem Haufen Papier neben ihrem Laptop.

»Ich lese mal vor. Burschenschaften ...«

»Charlotte, muss das sein«, versuchte Jung sie zu stoppen.

»Nur noch eine Sekunde, Chef. Ich bin gleich fertig. Ich zitiere von der Website der Burschenschaft ›Teutonia‹: Burschenschaften sind eine Form der Studentenverbindung, die neben der Pflege des Brauchtums und der Traditionen wie dem gemeinschaftlichen Feiern von Kneipen, also geselligen Zusammenkünften zu Sang und Trank, dem Mensurfechten und der Historienpflege das Ziel der Einigung Deutschlands zu ihren Gründungszeiten anstrebten. Heute ist dieses Ziel erreicht und es beschränkt sich fortan auf die Wahrung der Nationalstaatlichkeit in einem vereinigten Europa. Der Wahlspruch der Burschenschaft ›Teutonia‹ spiegelt dies wider: ›Ehre, Freiheit, Vaterland‹.«

Charlotte sah Jung herausfordernd an.

»Klingt irgendwie altmodisch. Mensurfechter, das sind die mit den Schmucknarben im Gesicht. Ich würde ...«

»Mir fällt auf, dass an erster Stelle Brauchtum und Tradition genannt werden und gleich danach geselliges Beisammensein. Saufen also. Singen natürlich auch. Eher Grölen, so wie ich die Männer kenne. Sie selbst nennen das ›Kneipe‹.«

»Was willst du damit sagen, Charlotte?«, fragte Jung ungeduldig.

»Wie die Väter, so die Söhne. Das ist Tradition. Gemeinsames Saufen und Grölen. Das ist Brauchtum.«

»Worauf willst du, verdammt noch mal, hinaus?«

»Ich hatte, bevor Sie kamen, ein nettes Gespräch. Die Frau am Telefon war sehr freundlich. Ich sagte ihr, es ginge um eine Festschrift anlässlich der Verleihung des Großen Bundesverdienstkreuzes mit Stern und Schulterband an den Herrn Innenminister des Landes Schleswig-Holstein. Im Auftrag des Bundespräsidenten wolle ich höflich anfragen, ob sie mir bestätigen könne, dass der Minister selbst und einige der geladenen Honoratioren der Burschenschaft ›Teutonia‹ angehören. Unter anderem sei das auch für die förmlichen Einladungskarten von Wichtigkeit. Und dann habe ich die Namen des Innenministers, des Generalstaatsanwaltes, des Polizeipräsidenten und unseres Banktypen genannt. Volltreffer. Sie saufen und grölen gemeinsam. Seit Jahren. Seit Jahrzehnten.«

Charlotte sah Jung triumphierend an. Jung stöhnte vernehmlich.

Schließlich sagte er: »Hast du dich mit Namen gemeldet?«

»Natürlich nicht. Meine Rufnummer habe ich auch unterdrückt. Für wen halten Sie mich, Chef?«

»Für eine Polizeibeamtin auf Probe. Toll!«

»Wir wissen jetzt wenigstens, woher das Interesse unserer Bosse stammt«, sagte Charlotte stolz.

»Bei allem Respekt, Charlotte. Das kann Ärger geben. Wenn nicht noch Schlimmeres.«

»*Ich* habe Ihnen nichts erzählt. *Sie* wissen von gar nichts. Keine Ahnung, wer dahintersteckt. Warum sollte das überhaupt auffliegen?«, versuchte Charlotte ihn zu beschwichtigen.

»Weil der Innenminister keinen Orden bekommt? Weil im Bundespräsidialamt rückgefragt wird? Weil deine Honoratioren von der netten Tante am Telefon informiert werden? Du kannst dir was aussuchen.«

Charlotte schwieg. Jung sah auf seine Armbanduhr.

»Wir müssen los«, brummte er.

*

Jung hatte wortlos das Steuer übernommen und lenkte das Auto um die Hafenspitze herum auf den Hafendamm. Er hatte es nicht eilig. Bis Mürwik war immer noch kein Wort zwischen ihnen gefallen. Jung war nicht wirklich sauer über Charlottes Vorgehen. Das auffällige Interesse ihrer Vorgesetzten schien eine Erklärung gefunden zu haben. War der Sohn von Jan Eilers auch ein Teute oder etwa eine Tunte? Jungs Lippen kräuselten sich zu einem hintergründigen Lächeln.

»Warum lächeln Sie, Chef?«, fragte Charlotte, sichtlich erleichtert über seinen Stimmungswandel.

»Da vorne links liegt das Hotel *Alter Meierhof*. Svenja nennt es ›die Schwarzwaldklinik‹«, lenkte Jung ab.

»Svenja?«

»Meine Frau.«

»Sie hat recht. Der Stil passt nicht in den Norden.«

»Kennst du dich hier oben aus?«

»Ich bin in Holnis am Strand gewesen. Letztes Jahr. Nur ein einziges Mal. Leider. Heute Morgen habe ich in Flensburg meine Runde gedreht. Das war's auch schon.«

Charlottes Bemerkung erinnerte Jung an seinen eigenen Morgen. Er bekam sofort ein schlechtes Gewissen.

»Hinter der nächsten Kurve kommt die Zufahrt zum Marineflottenkommando. Ich hatte dort vor einiger Zeit zu tun. Interessanter Fall.*«

»Wie interessant? Mord?«

»Das weiß ich nicht. Ein Täter wurde nie gefasst. Ich erzähle es dir irgendwann, wenn wir Zeit haben. Wir sind gleich da. Noch ein paar Kurven und dann kommt Glücksburg. Das Haus liegt am Ortseingang, in der Schlossallee.«

*

Das Häuschen entpuppte sich als eine klassizistisch aufgemotzte Prunkvilla. Ein breites Gittertor schützte die

---

* s. »Inselkoller«

kopfsteingepflasterte breite Auffahrt, die vor ein hohes Portal führte, dessen Überdach auf zwei wuchtigen Säulen ruhte. Der Bau hätte eher an die oberitalienischen Seen gepasst als an den Mühlenteich in Glücksburg.

Jung klingelte an der Pforte zur Auffahrt. Die Gegensprechanlage blieb stumm. Sie warteten. Dann machte es klick und das Tor glitt seitwärts auf. Jung parkte den Wagen in der Parkbucht nahe dem Eingang, griff nach der Akte Jens Eilers und stieg aus dem Auto. Charlotte folgte ihm wortlos. Die schwere Tür war einen Spalt breit geöffnet. Sie traten näher. Aus der Eingangshalle kam ihnen eine Frau entgegen. Sie hatte geweint. Ihre Augen waren gerötet. Gram hatte sich ihres Gesichtes bemächtigt wie ein chronischer allergischer Hautausschlag.

Jung gab ihr die Hand und stellte sich und Charlotte vor. Die Stimme der Frau war kaum zu hören. Mit einer vagen Geste bat sie sie ins Haus. Jung befielen in der riesigen Eingangshalle Beklemmungen. Der Terrazzoboden verbreitete Kälte. An den Wänden hing moderne Kunst. Jung entdeckte darunter zwei Grafiken von Peter Nagel und Dieter Asmus. Wahrscheinlich hatte Jan Eilers' Bank früher die Ausstellungen der beiden Schleswig-Holsteiner gesponsert, dachte Jung. Zum Dank hatten sie dem ehemaligen Vorstand die Drucke überlassen.

Die Frau führte sie in eine Art Wintergarten, von dem man einen Panoramablick über den Mühlenteich hatte. Der Ausblick war beeindruckend. Der Teich glich eher einem See. Eine voluminöse Sitzgruppe aus grauem Kunststoffgeflecht mit beigefarbenen Sitzauflagen beherrschte den Wintergarten.

Während sie ihre Besucher einlud, sich zu setzen, musterte Jung die Frau von Jan Eilers. Ihre Aufmachung war schlicht, aber von Geschmack, einem Chic, den man registrierte, weil ihm jeder Reiz fehlte. Unterstrichen wurde dieser Eindruck durch ihre Körperhaltung. Jung wurde aus seiner Betrachtung gerissen von dem lautlosen Auftritt des Hausherrn. Er stand auf einmal im Raum, ohne dass Jung zu sagen gewusst hätte, woher er gekommen war. Dabei hätte sein Äußeres eher zu dem ungestümen Hereinplatzen eines jungen Hundes gepasst. Er trug ein weißes Polohemd von Ralph Lauren zu klassischen Bluejeans. Seine nackten Füße steckten in blauen Flipflops. Jungs Suche nach einem Schmiss im Gesicht von Jan Eilers blieb erfolglos. Er sah aus wie ein ins Alter gekommener, etwas klein geratener Lausbub, der seinen Spielkameraden auf dem Bolzplatz gerne mal ein Bein stellte und dessen Haarmähne von keinem Kamm der Welt zu bändigen war. Aber nur auf den ersten Blick. Der bitter-grimmig verzogene Mund machte den Eindruck eines Lausbuben zunichte. In Jungs Kopf schrillten die Alarmglocken und er geriet unter Spannung.

»Moin. Bemühen Sie sich nicht«, sagte Jan Eilers grob und setzte sich.

»Ja«, begann Jung und räusperte sich. »Der Inspektionschef hat uns …«

»Mit Ihrem Chef ist alles besprochen. Kommen Sie zur Sache. Meine Zeit ist kostbar«, unterbrach ihn Eilers ungeduldig.

»Jan, bitte!«, flüsterte seine Frau beschwörend.

»Gut«, sagte Jung forsch und schlug die Akte auf, die er vor sich auf den niedrigen Tisch gelegt hatte. »Sie, Frau Eilers, haben mit Ihrem Sohn das allerletzte Mal am Freitag letzter Woche gesprochen. Über was genau haben Sie gesprochen?«

»Er hat sich bei mir abgemeldet und mir ein schönes Wochenende gewünscht«, antwortete sie tonlos.

»Abgemeldet? Wie darf ich das verstehen?«

»Mein Sohn wohnt bei uns. Er hat hier sein eigenes kleines Reich. Wenn er da ist, koche ich für uns. Er wollte mir wohl sagen, dass ich nicht extra einkaufen muss.«

»Kommt das öfter vor?«

»Was meinen Sie?«

»Dass er sich abmeldet.«

»Ja. Im Sommer jedes Wochenende. Sein Boot liegt in List auf Sylt. Er segelt leidenschaftlich gerne. Er verbringt …«

»Am Montag ist er nicht zur Arbeit erschienen. Das ist einfach Scheiße, Boot hin oder her. Ich will wissen, wo er ist«, brauste Jan Eilers auf.

Jung überhörte den Ausbruch und sah unverwandt die Frau an.

»Gehe ich recht in der Annahme, dass er sich normalerweise montags wieder bei Ihnen zurückmeldet?«

»Ja, das ist richtig. Ich bin gewohnt, dass er mir sagt, wo er ist.«

»Und dieses Mal war es anders. Ich verstehe.« Jung blätterte in der Akte. »Ist es vorher schon einmal vorgekommen, dass er Sie im Unklaren gelassen hat, was er macht oder wo er ist?«

»Nein. Eben nicht. Deswegen habe ich ja auch gleich die Polizei eingeschaltet. Ich kenne meinen Sohn. Er würde mir das niemals antun.«

»Er leitet ein Millionenprojekt. Wissen Sie überhaupt, was das bedeutet?«, bellte Eilers dazwischen.

Jung sah der Frau an, dass sie kurz davorstand, in Tränen auszubrechen. Wie oft war sie die Tage zuvor in der gleichen Situation gewesen, überlegte er. Er wandte sich dem Mann zu und sagte: »Herr Eilers, wir kommen gleich auf Sie zurück. Dürfte ich zuvor Ihre Frau befragen? Ohne Unterbrechung? Sie wollen doch, dass wir zügig vorankommen, wenn ich Sie richtig verstanden habe.«

»Machen Sie, was Sie wollen, aber schnell«, erwiderte der Mann ungehalten. Jung ignorierte die grobe Unhöflichkeit und wandte sich wieder der Frau zu.

»Ihr Sohn wohnt bei Ihnen, Sie halten engen Kontakt, Sie besprechen alles zusammen. Habe ich Sie da richtig verstanden?«

»Ganz genau. Sie haben das absolut richtig verstanden«, atmete sie erleichtert auf.

»Sie hätten also gewusst, wenn er etwas Besonderes, etwas Außerplanmäßiges vorgehabt hätte?«

»Ganz gewiss. Er ist mein Sohn. Ich kenne ihn wie kein anderer.«

»Und er hat keine Freundin oder Lebensgefährtin, jemanden, der ihm sonst – außer Ihnen natürlich – nahesteht?«

»Nein. Das wüsste ich. Es gab das eine oder andere Mädchen. Aber es war nie die Richtige dabei.«

»Verstehe. Er ist also ungebunden.«

»Unverheiratet, ja.«

»Hat er Freunde?«

»Viele. Alle Segler wie er. Aber er war allein, als er mit mir sprach. Er wollte allein sein. Das weiß ich. Ich habe ein Gespür dafür. Es hat mich noch nie getrogen.«

»Was glauben Sie denn, könnte passiert sein?«

»Eine Katastrophe. Er ist mit dem Boot aufs Meer gesegelt. Außerdem ist er Diabetiker. Wenn …«

»*Ich* habe euch das prophezeit, von Anfang an«, schimpfte der Mann. »Ein einziger Irrsinn. Dein Bruder, dieser Traumtänzer, hat ihn …«

»Herr Eilers, einen Moment noch. Wir kommen gleich zu Ihnen«, versuchte Jung, die Wogen zu glätten. An die Frau gewandt, fuhr er fort: »Soweit wir wissen, ist kein havariertes Boot gefunden worden.« Jung bemühte noch einmal die Akte vor sich. »Weder die

Küstenwache noch sonst jemand hat ein Wrack oder Wrackteile gemeldet. Das Gleiche gilt für eine Leiche.«

»Sie müssen suchen. Überall. Irgendwo muss er doch sein.« Die Frau fing an zu schluchzen. Sie griff nach einem Taschentuch, das sie im Ärmel ihrer Bluse versteckt hatte, und schnäuzte sich. Dann stand sie plötzlich auf und verließ den Raum. Jung schlug die Akte zu.

»Was glauben Sie, Herr Eilers? Wo könnte Ihr Sohn stecken?«, richtete Jung das Wort an den Mann.

»Dem Scheißbengel musste schon immer geholfen werden. Wer weiß, was er angestellt hat.«

»›Scheißbengel‹ ist als Charakterisierung eines Topmanagers – nun ja, ich will nicht unhöflich sein – ziemlich unangemessen.«

»Haben Sie Kinder?«, erwiderte Jan Eilers aufgebracht.

Jung nickte.

»Welches Alter?«

Jung sagte ihm, was er wissen wollte.

»Warten Sie's ab. Dann werden Sie wissen, wovon ich rede.«

Jung sah Charlotte an, als wolle er sie auffordern, einen Kommentar abzugeben. Auf ihrem Gesicht las er Desinteresse und Abscheu.

»Sie sagten vorhin, er leite ein Millionenprojekt. Das passt nicht zusammen. Nicht zu einem Bengel.«

»Ich habe ihn groß gemacht. Er hat ein exzellentes Examen abgelegt und in großen Unternehmen gearbeitet. Ich pflege Kontakte und habe ihn für diesen Job angeheuert. Er kann das. Ich weiß das.«

»Sie erwähnten den Bruder Ihrer Frau. Sie nannten ihn einen Traumtänzer. Könnte er etwas mit seinem Verschwinden zu tun haben?«

»Er ist tot. Nein. Aber er hat dem Jungen zu seinen Lebzeiten Flausen in den Kopf gesetzt. Diesen Folkebootfimmel. Warum keine richtige Hochseejacht? Mit dieser Holzschüssel auf die Nordsee, als Diabetiker, einfach idiotisch. Von Freitagmittag bis Montagfrüh ist er weg. Nicht zu erreichen, nicht zu sprechen. Jedes Wochenende das Gleiche. Das geht als Chef nicht. Darunter leidet das gesamte Team und natürlich auch das Projekt. Er wusste das. Es war ihm wurscht. Lausige Einstellung, sage ich dazu.«

Eilers stand abrupt auf, als hätte es irgendwo Alarm geschlagen.

»Ich muss mich um meine Frau kümmern«, verkündete er und verschwand durch die Tür zur Halle. Jung sah zu Charlotte hinüber. Sie zuckte die Achseln.

»Dein erster Eindruck. Was meinst du?«, fragte Jung leise.

»Die Mutter steht unter Dauerschock. Der Alte ist stinksauer. Mehr fällt mir beim besten Willen nicht ein.«

»Hm«, meinte Jung und lehnte sich zurück. Sie hat recht, dachte er. Worüber war der Mann so sauer? Wenn das eigene Kind spurlos verschwindet, ist man besorgt, meinetwegen auch geschockt und voller Angst vor dem Schlimmsten. Könnte Aggressivität – und davon hatte Jan Eilers mehr, als den Umständen nach angemessen war – Ausdruck von Angst um seinen Sohn sein? Vielleicht. Vielleicht hatte er aber auch Angst vor etwas ganz anderem.

Jan Eilers kam mit seiner Frau am Arm zurück in den Wintergarten.

»Ich bitte um Entschuldigung«, sagte er sichtlich abgekühlt und half seiner Frau dabei sich zu setzen. »Wir gehen gerade durch die Hölle und sind ziemlich am Ende. Ich glaube, das ist verständlich. Wir wollen unseren Sohn so schnell wie möglich wieder bei uns haben.«

Er rückte sich einen Sessel zurecht und ließ sich schwer in die Polster fallen.

»Mein Mann hat wirklich große Sorgen«, bat die Frau für das Verhalten ihres Mannes um Verständnis. »Jens ist verschwunden und seine Stellvertreterin, die Kontrollmanagerin, auch. Mein Mann ist ganz allein und muss alles ...«

»Dürfen wir Ihnen etwas anbieten?«, unterbrach Eilers seine Frau. »Vielleicht einen Kaffee, ein Glas Wasser. Haben Sie einen Wunsch, den wir erfüllen können?«

»Ein Glas Wasser wäre angenehm«, erwiderte Jung und sah Charlotte fragend an.

»Für mich auch«, schloss sie sich seinem Wunsch an.

»Darling, bist du so lieb?«, sagte Jan Eilers. Seine

Frau gehorchte ohne Zögern und verließ den Wintergarten.

»Eine Kontrollmanagerin steht nicht auf unserer Liste. Was ist mit ihr?«, fragte Jung erstaunt.

»Sie hatte Urlaub. Anfang der Woche hätte sie wieder anfangen müssen. Sie ist sicherlich krank. Ich erwarte jeden Moment ihre Krankmeldung.«

»Verstehe. Sie sind doch …«

»Ich bin Geschäftsführer mit eigenem Büro plus Vorzimmer, Rechtsabteilung und Buchhaltung. Ich bin außerdem Hauptinvestor und treuhänderisch für ausgewählte Investoren tätig.« Eilers schien genervt, auch das noch erklären zu müssen.

»Verstehe. Sie sind der Boss. Beschreibt das Ihre Funktion korrekt?«

»Die Frau hat nichts damit zu tun«, erklärte Eilers in einem Ton, als sei jede weitere Diskussion überflüssig. »Wie gedenken Sie weiter…«

»Mit was hat Sie nichts zu tun? Sie arbeitet doch mit Ihrem Sohn zusammen, nicht wahr? Am selben Projekt, wenn ich recht verstanden habe.«

Eilers stutzte. Dann sagte er: »Richtig. Aber sie ist nicht als vermisst gemeldet.«

»Woher wollen Sie das wissen? Wie heißt sie denn?«

»Übel-Anschütz.«

»Ist das ihr Nachnahme?«

»Ja.«

»Hat sie auch einen Vornamen?«

»Sigrid.«

»Okay«, sagte Jung leise. »Wir sind ja nicht die einzige Polizeidienststelle. Sollte sie als vermisst gemeldet sein, steht sie auf der Fahndungsliste. Wir überprüfen das.«

Eilers schwieg. Jung sah ihm an, dass ihm die Unterredung auf die Nerven fiel.

»Ich möchte noch einmal auf die Arbeit Ihres Sohnes zu sprechen kommen«, wechselte Jung das Thema. »Wie habe ich mir das vorzustellen? Muss er harte Entscheidungen treffen? Ich meine Entscheidungen, die Menschen existenziell beschädigen oder sogar vernichten können?«

»Ich sehe da überhaupt keinen Zusammenhang«, stellte Eilers kategorisch fest. »Sein Job ist eine Sache, sein Hobby eine andere. Vergessen Sie meine Worte von vorhin. Ich war aufgebracht. Das ist eigentlich nicht meine Art. Aber die Umstände sind nun mal so, wie sie sind.«

Die Frau kam zurück und stellte zwei Gläser Wasser auf den Tisch.

»Danke dir, Darling.« Eilers lud Charlotte und Jung mit einer Geste ein, sich zu bedienen. Während Jung zu dem Wasserglas griff, meldete sich sein Handy. Seine Erkennungsmelodie war »Nur noch kurz die Welt retten«. Seine Tochter hatte ihm den Tim-Bendzko-Song als Eingangssignal aufs Handy gespielt.

»Entschuldigung«, sagte er verlegen und kramte sein Smartphone hervor.

»Tun Sie sich keinen Zwang an«, bemerkte Jan Eilers entgegenkommend. Tomas Jung nickte entschuldigend.

»Ja?« Jung lauschte mit zusammengekniffenen Augen.

»Wer?«, fragte er lauter.

»Nein, nicht jetzt!«, blaffte er und verdrehte die Augen. »Ich bin in einer wichtigen Besprechung.«

Er sah entschuldigend in die Runde und stand auf. Selbstvergessen trat er an die Glasfront und blickte auf den Mühlenteich, als gäbe es dort etwas zu entdecken, das er lieber nicht zu sehen wünschte.

»Was kann denn gerade in diesem Moment so wichtig sein, dass ... Staatsanwaltschaft? Welcher Staatsanwalt ... Noch darf auf deutschem Boden kein ... Was ... Wieso denn das?«

Während Jung angestrengt lauschte, drehte er sich zu der Gesellschaft um. Sie hatten das Gespräch nicht fortgesetzt und schauten gebannt zu ihm herüber.

»Also gut«, sagte er schnell. »Ich werde in den nächsten Tagen auf Sylt sein. ... Wie wohl? Nicht mit dem Fahrrad, mit dem Auto natürlich. ... Übermorgen passt mir besser. ... Warum diese Kinkerlitzchen? ... Was ist daran so geheimnisvoll? ... Muss das unbedingt sein? ... Meinetwegen. Ich bin am Bahnhof. ... Wann? ... Okay. Donnerstag, 14.04 Uhr in Westerland. ... Was? ... Natürlich bin ich pünktlich. Bis dann.«

Ärgerlich nahm Jung das Handy vom Ohr und schaltete es ab. Kopfschüttelnd setzte er sich in Bewegung und nahm seinen Platz auf dem Sofa wieder ein.

»Was Wichtiges?«, fragte Eilers beiläufig.

Jung warf ihm einen wütenden Blick zu. Charlotte sah ihrem Chef an, dass ihn nichts auf der Welt dazu bewegen konnte, darüber zu reden.

»Wo waren wir stehen geblieben?«, kam Jung zurück zur Sache. »Richtig. Wir sprachen über die Arbeit Ihres Sohnes. Haben Sie Ihr letztes Gespräch mit Ihrem Sohn per Handy geführt, Frau Eilers?«

»Ja, das ist richtig.«

»Hat er mehrere Handys?«

»Nicht, dass ich wüsste.«

Jung sah auch den Mann fragend an.

»Nein.« Er schüttelte den Kopf.

»Hat er einen Laptop hier im Haus?« Jung ließ nicht locker, auch wenn er merkte, dass Eilers zunehmend ungeduldig wurde.

»Ja. Im Zimmer steht sein Laptop.«

»Dürften wir den mitnehmen? Vielleicht finden wir etwas, das uns weiterhilft.«

»Haben Sie dafür einen richterlichen Beschluss?«, fragte Eilers eisig.

»Nein. Ich sehe dafür auch keinerlei Notwendigkeit. Wir wollen Ihren Sohn finden. Sie haben uns Ihre volle Unterstützung zugesagt.« Es fiel Jung schwer, den mauernden Vater nicht anzuherrschen.

»Es gibt Rechtsstaatsprinzipien, die Sie nicht aushebeln können, wie es Ihnen gerade in den Kram passt. Auf dem Laptop könnten Informationen zu finden sein, die nicht für fremde Augen bestimmt sind.«

»Das könnte so sein«, stimmte Jung ihm zähneknirschend zu. Aber wir sind keine Industriespione, sondern Polizisten, die ihre Arbeit machen.«

»Personalangelegenheiten sind streng vertraulich. Das ist bei der Polizei sicherlich genauso.«

Jung nickte unwillig. »Okay. Dürfen wir das Zimmer Ihres Sohnes sehen?«

»Selbstverständlich«, sagte die Frau und erhob sich. Charlotte und Jung folgten ihr ins obere Stockwerk. Das eigene kleine Reich des Jens Eilers war tatsächlich klein. Und erstaunlich dürftig, gemessen an dem Prunk außerhalb seiner vier Wände. Jung hätte niemals gedacht, dass es das Zuhause eines Junggesellen um die 30 sein könnte. Er vermisste vor allem irgendeinen Hinweis auf seine Leidenschaft. Kein Foto von seinem Boot, kein Schiffsmodell, kein Seestück an der Wand.

Zurück in der frostigen Eingangshalle, fragte Jung: »Hast du noch etwas, Charlotte?«

»Frau Eilers, wir brauchen noch die Handynummer Ihres Sohnes.«

»Ich habe ihn tausendmal angerufen. Es meldete sich nur die Mailbox.«

»Das kann ich mir denken. Trotzdem brauchen wir die Nummer.«

»Ja, natürlich.« Die Frau gab ihr die Nummer und Charlotte notierte sie in ihr Moleskin.

»Dann möchte ich noch wissen«, sie wandte sich dem Hausherrn zu, »ob Ihr Sohn ein Teute war.«

»Ein was?«, fragte Eilers und riss die Augen auf. Jung hatte den Eindruck, als sei sein Unverständnis eher Ausdruck einer tiefen Verblüffung.

»Ist er Mitglied in der Studentenverbindung ›Teutonia Kiel‹?«, präzisierte Charlotte ihre Frage.

»Nein, ist er nicht. Aber warum interessiert Sie das?«, fragte Jan Eilers erregt.

»Sie sind doch Mitglied, nicht wahr? Warum nicht Ihr Sohn? Die Traditionspflege, die Sie sich auf die Fahne geschrieben haben, legt das nahe.«

»Ja, ja, das ist schon richtig. Aber was hat das …«

»Wir müssen in alle Richtungen ermitteln. Wir vermeiden gerne Sackgassen, verstehen Sie? Deswegen meine Frage.«

»Ach so. Nein, er ist kein Burschenschafter.« Eilers schien erleichtert.

»Wenn sich neue Fragen ergeben sollten, kommen wir wieder auf Sie zu«, leitete Jung ihren Abgang ein.

»Selbstverständlich stehen wir Ihnen zur Verfügung, wann immer Sie wollen«, sagte Jan Eilers. »Der Polizeipräsident hat mir …«

»Auf Wiedersehen«, kürzte Jung die Zeremonie ab

und wandte sich dem Ausgang zu. Charlotte nickte den Eheleuten zu und folgte ihm nach draußen.

*

»Die Ähnlichkeit zwischen Vater und Sohn ist verblüffend«, sagte Charlotte, als sie die Wagentür hinter sich zugezogen hatte.

»Ja. Nur die Mundpartie nicht. Aber Fotos können lügen.«

»Oder etwas offenlegen.«

»Hm«, brummte Jung und sah sich suchend um.

»Warum fahren wir nicht los, Chef?«, fragte Charlotte.

»Der Sohn ist weg, sein Boot ist weg, wo ist sein Auto? Siehst du irgendwo ein Auto, eine Garage oder einen Carport?«

Charlotte drehte den Kopf in alle Richtungen.

»Ich geh noch einmal zurück und frage«, beschloss sie und stieg aus.

Welches Auto würde zu Eilers junior passen?, fragte sich Jung, während er wartete. Er war Segelsportler, also würde er aller Wahrscheinlichkeit nach ein Auto favorisieren, mit dem er sperriges Gut transportieren konnte. Ein Kombi würde passen, besser noch ein Van. Nicht zu alt, wegen der Technik, weniger wegen der Bequemlichkeit. Beides boten moderne Autos. Auf seiner Nussschale war er auf moderne Technik angewiesen, glaubte Jung begriffen zu haben, und sicher hatte er sie da auch schätzen gelernt. Auf Komfort legte er ganz offensichtlich keinen Wert. Jung wartete gespannt.

Nach ein paar Minuten, die Jung wie eine Ewigkeit vorkamen, setzte sich Charlotte wieder neben ihn ins Auto.

»Sie haben eine Tiefgarage unter dem Haus«, begann sie. »Der Sohn fährt einen Van, einen VW California, Farbe Salsa-Rot, schwarze Felgen, Anhängerkupplung, ein Jahr alt. Die hinteren Bankreihen sind ausgebaut. Kennzeichen habe ich notiert. Das Auto steht nicht in der Tiefgarage.«

Charlotte klappte ihr Moleskin zu und sah Jung an. Er lächelte.

»Warum grinsen Sie so seltsam, Chef? Habe ich etwas falsch gemacht?«

»Ich habe Hunger, Charlotte«, überging Jung ihre Frage und sah auf seine Armbanduhr.

»Und deswegen grinsen Sie so?«

»Ja«, lachte Jung, startete den Motor und rollte durch die Auffahrt auf die Schlossallee. Er bog links ab in Richtung Sandwig.

»Im Bistro des Strandhotels sitzen wir direkt am Wasser«, erklärte Jung. »Mit einem wunderbaren Blick über die Förde. Das Essen ist in Ordnung. Sogar für Gesundheitsfanatiker wie dich.«

»Was soll das denn heißen, Chef? Ich bin wählerisch, aber nicht zickig.«

»Ich wollte nur sagen, die haben wirklich gute Salate. Eisbergsalat mit Tomate, Gurke, Oliven, Paprika und Croutons, Joghurt- oder Balsamicodressing, mit gebratenen Putenbruststreifen oder mit Scampi, ab 6,50 € bis 10,50 €. Ich nehme lieber Kabeljaufilet mit Blattspinat, Senfsauce und Bratkartoffeln für 14,90 €. Dazu trinke ich gerne einen Grauen Burgunder QbA trocken von Markus Pfaffmann.«

»Haben Sie da mal gekellnert?«, spottete Charlotte und schüttelte den Kopf.

»Dafür eigne ich mich nicht«, lachte Jung. »Svenja behauptet, ich sei eine Mimose und nähme alles persönlich. Das ist in solchen Jobs tödlich.«

»Sie haben eine intelligente Frau, Chef. Werde ich sie mal kennenlernen?«

Jung mochte darauf nicht eingehen. Über seine Frau zu reden, war ihm unangenehm. Über kurz oder lang hätte er sagen müssen, dass er ausgezogen war und in einer Studenten-WG hauste. Jung war nicht stolz darauf. Er fand das eher peinlich, so, als müsse er ein Versagen zugeben, das unverzeihlich war.

Inzwischen waren sie die Sandwigstraße hinaufgefahren und Jung bog links ab in die Narwikstraße. Der Parkplatz vor dem Strandhotel war fast leer. Er stellte den Wagen ab.

Das frühherbstliche Wetter hatte sich über die Tage gehalten. Jung steuerte einen schmalen Tisch im Freien an, von dem sie einen ungehinderten Blick über den

Strand und die Förde hatten. Das Wasser glitzerte in dem fahlen Sonnenlicht, das aus einer hohen, dünnen Wolkenschicht auf die Förde fiel.

Jung hatte es bis jetzt vermieden, mit Charlotte über die Begegnung mit dem Ehepaar zu reden. Er wollte den hinterlassenen Eindruck sacken lassen, bevor sie Schlüsse zogen.

Nachdem sie ihre Bestellung aufgegeben hatten – Charlotte hatte sich für den Salat mit Scampi und Balsamicodressing entschieden – kam Jung endlich zur Sache.

»Also, Charlotte? Was denkst du?«

»Es ist wunderschön hier. Den Platz werde ich mir merken, Chef.«

»Ich wollte eigentlich etwas über die Eheleute Eilers von dir hören. Wie fandest du die beiden?«

Charlotte wandte sich Jung zu. Sie zögerte, als überlegte sie noch, was sie ihm zumuten konnte.

»Darling hat mit ihrem Alten echt in die Scheiße gegriffen«, sagte sie schließlich. »Sie hat ein Seminar über Feminismus nötig und nicht diese Scheißvilla, die keiner haben will. Sieht aus wie Mussolinis Mausoleum.«

Jung zuckte zusammen. Er glaubte, seine Tochter gehört zu haben. Gleiche Wortwahl, gleicher Ton. Er musterte Charlotte von oben bis unten. Wie seine Tochter. Warum war ihm das nicht gleich aufgefallen? Der Ton, die Art, wie sie mit ihm sprach, die Nachsicht, die er mit ihr geübt hatte, obwohl ihr Verhalten dann und wann durchaus grenzwertig gewesen war. All das hätte ihn stutzig machen müssen. War er dabei sich zu verlieben oder war er nur verblendet? Letztlich lief beides auf's Gleiche hinaus. Du musst aufmerksamer sein, sagte er zu sich selbst.

»Was glotzen Sie denn so, Chef? Habe ich einen Fleck auf der Hose?« Charlotte sah an sich hinunter.

»Nein. Schon gut. Alles in Ordnung«, erwiderte er abwesend. Dann atmete er durch und fuhr gleich darauf munter fort: »Du hast recht, ich empfinde die beiden ähnlich wie du. Ihr Umgang strahlt Distanz aus, nicht Nähe. Keine Wärme. Wie muss sich das eigene Kind zwischen den beiden fühlen?«

Seine Frage blieb unbeantwortet, weil sie ein Zeichen bekamen, dass das bestellte Essen im Pavillon für sie bereitstehe. Sie erhoben sich und gingen hinein. Zurück am Tisch, widmeten sie sich schweigend ihrer Mahlzeit. Charlotte schien es zu schmecken. Nachdem er sein Glas zur Hälfte geleert hatte, kam er auf ihr Thema zurück.

»Der Sohn, Charlotte, wie hat er sich mit seinen Eltern gefühlt? Wie sind die drei miteinander umgegangen? Was meinst du?«

»Schlecht. Er hat sich zumindest unwohl gefühlt. Das steht für mich fest. Vielleicht war es früher anders. Ich glaube das aber nicht. Die Frau hängt an ihrem Sohn wie der Junkie an der Spritze. Ungesund. Ungesund für beide. Er wird einen Ausweg gesucht haben. Da bin ich mir sicher. Vielleicht hat er ihn endlich gefunden.«

»Und der Vater? Wie steht er zu seinem Sohn?«

»Er ist sauer auf ihn. Er funktioniert nicht so, wie Scheißpapi sich das wünscht. Er macht auch nicht beim Saufen und Grölen mit. Er segelt lieber. Allein auf dem Meer. Wochenende für Wochenende. Sieht ebenfalls nach Junkie aus. Passt ins Muster dieser Bilderbuchfamilie. Der Alte läuft auch auf Droge.«

»Was?«, rief Jung erstaunt.

»Haben Sie dafür kein Gespür? Ich kann den Promillegehalt in seinen Augen ablesen.«

»Davon habe ich nichts gemerkt. Gerochen habe ich auch nichts.«

»Wahrscheinlich Wodka. Der macht keine Fahne. Im Übrigen waren wir auch nicht nahe genug dran. Könnte auch Whiskey gewesen sein. Vormittags um elf, Chef. 'n bisschen zu früh, oder?«

»Nee. Also … Na gut, er ist …« Jung suchte nach passenden Worten.

»… ein Riesenarschloch«, sprang Charlotte ein.

»Das hast *du* gesagt. Zu seiner Verteidigung könnte man ins Feld führen, dass …«

»Nee, Chef. Seine Karriere spricht Bände. Der tickt nicht sauber.«

»Du bist ganz schön harsch in deinem Urteil, Charlotte. Gemessen an deinen Maßstäben sind ja fast alle Junkies. Jedenfalls die, die *ich* kenne.«

»Ja, so sehe ich das tatsächlich. Wie schmeckt Ihnen übrigens der Wein, Chef?«

»Gut. Aber wenn ich dir noch länger zuhöre, lass ich ihn lieber stehen.«

»Chef, es geht nicht darum, Alkohol zu trinken oder nicht.«

»Sondern?«

»Um einen souveränen Umgang. *Wir* sollten die Dinge im Griff haben, nicht umgekehrt.«

»Ganz schön ambitioniert, Charlotte. Du bist jung. Irgendwann bist du alt. Und dann wirst du vieles anders sehen. Das prophezeie ich dir.«

»Prophezeien Sie, was Sie wollen. Wie wir mit uns und der Welt umgehen, das entscheidet darüber, ob wir Junkies sind oder nicht. Junkies sind die Ritter der Selbstzerstörung. Und nun sehen Sie sich mal in der Welt um. Was fällt Ihnen dazu ein? Mal ehrlich, Chef!«

»Okay. Lassen wir das«, brummte Jung. »Kommen wir lieber zurück zu Eilers. Zum Schluss hat er sich in Richtung Vernunft bewegt, oder?«

»Irgendwas muss ihn bewogen haben, Kreide zu fressen. Wäre interessant zu wissen, was.«

»Deine Frage nach den Tunten hat ihn aus der Balance gebracht.« Jung grinste.

»Sie war ihm unangenehm. Das war nicht zu übersehen.«

Jung nickte nachdenklich.

»Seine Handynummer. Gut, dass du daran gedacht hast.«

»Das Gleiche gilt für das Auto. Gut gemacht, Chef.«

Jung hielt sich zurück. Ihm war klar geworden, dass ihr Verhalten unangemessen war. Man lobte seinen Chef nicht, es sei denn, man wollte ihn einwickeln. Hatte er den Eindruck erweckt, als ginge das mit ihm? Er durfte sich auf keinen Fall einwickeln lassen. Scheiße, fluchte er lautlos, es begann kompliziert zu werden.

Sie hatten ihre Mahlzeit beendet und Jung trank sein Glas leer. Während sich Charlotte mit der Serviette den Mund abwischte, bemerkte sie beiläufig: »Sie sagten vorhin, Sie werden die nächsten Tage auf Sylt sein. Bin ich dabei?«

»Wir müssen den Hafenmeister in List befragen«, erwiderte Jung. »Bei der Gelegenheit könnten wir uns auch um die anderen kümmern. Wenn ich das richtig in Erinnerung behalten habe, hält sich die Schwester von Goscha Müller in ihrem Ferienhaus in Rantum auf. Wir wissen nicht, wo die Ehepartner der anderen gerade stecken. Finde das heute Nachmittag noch heraus, Charlotte. Selbstverständlich bist du dabei.«

»Muss ich etwa wieder zu der Mutter von dem großen Blonden mit der Narbe im Gesicht[*]?«

»Wenn noch was frei ist, ja. Es könnte dauern.«

»Und wo bleiben Sie?«

Jung fragte sich, warum Charlotte das wissen wollte. Es ging sie nichts an. Was war daran wichtig? Er starrte sie für einen Moment abschätzend an.

---

[*] s. »Inselroulette«

»Ich frage nur wegen der Autos. Brauchen wir zwei oder eins?«

Jung atmete auf. Du bist ein Idiot, schoss ihm durch den Kopf. Laut sagte er: »Zwei. Ich komme bei einer alten Bekannten unter. Wenn ich Glück habe«, setzte er hinzu und lächelte. Er fühlte, wie er sich entspannte, und ließ seinen Blick über das Wasser gleiten.

»Hast du eigentlich einen Freund?«, erkundigte er sich beiläufig.

»Zwei Freunde und eine Freundin. Die Einzigen, die mir etwas bedeuten.«

»Gleich zwei?«, fragte er erstaunt.

»Freunde sind Freunde. Was soll die Frage?«

»Ich meinte eigentlich …«

»Ah, verstehe. Sie meinen Fickfreunde. Wenn mir danach ist, greif ich mir einen. Kein Problem.«

Jung schluckte.

»So genau wollte ich es gar nicht wissen«, versuchte er zu scherzen.

»Was ist los, Chef? Sie sehen aus, als hätten Sie in eine Zitrone gebissen.«

Jung ließ sich mit einer Antwort Zeit. Sein Problem hatte sich erledigt, bevor es eins geworden war. Keine Komplikationen. Jung war erleichtert und gleichzeitig enttäuscht. Er fragte sich, ob seine Tochter auch Fickfreunde hatte. Ihm würde das nicht gefallen. Aber er war zu diesem Thema noch nie nach seiner Meinung gefragt worden. Schade. Er hätte einiges dazu zu sagen gehabt.

»Okay«, gab er klein bei. »Deine Angelegenheiten gehen mich nichts an. Ich wollte nicht indiskret sein.«

»Ist mir auch egal, Chef. Ich habe keine Geheimnisse. Also, machen Sie sich deswegen keinen Kopf.«

»Dann ist ja alles in Butter«, erwiderte Jung fröhlich. »Wir bezahlen und dann geht's zurück an die Arbeit.«

»Sind wir nicht schon die ganze Zeit dabei?«

»Ab an den Schreibtisch, Frau Kommissarin.«

*

»Was war das eigentlich für ein mysteriöses Gespräch vorhin?«, fragte Charlotte auf dem Weg zurück nach Flensburg.

»Welches Gespräch?«

»Ihr Telefonat bei Eilers.«

»Ach so. War rein privat. Hat mit unserem Fall nichts zu tun.«

Charlotte sah ihn skeptisch von der Seite an.

»Staatsanwaltschaft. Auf deutschem Boden. Kinkerlitzchen. Haben Sie was ausgefressen, Chef?«, fragte Charlotte amüsiert.

»Wir müssen diese Kontrollmanagerin überprüfen. Wie hieß sie doch gleich?«, lenkte Jung ab.

»Sigrid Übel-Anschütz.«

»Richtig. Kümmerst du dich darum?«

»Mache ich. Auch um die Angehörigen der anderen drei.«

»Sehr gut. Noch was, Charlotte. Der Onkel von …«

»Sie meinen den Traumtänzer?«

»Richtig. Der Traumtänzer war vielleicht verheiratet und seine Frau lebt noch. Könntest du …«

»Klar, mach ich«, sagte Charlotte.

Den Rest der Fahrt schwieg Jung. Charlotte spürte, dass er sich Gedanken machte, und wollte ihn nicht stören. Sie glaubte sogar zu wissen, worüber. Aber sie täuschte sich. Jungs Gedanken waren ganz woanders.

ZURÜCK AN DIE SCHREIBTISCHE

In seinem Büro angekommen, führte ihn der erste Weg ans Fenster. Der Blick über Hafen und Stadt hatte eine beruhigende Wirkung auf ihn. Das brauchte er jetzt. Seit dem Betreten der Inspektion hatte ihn eine Erregung erfasst, die seinen Puls höher schlagen ließ. Mit einem kurzen Nicken, ohne den üblichen Smalltalk, war er an Petersen vorbei die Treppe hochgestapft. Sein Gefühlsapparat sorgte für jede Menge Adrenalin. Sein Kopf rauchte. Tiny, dieses Riesenarschloch. Wenn er so weitermachte, konnte er sie in echte Schwierigkeiten bringen. In ein paar Tagen würde er auf dem Bahnhof in Westerland stehen. Und dann? Was sollte er mit diesem Hornochsen machen? Was konnte er tun, damit der Kerl sich endlich in seine portugiesische Hütte verkroch und die Klappe hielt? Auf gar keinen Fall durfte er zulassen, dass Svenja da mit hineingezogen wurde. Wenigstens war der Idiot auf der Insel einigermaßen isoliert und die Möglichkeiten, Unsinn anzustellen, waren beschränkt. Außerdem war die Chance groß, dass er auf ein paar Damen stieß, die ihn aus dem Straßenverkehr in einen anderen Verkehr zogen. Tinys sexuelle Obsession hatte er in lebhafter Erinnerung. Sie hatte damals für unliebsame Überraschungen gesorgt. Er wusste ein Lied davon zu singen.

Ihm war Sylt in den Sinn gekommen, als er sich damit beschäftigte, was als Nächstes zu tun war. Was vorher nur eine unbestimmte Ahnung möglicher Schwierigkeiten gewesen war, begann sich zur Gewissheit zu entwickeln.

Jan Eilers war das erste Problem. Was sollte diese Geheimniskrämerei um den Laptop seines Sohnes? Wenn es überhaupt einen Hinweis auf ihn und seine Pläne geben konnte, dann war dieser in seinem Laptop zu finden. Was ging sie der andere Quatsch an, der vielleicht sonst noch darauf zu sehen oder zu lesen war, Rechtsstaatprinzipien hin oder her?

Dann war da Charlottes Bemerkung das Familienmuster der Eilers betreffend. Er war kein Verhaltenspsychologe. Das musste man auch nicht sein, um zu wissen, dass Kinder von ihrer Umgebung geprägt wurden. Der Apfel fällt nicht weit vom Stamm. Im Volk war das schon lange bekannt und längst ein geflügeltes Wort. Aber wie passte das zu dem, was Roberto von den beiden zu erzählen gewusst hatte? Laut, grob und arrogant der Senior. Leise, zurückhaltend und höflich der Junior. Zwei Seiten ein und derselben Medaille?

Das Verhalten der Mutter schien ihm noch am ehesten nachvollziehbar. Sie hatte panische Angst um ihren Sohn. Ihr Verhältnis war eng. Daran schien kein Zweifel möglich. Er wohnte bei ihr im Haus. Sie kannte ihn in- und auswendig und hätte aller Wahrscheinlichkeit nach den einzigen erfolgversprechenden Hinweis auf seinen Verbleib geben können, wenn es denn überhaupt einen gegeben hätte. Charlottes Bemerkung über die ungesunde Natur dieser Mutter-Sohn-Beziehung änderte daran nichts. Oder doch? Wenn sich ein Kind von der eigenen Mutter – und für die eigene Mutter blieb man sein Leben lang Kind – bedrängt, gegängelt oder bevormundet fühlt, wird es einen Ausweg suchen. Welchen? Für ein inzwischen erwachsen gewordenes Kind bot sich ein Doppelleben als Möglichkeit an. Dass Jens Eilers keine Frau, Freundin oder Geliebte hatte, war an sich schon merkwürdig. Oder sollte er tatsächlich eine Tunte sein? Charlottes Wortspiel war ein Gag gewesen, konnte aber durchaus einen ernsten Hintergrund haben. Jung fand diesen Gedanken überhaupt nicht abwegig. Jens Eilers wollte sich, aus welchen Gründen auch immer, nicht outen. Ein Grund mehr, das Weite zu suchen. Allerdings brauchte es eine ausgeklügelte Strategie und ein beachtliches schauspielerisches Talent, das andere Leben vor den argwöhnischen Augen der eigenen Mutter zu verbergen. Hatte sie nicht selbst von sich behauptet, dass sie ein untrügliches Gefühl für ihren Sohn habe? Das klang mehr nach angsteinflößender Überwachung als nach vertrauensvoller Fürsorge. Jung erinnerte sich an seine eigene Mutter und wie sie es mit der Aufsicht ihres Sohnes gehalten hatte. Er kam zu dem Schluss, dass in dem vorliegenden Fall verborgene Kräfte am Werke sein mussten. Gespenstisch, finster, bedrückend.

Was war also als Nächstes zu tun? Eigentlich stellte sich diese Frage nicht wirklich. Sie mussten einfach machen, was sie schon immer gemacht hatten und mit Sicherheit auch wieder machen würden: Sie mussten an mehr Informationen kommen. Und irgendwo da draußen waren sie zu finden. Auch das war so sicher wie das Amen in der Kirche.

Jung blickte hinüber ans Ostufer, zur Marina und zu dem flachen Schuppen, in dem der Hafenmeister seiner Arbeit nachging. Was machte der eigentlich genau? Warum war sein Büro nur stundenweise geöffnet? Bald würde er mehr wissen.

*

»Sie haben doch nicht schon wieder eine Leiche im Sack, oder?«, lachte Karin Mendel am anderen Ende der Leitung.

»Nein, nicht dass ich wüsste. Aber man weiß ja nie. Nur mein Anliegen ist wieder das gleiche.«

Jung hatte sich rechtzeitig daran erinnert, dass er ein Quartier auf Sylt brauchte. Schon zweimal war er im Gästeapartment von Karin Mendel in Westerland untergekommen. Bei dem Gedanken daran hob sich seine Laune. Karin Mendel war eine attraktive Frau. Er erinnerte sich sehr genau an das erste Zusammentreffen. Seine Reaktion war heftig gewesen, so wie er es nur wenige Male erlebt hatte. Ihre nackten Arme hatten ihn in erotische Fantasien gestürzt, obwohl er damals den Tod ihrer Schwiegermutter aufzuklären gehabt hatte. Sie war vergiftet worden. Während er an dem Fall arbeitete, hatte er im Garten der Schwiegermutter zwei weibliche Leichen in Abfallsäcken entdeckt[*]. Und auch das letzte Mal, vor ein paar Wochen, hatte er es mit einer weiblichen, in einem Müllsack verpackten Leiche zu tun gehabt[**]. Beides schien Karin Mendel nicht mehr zu belasten.

»Sie haben Glück. Mein Apartment ist frei«, sagte sie lachend.

»Dann kann ja gar nichts mehr schiefgehen«, erwiderte Jung cool.

»Was könnte denn schiefgehen? Läuft auf unserer schönen Insel etwa ein durchgeknallter Psychopath herum, der Frauen überfällt, sie bei lebendigem Leib zerstückelt, und in Tonnen verpackt, auf die Müllkippe schmeißt?«, amüsierte sie sich.

»Nein, nein. Kein Grund zur Panik. Ich bin nur auf der Suche nach ein paar harmlosen Vermissten.«

»Das waren Sie das letzte Mal auch, wenn ich Sie daran erinnern darf.«

»Da haben Sie allerdings recht. Dieses Mal geht es aber um vier Gäste, nicht um eine einzelne Einheimische.«

»Gäste? Hotelgäste, Golf…«

»Ferienhausbesitzer, Urlauber und ein Segler«,

---

[*] s. »Inselkoller«
[**] s. »Inselroulette«

stellte Jung klar. Ihn durchzuckte eine Idee. Karin Mendel leitete eine Makler- und Vermietungsagentur.

»Vielleicht kenne ich einen von ihnen«, sagte Karin Mendel spontan. »Mit Seglern habe ich nicht so viel zu tun. Hörnum und List haben ein paar Liegeplätze. Rantum kann man vergessen. Aber Apartments und Häuser habe ich genug auf der Insel verkauft.«

»Könnte sein«, erwiderte Jung, leicht enttäuscht, dass sie ihm zuvorgekommen war. »Goscha Müller, Helmut Bohl, Gisela Terhegen, Jens Eilers. Sagen Ihnen die Namen etwas?«

»Die Männer nicht. Aber die Frauen sind mir bekannt.«

»Können Sie mir etwas über sie erzählen?«, fragte Jung erfreut.

»Frau Müller habe ich ein Haus in Rantum verkauft. Sie ist eine smarte Geschäftsfrau, die genau weiß, was sie will, und sich in Gelddingen gut auskennt. Sie hat auch genug davon, glaube ich. Das Haus kostete immerhin eine siebenstellige Summe. Sie hat bar bezahlt.«

»Für einen Hauskauf eine ziemlich ungewöhnliche Zahlungsweise, oder?«, meinte Jung.

»Sehr ungewöhnlich. Pecunia non olet*. Ich muss Ihnen das nicht übersetzen. Mit lateinischen Sprüchen kennen Sie sich ja aus.«

»Ja, schon richtig. Aber mit der Zeit lässt das

---

* s. »Inselkoller«

Gedächtnis nach.« Er lachte. »Mich würde allerdings brennend interessieren …«

»Ich will nicht weiter darüber reden. Das verstehen Sie doch, Herr Kriminalrat, oder?«, sagte Karin Mendel unbefangen.

»Natürlich. Ich bin ja nicht von der Steuerfahndung. Obwohl die auch polizeiliche Befugnisse haben. Die dürfen eine Waffe tragen. Also Vorsicht. Übrigens bin ich Kriminal*ober*rat.«

»Huch, das ist ja furchtbar«, amüsierte sich Karin Mendel königlich.

»Was? Dass ich Oberrat bin?«, ließ Jung sich auf das Geplänkel ein.

»Das ist doch ziemlich egal. Ober oder unter. So viel Unterschied ist da doch nicht.«

»Na ja, ich weiß nicht. Unterrat klingt irgendwie daneben, mehr wie Unrat.«

Sie lachten.

»Ich meinte den Unterschied im Gehalt«, bemerkte Karin Mendel, immer noch lachend.

»Da haben Sie allerdings recht«, wurde Jung wieder ernst. »Zurück zu Frau Müller. Sie sagten, sie sei vermögend. Habe ich Sie da richtig verstanden?«

»Ja. Sie machte den Eindruck, als sei sie ausschließlich damit beschäftigt, ihr Geld anzulegen. Bevor es ihr weggenommen wird oder sonst irgendwie verdunstet, verstehen Sie? Privat lässt sie nichts aus sich heraus. Nichts über Familie, Lebensumstände …«

»Vielleicht ist das Geld ihr Privatleben«, unterbrach sie Jung.

»Geld? Kann sein. Bei Frauen eher selten.«

»Wieso bei Frauen?«

»Herr Jung, wo leben Sie eigentlich? Sind Sie überhaupt verheiratet?«, fragte Karin Mendel amüsiert.

»Und die andere?«, bog Jung die drohende Diskussion ab. »Frau Terhegen. Was ist mit der?«

»Sie ist verheiratet und hat Kinder. Das zum Unterschied zu Frau Müller, von der ich nichts dergleichen weiß. Aber auch sie hat Geld. Zumindest verwaltet sie eine Menge Geld. Ich glaube, ihr Mann verdient es und sie legt es an. Sie ist sehr geschickt darin. Ich weiß das zu beurteilen, weil ich mit vielen Geldleuten zusammenkomme.«

»Ist auch sie den lieben langen Tag damit beschäftigt, es nicht ›verdunsten‹ zu lassen?«

»Das ist vielleicht übertrieben. Aber ich kann mir gut vorstellen, dass sie in ähnlicher Mission unterwegs ist. Ja, das passt ins Bild.«

»Und sonst gibt es von ihr nichts weiter zu berichten?«

»Nein. Sie hat per Bankauftrag über Notaranderkonto den Kauf ihrer Ferienwohnung abgewickelt. Das zu Ihrer Beruhigung, Herr Jung.« Karin Mendel lachte.

»Zu *Ihrer* Beruhigung, gnädige Frau, nicht zu meiner. Ich bin nicht beunruhigt.« Jung lachte nicht mit.

Ihm war bewusst, dass er gleichzeitig log und die Wahrheit sagte.

»Und den Mann kennen Sie nicht?«, fuhr er fort.

»Wie war noch der Name?«

»Helmut Bohl.«

»Was macht er beruflich?«

»Er ist Fondsmanager. Ist das eigentlich ein Ausbildungsberuf? Wissen Sie etwas darüber?«

»Keine Ahnung. Er ist mir wirklich nicht bekannt, obwohl die Chancen groß sind, dass er mir schon über den Weg gelaufen ist.«

»Wie kommen Sie darauf?«

»Wissen Sie, wie der Fond heißt, für den er arbeitet?«

»Nein. Kann ich aber in Erfahrung bringen. Worauf wollen Sie hinaus?«

»Sylt ist ein Tummelplatz für Geldanleger. Gerade Immobilienfonds sind interessiert, auf der Insel zu investieren. Auch bei mir.«

»Verstanden. Ich krieg das raus und melde mich wieder. Nur wenn ich darf, natürlich«, merkte Jung charmant an.

»Herr Kriminaloberrat, Sie dürfen, wann immer Sie wollen. Auch ohne meine Erlaubnis, oder?« Der kokette Unterton in ihrer Stimme schmeichelte Jung und verdross ihn gleichzeitig. Lieber würde er eine Tasse Tee mit ihr trinken, anstatt sie in seiner Eigenschaft als Polizist über Fremde auszuhorchen.

»Das ist *so* nicht richtig, Frau Mendel«, erwiderte er hölzern. »Wir sind an Recht und Gesetz gebunden. Wenn Sie nicht wollen, brauchen Sie nicht mit mir zu reden.«

»Und wann *muss* ich mit Ihnen reden?«, scherzte sie unverdrossen.

»Wenn ich eine schriftliche Vorladung für Sie habe, müssen Sie zumindest zu mir kommen.«

»Gut. Dann besorgen Sie eine. Ich freue mich.« Sie lachte ausgelassen und legte auf.

Jung lehnte sich zurück und pustete durch die Lippen. Schön wär's, dachte er und erinnerte sich schmerzlich daran, was vor ihm lag.

*

Zurück in ihrem dunklen Loch, ließ Charlotte sich auf ihren Stuhl fallen. Es kostete sie Mühe, keinen Frust aufkommen zu lassen. Die Aussicht, heute Abend in ihr Hotel zu müssen, machte das Ganze nicht besser. Der Chef war heute komisch gewesen, anders als sonst. Sie wurde nicht schlau aus ihm. Was bewegte ihn? Er verbarg etwas vor ihr, das war ihm deutlich anzumerken. Warum redete er nicht mit ihr? Das letzte Mal, als er versucht hatte, sie ins Vertrauen zu ziehen, hatte sie ihn ziemlich rüde abfahren lassen. Das hatte sie leider erst später eingesehen. War das der Grund? Er hatte ihr im Gegenzug vorgeworfen, altklug und unsensibel zu sein. Hatte er recht? Die Nummer, die er daraufhin abgezogen hatte, war fies gewesen und hatte sie mächtig geärgert. Sie glaubte, dass er wütend auf sie gewesen war. Letztendlich war ihr Zwist aber zu ihrem Vorteil ausgegangen. Sie hatte ihren ersten spektakulären TV-Auftritt als Kriminalkommissarin gehabt.

Egal, sagte sie sich, konzentriere dich auf das, wozu du hier bist. Fang endlich an zu arbeiten. Sie fuhr den PC hoch und loggte sich ins Netzwerk der Polizei ein. Der Name Sigrid Übel-Anschütz tauchte im Fahndungssystem nicht auf. Für den roten Van von Jens Eilers erstellte sie einen internationalen Fahndungsaufruf.

Eine Agenda für die nächsten Tage war fällig. Zuerst musste sie den Aufenthaltsort der Angehörigen ermitteln und einen Gesprächstermin vereinbaren. Die Telefonnummern waren in den Akten zu finden. Bei der Gelegenheit könnte sie auch gleich nach Laptops fragen, falls die greifbar waren. Wenn ja, gab es vielleicht Chancen, dass sich die Angehörigen nicht so pingelig anstellen würden wie dieser unsympathische Geldsack aus Glücksburg.

Sie hatte eine längere Telefonsitzung vor sich. Dazu brauchte sie die Akten. Die lagen bei Jung. Sie stand auf, zog ihren Pullover glatt und verließ das Büro.

*

»Herein.«

Jung richtete sich auf und starrte die Tür an. Sie öffnete sich und Charlotte betrat das Büro.

»Hi, Charlotte. Das ging aber schnell.«

»Ich komme wegen der Akten, Chef. Ich brauche die Telefonnummern und Adressen.«

»Ach so. Sie liegen da auf der Ablage.« Jung zeigte auf den Aktenbock an der Wand.

Charlotte ging die paar Schritte und griff nach den Mappen. Sie zögerte.

»Was ist, Charlotte? Gibt's Probleme?«, fragte Jung besorgt.

»Das Gleiche wollte ich *Sie* fragen, Chef.«

»Was meinst du?«

»Also, ich weiß nicht, wie ich es sagen soll. Aber heute waren Sie so anders, so kenne ich Sie gar nicht und …«

»Okay, Charlotte. Setz dich.« Jung lud sie mit einer Geste ein, auf dem Besucherstuhl vor seinem Schreibtisch Platz zu nehmen. Charlotte setzte sich. Sie fühlte sich unwohl. Und das lag nicht nur an dem alten Sitzmöbel, das aus Beständen vor dem letzten Krieg zu stammen schien. Sie fühlte sich unsicher, was selten vorkam.

»Was ist los, Charlotte?« Jung lehnte sich zurück, stützte die Ellenbogen auf die Armlehnen seines Bürostuhls und legte die Fingerspitzen aneinander.

»Sie sind der Chef. Das ist klar«, begann Charlotte

zögerlich. »Trotzdem sind wir ein Team. So sehe ich das jedenfalls. Und in einem guten Team müssen Respekt, Vertrauen und Verlässlichkeit herrschen.« Sie machte eine Pause.

»Worauf willst du hinaus, Charlotte?«, fragte Jung ernst.

»Ich will's kurz machen. Das letzte Mal, als Sie mir etwas anvertrauen wollten, habe ich …«

»Ach, das meinst du«, unterbrach sie Jung und lächelte. »Vergiss es, Charlotte. Du warst gut beraten, nicht darauf einzugehen. Sehr klug.«

»Klug? Damals klang das aber ganz anders. Unsensibel und altklug haben Sie mich genannt.«

»Du hast mich vor einem Fehler bewahrt und du selbst hast einen ordentlichen Schritt auf der Karriereleiter gemacht. Das war nicht nur klug, das war richtig gut. Vielleicht wirst du einmal die erste weibliche Polizeipräsidentin werden. Wundern würde mich das nicht.«

»Sie prophezeien heute ganz schön viel, Chef«, erwiderte Charlotte, nicht überzeugt.

»Ist es das, was dich an mir stört?«, lachte Jung.

»Nicht nur«, gab sie ernst zu. »Mir scheint, Sie denken über irgendetwas nach. Gibt es ein Problem, von dem ich wissen sollte?«

Jung erhob sich, ging ans Fenster und sah schweigend nach draußen. Charlotte machte keine Anstalten, die Situation zu entspannen. Nach einer Weile machte er kehrt, setzte sich wieder und nahm die gleiche Haltung ein wie zuvor.

»Ich möchte dir etwas sagen, Charlotte. Und ich bitte dich, genau zuzuhören. Denn ein zweites Mal wird es nicht geben.« Er machte eine Pause und sah sie fragend an.

»In Ordnung. Hab ich kapiert.«

Jung holte tief Luft.

»Wenn *ich* ein Problem habe«, fuhr er fort, »dann ist es ganz allein mein Problem. Wenn ich Hilfe brauche, werde ich sie mir holen. Wo auch immer. Aber ich werde auf keinen Fall zulassen, dass mir eine Hilfe aufgedrängt wird, die ich nicht will.«

Jung schwieg und sah ihr in die Augen. Charlotte hielt seinem Blick stand. Schließlich sagte sie: »Das letzte Mal waren Sie wütend, nicht wahr?«

»Das kann ich nicht abstreiten. Dein Verhalten hat mir aber dabei geholfen, dass meine Wut keinen Schaden angerichtet hat. Im Gegenteil. Dein Verhalten war das eines echten Profis.«

Charlotte ließ sich von seinem Lob nicht besänftigen. »Jetzt sind Sie auch wütend. Habe ich recht?«

»Ganz und gar nicht. Ich bin froh, dass ich mal ein paar grundsätzliche Sachen klarstellen kann.«

»Aber Sie nehmen mir übel, dass ich Sie gefragt habe.«

»Wenn ich etwas absolut nicht ausstehen kann, Charlotte, dann sind es notorische Kümmerer, die vor lauter Mitgefühl und Mitleid verpassen, sich um sich selbst zu kümmern. Denn davor haben sie den meisten Schiss. Es könnte ihr heroisches Selbstbild beschädigen. Eigentlich wollen sie nur, dass man ihnen dankbar ist. Daraus ziehen sie Honig. Verlogene Schisser, weiter nichts. Viele Probleme gäbe es gar nicht, wenn die nur …«

»Sie verstehen mich völlig falsch, Chef, wenn Sie annehmen, dass ich mich aufdrängen will«, fiel ihm Charlotte vehement ins Wort.

»Ich will dir nichts unterstellen, Charlotte. Mir geht es um Klarheit. Jeder Mensch, ob er es nun wahrhaben will oder nicht, hat Probleme, größere oder kleinere. Aber alles wird nur noch schlimmer, wenn wir uns um die Probleme der anderen kümmern, anstatt uns mit den eigenen herumzuschlagen. Wenn ich dich jemals dabei erwischen sollte, erst dann wirst du mich wirklich anders kennenlernen. Es gibt nichts weiter dazu zu sagen.«

»Ich habe keine Probleme.«

»Dann ist ja alles in bester Ordnung«, stellte Jung fest. Charlotte schwieg. Jung sah ihr an, dass sie mit dem Ausgang der Diskussion nicht zufrieden war.

»Okay, Chef. Ich mach mich an die Arbeit. Bald werden wir wissen, wo wir die Angehörigen treffen können. Ich kümmere mich um die Laptops der Vermissten. Vielleicht haben wir Glück.«

»Vergiss bitte nicht die Familie des Onkels, Charlotte.«

»Ich denke dran. Übrigens steht Sigrid Übel-Anschütz nicht im Fahndungssystem. Dafür ab jetzt der rote Van von Jens Eilers.«

»Gut«, sagte Jung und stand auf. Er sah auf die Uhr. »Ich muss noch zu Holtgreve«, murmelte er. »Er will hören, was wir Neues haben.«

»Sollte ich nicht mit dabei sein?«, fragte Charlotte unsicher.

»Nein«, erwiderte Jung ausdruckslos.

»Darf ich fragen, warum nicht?«

»Du darfst«, lächelte Jung sie an und schwieg.

»Krieg ich auch eine Antwort?«, ließ sie sich nicht abwimmeln.

»Ich habe meinem Vorgesetzten gegenüber eine Gehorsamspflicht«, gab Jung ihrem Drängen widerwillig nach. »Man nennt das auch Loyalität. Du weißt, wovon ich rede, nicht wahr?«

»Ja, hab ich mir gemerkt, Chef.«

»Sehr schön. Es gibt aber Situationen, in denen es gut ist, jemanden im Team zu haben, der nicht davon betroffen ist. Habe ich mich klar ausgedrückt?« Jung grinste schief.

»Ja. Vielmehr nein. Was befürchten Sie denn? Sie sind doch mit ihm per Du.«

»Ich befürchte gar nichts. Ich bin nur vorsichtig. Das ist meine Natur. Noch Fragen?«

»Nein, Chef.«

Jung nahm seine Jacke vom Garderobenhaken und öffnete die Tür.

»Wir sehen uns morgen. Arbeite nicht zu lange. Es wird früh dunkel. Falls du noch joggen willst.«

»Kein Problem, Chef. Ich habe den schwarzen Gürtel in Taekwondo. Das wissen *Sie* ja nur zu gut.«

Jung lachte. Ja, das wusste er wirklich gut, obwohl er gerne darauf verzichtet hätte. Sie musste immer das letzte Wort haben. Eine notwendige, aber nicht hinreichende Bedingung für eine Polizeipräsidentin. Aber das, was ihr dazu noch fehlte, würde sie lernen. Das war so gewiss wie Tag und Nacht.

»Was gibt es denn zu grinsen, Chef?«, erkundigte sich Charlotte im Rausgehen.

»Nichts, Charlotte. Gar nichts. Ich war mit meinen Gedanken bloß weit weg. Sorry.«

*

Holtgreve hatte seinen Bericht angehört. Bis auf ein paar klärende Zwischenfragen hatte er keine Gefühlsregungen gezeigt. Jung war dankbar.

»Übrigens haben wir, genauer gesagt, hat Charlotte einen Grund für das gesteigerte Interesse unserer Vorgesetzten herausgefunden. Ich …«

»Was?«, entfuhr es Holtgreve. »Doch hoffentlich nichts, was uns zusätzliche Schwierigkeiten bringen könnte, oder? Es reicht jetzt schon. Ich weiß gar nicht …«

»Sie gehören allesamt der Burschenschaft ›Teutonia

Kiel‹ an«, unterbrach Jung seinen beginnenden Redeschwall. »Unser Exbanker übrigens auch. Sie sind sozusagen Brüder. Zumindest im Geiste.«

Holtgreve pfiff durch die Zähne und schüttelte den Kopf.

»Woher habt ihr das?«

»Charlotte hat es im Internet gefunden. Sie kennt sich aus. Die neue Generation, du weißt schon.«

»Okay. Gut zu wissen. Man weiß ja nie, was noch kommt. Der Polizeipräsident telefoniert nachher mit mir.«

»Kündigt er das jetzt vorher an?«, lachte Jung.

»Ich habe mit ihm ein ähnliches Arrangement wie mit dir«, erwiderte Holtgreve säuerlich. »Gerne mach ich das nicht, Tomas.«

»Die Brüder scheinen ja mächtig unter Druck zu stehen. Ich frage mich nur, warum? Dass der Sohn von einem verschwunden ist, reicht doch dafür nicht aus, oder?«

»Schon von Anfang an habe ich ein ungutes Gefühl. Was Bakkens herausgefunden hat, macht es nicht besser, eher schlechter.«

»Wirst du dem Präsidenten davon berichten?«

»Nein, nein. Wo denkst du hin? Auf gar keinen Fall. Was sollte das übrigens auch bringen? Dadurch finden wir den Sohnemann auch nicht schneller.«

»Apropos schneller. Ich will morgen mit Charlotte nach Sylt. Wir wollen den Hafenmeister in List und …«

»Okay, Tomas. Nimm dir, was du brauchst. Der Fuhrpark ...«

»Wir nehmen lieber unsere Privatwagen. Damit sind wir flexibler und auch unauffälliger. Vielleicht ist das angebracht.«

»Auch gut. Wende dich an den Drachen in meinem Vorzimmer. Ich sag ihr Bescheid.«

Jung bedankte sich, stand auf und marschierte in Richtung Tür. »Noch was, Henning«, wandte er sich noch einmal um. »Charlotte haust da unten in einem fensterlosen Loch. Haben wir nicht einen Platz für sie auf den oberen Stockwerken, ein Zimmer mit Aussicht?«

»Warum nimmst du sie nicht zu dir? Da hast du sie unter Kontrolle. Das kann nie schaden.«

Sie lachten.

»Lieber nicht. Sie sieht zu gut aus. Das lenkt mich von der Arbeit ab«, witzelte Jung. »Aber bei Kopper-Carlson wäre das sicherlich kein Problem.«

Sie lachten noch einmal ausgelassen.

»Okay. Ich kümmere mich darum. Schließlich habe ich gegenüber meinen Bediensteten eine Fürsorgepflicht.«

»Sie soll uns ja in guter Erinnerung behalten. Ich glaube, aus ihr wird noch mal was.«

»Selbst wenn du recht hast; bevor sie oben angelangt ist, sind wir schon längst pensioniert.«

»Auch wieder wahr. Egal. Die nächsten Tage werden wir uns nicht sehen. Was machen wir?«

»Wir telefonieren. Gleiche Zeit. Ich wünsche euch viel Erfolg. Das alles muss schnell ein Ende haben, Tomas.«

»Damit du nicht länger belästigst wirst, verstehe«, feixte Jung hintersinnig und verschwand durch die Tür.

*

Am liebsten wäre er jetzt nach Hause gefahren. Er vermisste sein Bett, die Aussicht vom Schreibtisch auf den Baggersee, die Bilder von Edward Hopper im Flur und nicht zuletzt Küche und Kühlschrank. Der Gedanke, was ihn am Willy-Brandt-Platz erwartete, machte die Sache nicht besser.

Er ertappte sich bei der Frage, ob es richtig gewesen war, auszuziehen. War sein Entschluss Ausdruck einer krankhaften Überempfindlichkeit? Dann musste er zum Therapeuten. Oder sollte er einfach abwarten, was passierte? Svenja würde etwas tun, dessen war er sich sicher. Er kannte sie zu gut. Auf der anderen Seite widerstrebte es ihm, warten zu müssen. Er sah sich lieber in der Aktion, obwohl ihm in letzter Zeit große Zweifel gekommen waren, ob dieser Zustand so erstrebenswert war. Konnte man sein Schicksal überhaupt beeinflussen? Sein Glaube daran schwand von Tag zu Tag und erschien ihm allmählich als eine riesige Illusion.

Inzwischen hatte er einige probate Mittel zur Hand, sich von seinen Dämonen abzulenken. An erster Stelle halfen ihm dabei Essen und Trinken. Hatte er Hunger? Nein. Hatte er Durst? Nein. Er hatte Appetit auf ein Glas Wein. Aber den hatte er immer. Noch so eine verdächtige Angewohnheit. Blieb Routinearbeit als bestes Ablenkungsmittel übrig. Jung ging zurück in sein Büro.

Er setzte sich an den Computer und hielt noch einmal schriftlich fest, was er Holtgreve berichtet hatte. Er erwähnte auch die Mitgliedschaft von Jan Eilers und den höchsten Autoritäten im Land in der Studentenverbindung »Teutonia Kiel«. Er heftete den Bericht ab, legte ihn in den Ausgangskorb und lehnte sich zurück.

Sein Schreibtisch war leer. Besser gesagt, er sah leer aus. Alles hatte seinen festen Platz. Ordnung am Arbeitsplatz war Jung wichtig. Deswegen lag auch nichts herum, keine losen Papiere, keine Büroklammern und keine Stifte, die er nicht brauchte. Sollte ein Fremder in seiner Abwesenheit an seinem Schreibtisch gewesen sein, wäre ihm das auf keinen Fall entgangen. Jung bildete sich ein, dass ihm jede, auch die kleinste Veränderung in seiner Arbeitsumgebung sofort auffallen würde.

Dekor am Arbeitsplatz lehnte er ab. Es gab keine Fotos von Frau und Kindern, keine Zeugnisse, Urkunden oder Auszeichnungen an den Wänden. Er hatte bis zum heutigen Tag auch keine Auszeichnung verliehen bekommen.

Er sah sich um. Was er sah, gefiel ihm. Die Ordnung war perfekt. Gab es noch etwas, bevor er Feierabend machte? Der Termin mit dem Hafenmeister in List stand noch aus. Er aktivierte den Computer und klickte sich bis zur Telefonnummer der Hafenmeisterei durch. Dann griff er zum Telefon. Nach einer kleinen Ewigkeit gelang es ihm, den Hafenmeister an den Apparat zu bekommen. Der Mann war kein Schnacker. Das Telefonat blieb kurz. Jungs Tagwerk war erledigt. Er verspürte Hunger.

Er nahm den Bericht aus dem Ausgangskorb und verließ das Büro. Vielleicht arbeitete Charlotte noch und sie konnte den Bericht zu den Akten nehmen. Das Wachlokal am Treppenaufgang war verwaist. Petersen hatte längst Feierabend. Seine Ablösung war nicht zu sehen. Unter der Tür zu Charlottes Zimmer sah Jung Licht. Er klopfte.

»Ja!«, rief Charlotte.

Jung trat ein und schloss die Tür hinter sich.

»Ich mach jetzt Schluss, Charlotte«, sagte er. »Hier ist der Tagesbericht. Hefte ihn an die Akte Eilers.«

»Okay. Mach ich«, erwiderte Charlotte und griff das Papier, das Jung ihr hinhielt.

»Wir haben übrigens Glück, Chef«, bemerkte Charlotte, während sie das Papier lochte.

»Inwiefern?«, zeigte sich Jung interessiert.

»Wir werden Zeit und Aufwand sparen können«, erwiderte Charlotte. »Die Schwester von Goscha Müller – sie heißt übrigens Beata Lawetzki – wohnt dauerhaft in Rantum. Die Frau von Helmut Bohl hält sich zurzeit im Hotel *Stadt Hamburg* auf. Sie hat dort ganzjährig ein Zimmer. Und der Mann von Gisela Terhegen ist auch momentan auf Sylt.«

»Ihnen gehört eine Ferienwohnung in Westerland, wenn ich mich recht erinnere«, warf Jung ein.

»Richtig. Wir treffen sie also alle auf Sylt. Die Laptops der Vermissten befinden sich bei den Angehörigen. Ich bin …«

»Sehr gut, Charlotte«, lobte Jung sie spontan.

»Das Beste kommt noch. Für zwei haben wir auch die Passwörter. Nur der Mann von Frau Terhegen kennt das Passwort vom PC seiner Frau nicht. Und noch was: Wir dürfen alle mitnehmen und sie auswerten. Keine Einwände wie heute Morgen.«

»Gut. Wer kann den von Frau Terhegen knacken? Du?«

»Ich versuch's. Noch was, Chef. Der Onkel …«

»Du meinst den Traumtänzer.«

»Ja. Er war verheiratet. Die Witwe, Anna Lorenzen, lebt in Schleswig. Adresse und Telefonnummer hab ich hier.«

»Okay. Wenn wir auf Sylt fertig sind, werden wir ihr einen Besuch abstatten. Und mach uns auch Termine mit den Angehörigen, wenn's geht, noch heute. Bis morgen.«

»Treffen wir uns vorher?«

»Was meinst du?«

»Bevor wir nach Sylt aufbrechen.«

»Ach so. Ja. Gut, dass du fragst. Wir haben einen Termin um 12 Uhr mit dem Hafenmeister in List. Wir treffen uns auf der Pier, vor dem Seenotrettungskreuzer. Er heißt übrigens Pidder Lüng, falls du ihn nicht sofort finden solltest.«

»Wer? Der Hafenmeister?«, fragte Charlotte.

»Nein, der Kreuzer«, lachte Jung. »Wir sehen uns dort. Ich fahre über Romö. Und du?«

»Mit dem Autozug.«

»Okay. Das schaffst du locker bis zwölf. Denk an den Reisekostenantrag. Die Bahn ist teuer.«

»Mach ich.«

»Schönen Feierabend. Ich gehe jetzt einen Happen essen. Ich habe Hunger.«

»Guten Appetit«, wünschte Charlotte.

»Danke. Gute Nacht«, verabschiedete sich Jung und verschwand durch die Tür.

*

Charlotte sah nachdenklich hinter ihm her. Die Atmosphäre zwischen ihnen hatte sich verändert. Warum? Sie war daran gewöhnt, unverblümt und frei von der Leber weg zu reden. Auch mit Jung. Dass er der Chef war, spielte dabei keine Rolle. War sie respektlos oder vorlaut gewesen? Nein. Ihre Beiträge hatten Hand und Fuß. Was sie zu sagen hatte, war weder dümmlich noch oberflächlich. Sie hatte sich nichts vorzuwerfen. Ihre Auseinandersetzung hatte eine Schärfe angenommen, die neu war. Sie war einigermaßen glimpflich davongekommen. Es schien also vorbei zu sein. Dennoch fühlte sie ein Unbehagen, eine Art von Befangenheit, die ihr bis zu diesem Tag völlig fremd gewesen war. Gestern noch hatte er sie fast bekniet, mit ihm essen zu gehen. Heute hatte er sie nicht einmal gefragt. Was war in der Zwischenzeit geschehen? Das Telefonat am Morgen war der Knackpunkt gewesen. Mit wem hatte er geredet? Was hatte es da zu besprechen gegeben? Diese Fragen quälten sie.

SYLT, DIE INSEL
DER REICHEN UND SCHÖNEN

Wenn nicht schon die tief stehende Sonne einen deutlichen Hinweis auf den nahenden Herbst gegeben hätte, dann die beschlagenen Scheiben, die feuchte Kühle und die allmähliche Verfärbung des Laubes. Jung mochte die Stimmung frühmorgens nach Sonnenaufgang. Eine stille Melancholie lag über dem Land.

Er passierte in Krusau die Grenze und bog auf die Landstraße nach Bolderslev ein. Was ihm an Dänemark besonders gefiel, war der Verkehr. Es gab ihn nicht. Jedenfalls nicht hier. Die Straße war glatt und er rollte mit 90 Stundenkilometern gleichmäßig dahin. Früher, als Svenja und er frisch verheiratet gewesen waren, hatten sie bei dieser Gelegenheit gerne eine Zigarette geraucht. Nachdem Svenja schwanger geworden war, rauchte sie nicht mehr. Er selbst rauchte nur noch bei Gelegenheit, genehmigte sich dann teure Zigarren zu Anlässen wie Weihnachten, Ostern oder im Urlaub. Seine Tochter liebte den Duft von würzigen Cohibas.

Das Autoradio hatte er abgestellt. Normalerweise war jetzt Zeit, sich über Tiny, Svenja, Cara und über seine Probleme Gedanken zu machen. Aber nicht heute. Er hatte keine Lust dazu. Er wollte die Gegenwart auskosten. Bis Hellevad war ihm kein einziges Auto entgegengekommen, keines hatte ihn überholt. Als er den Deich bei Skärbäk überquerte und auf den Damm hinüber nach Romö rollte, schaute er über das Vorland und die in der Ferne glitzernde Nordsee. Es herrschte Ebbe. Über dem Watt, den Lahnungen, den Flecht- und Gestrüppzäunen tummelten sich kreischende Seevögel. Auf den Salzwiesen vor dem Deich grasten Schafe.

Der Volvo glitt ruhig über die frisch geteerte Fahrbahndecke des Romövej. An der Ampel vor Tvismark bog Jung links ab. Bald würde die Bäckerei in Molby auftauchen. Er hielt dort jedes Mal an und machte Pause, bevor er die Fähre nach Sylt nahm oder zu Ausflügen auf der Insel unterwegs war. Er sah auf die Uhr. Er musste die Fähre um 10.25 Uhr erreichen. Genug Zeit für einen kleinen Plausch mit Bente.

Seine Hoffnungen wurden enttäuscht. Bente war nicht da. Er nahm einen Milchkaffee und einen Kopenhagener. Nach zehn Minuten war er fertig und verließ das Café. Am Fähranleger in Havneby warteten außer ihm noch fünf PKWs und zwei Lastwagen. Allesamt deutsch. Es ging ein leichter Wind. Die Überfahrt verlief ruhig. Jung schlief in seinem Sitz auf dem Promenadendeck ein.

*

Charlotte war vor ihm da. Sie stand auf der Pier vor dem Schiff mit dem großen, roten ›SAR‹ am Rumpf und sprach mit einem Mann, der – selbst für einen Fremden, der nicht an der See zu Hause war – unschwer als Seemann zu erkennen war. Eine Prinz-Heinrich-Mütze bedeckte seinen Kopf. Seine Gesichtshaut war faltig, seine Augen zugekniffen, als müsse er sie gegen die Sonne schützen. Zu einer schweren Tuchhose trug er eine schwarze Cabanjacke und grobes Schuhwerk. Für die Jahreszeit leicht übertakelt, dachte Jung. Fehlte nur die Pfeife im Mund und er würde als alter Kap Hoornier durchgehen können.

Jung nickte Charlotte freundlich zu und gab dem Hafenmeister die Hand. Spätestens jetzt wusste er, dass er es mit einem alten Seebären zu tun hatte.

»Jung, Kripo Flensburg. Moin. Wie ich sehe, haben Sie sich mit meiner Kollegin schon bekannt gemacht.«

»Jensen. Moin. Schmucke Deern.« Er streifte Charlotte mit einem Seitenblick und verzog den Mund. Mit ein wenig Fantasie konnte man das als Lächeln deuten. Sie musste Eindruck auf ihn gemacht haben.

»Am Telefon hab ich Ihnen ja schon gesagt, um was es geht.«

»Jau. Eilers Kahn liegt da drüben.« Er zog die rechte Hand aus seiner Jackentasche und zeigte auf die schmalen Bootsstege auf der gegenüberliegenden Hafenseite.

»Was genau ist eigentlich Ihre Aufgabe als Hafenkapitän, Herr Jensen?«

»Haus statt Hafen. Dat mok wi.«

Tomas Jung grinste.

»Mit anderen Worten, Sie kümmern sich um alles, was in und um den Hafen anfällt.«

»Jau.«

Jung wartete darauf, dass er ein paar nähere Erläuterungen nachschieben würde. Als nichts kam, fragte er: »Haben Sie mitbekommen, wann Eilers den Hafen verlassen hat?«

»Nee.«

»Wo waren Sie denn, wenn ich fragen darf?«

»Beim Wasser- und Schifffahrtsamt in Tönning. Ging um die Betonnung vor der Hafeneinfahrt.«

»Verstehe. Kannten Sie Eilers gut?«

»So gut und so schlecht wie jeden hier.«

»Können Sie uns etwas über ihn sagen? Wie ist er, welche Pläne hat er, hat er vielleicht besondere Eigenheiten oder auffällige Angewohnheiten?«

»Er kam immer Freitagmittag und schleppte seinen Seesack an Bord. Dann hat er am Schiff gearbeitet. Meistens hat er danach abgelegt und ist Sonntagabend, Montagfrüh wieder eingelaufen. Nur bei Schietwetter nicht. Da ist er drin geblieben. Hat auf dem Boot gewohnt. Im Sommer war er mal länger weg. Wahrscheinlich Urlaub.«

»Aber an dem besagten Montagmorgen blieb sein Liegeplatz leer.«

»Jau.«

»Hat Sie das nicht gewundert?«

»Nee. Übers Wochenende hatten die im Radio Sturm angesagt. Ich dachte, er hat sein Boot aus dem Wasser geholt und ins Winterlager geschafft. Äquinoktialstürme. Ist jetzt Saison. Da hat er da draußen nix verloren.«

»Hätten Sie das nicht bemerkt, wenn das Boot an Land gebracht worden wäre?«

»Normalerweise regel *ich* das. Die Schiffe da drüben«, er zeigte auf die Segeljachten auf der anderen Seite, »müssen ins Winterlager bugsiert werden. Kran, Trailer, Transport, Hallenplätze. Das alles gehört sauber zusammengespleißt.«

»Aber Eilers Boot nicht?«

»Der macht das alleine. Hat seinen eigenen Trailer. Den hängt er an sein rotes Auto und schon ist der Kahn außer Sicht. Ich weiß nicht, wo sein Boot im Winter liegt.«

»Verstehe. Waren Sie mal an Bord des Kahns?«, fragte Jung und grinste.

»Jau.« Der Hafenmeister lüftete kurz seine Mütze, kratzte sich am Kopf und zog geräuschvoll die Luft durch die Nase.

»Bei welcher Gelegenheit denn?«, beeilte sich Jung nachzufragen.

»Ich hab mal 'n Satz Seekarten für ihn bestellt.«

»Wissen Sie, welche Karten?«

»Nee. Aber ich hab die Quittung. War ziemlich teuer.«

»Und der Quittung kann man entnehmen, welche geliefert wurden.«

»Jau. Die haben Nummern.«

»Ich würde gerne wissen, welche Seekarten er bestellt hat.«

»In Ordnung. Mok wi.«

»Danke.«

Jung überlegte, wie er das Gespräch flüssiger gestalten könnte. Dazu musste er den Seemann ins Erzählen bringen. Er sah zu Charlotte, las in ihrem Gesicht aber die gleiche Ratlosigkeit, die er selbst empfand.

»Ich habe Ihnen ja schon am Telefon erzählt, Herr Jensen, dass Eilers vermisst wird. Wir sollen ihn finden. Er ist ein leidenschaftlicher Segler. Das wissen wir. Wir wissen auch, dass er davon träumt, alleine um die Welt zu segeln. In einem Folkeboot ist das aber …«

»Dumm tüch. Dat geiht nich. Een Gaskocher inne Pantry. Dat is doch nix. Dat is 'n Witz.« Er lachte und zeigte zum ersten Mal seine Zähne. Er musste jahrelang stark geraucht haben.

»Ich bin in der Hochseefischerei gefahren«, fuhr er fort. »War zuletzt Käpt'n auf der *Meerkatze*. Damals hatten wir schon den neuesten Kram an Bord. Brauchten wir auch. Der Atlantik ist kein Tümpel. Heute gibt es noch viel mehr. Besser, muss man sagen. Der blaue Segler da drüben«, er zeigte wieder auf die andere Seite des Hafens, »der mit dem Profilmast aus Alu. Sehen

Sie sich mal an, was der alles an Gerät im Mast fährt. *Der* kann das, nich Eilers un sin …« Er winkte ab.

Jung und Charlotte hatten das Schiff gefunden und ließen ihre Blicke über die große Segeljacht gleiten. Sie sah wie geleckt aus. Der Mast überragte alle.

»Was meinen Sie mit Gerät?«, fragte Charlotte.

»Antennen. Sat, GPS, Radar. AIS aktiv und passiv. Wetterstation. Setzt 'n Haufen Daten ab. Na ja, es reicht.«

»Verstehe. Eilers Boot ist also nicht elektronisch ausgerüstet.«

»Nee, nee.«

»Trotzdem ist er jede Woche unterwegs gewesen.«

»Nicht jede.«

»Gut. Fast jede.«

»Er bleibt unter der Küste. Da reichen Seekarten und so 'n neumodisches Handy. Karten muss er an Bord haben. Ist Vorschrift.«

»Verstehe. Wohin würde er segeln? Übers Wochenende, meine ich. Was glauben Sie?«

»Nord würde ich sagen. Gute Häfen. Esbjerg, na ja, geiht so. Aber Hvide Sande, Tyboron, Hirtshals. Dann ist Schluss. Sonst kommt er nicht mehr rechtzeitig zurück. Er muss ja mal pennen. Die Mädels in Danmark sind …«, er zögerte kurz, »ganz schön flott.« Er bedachte Charlotte noch einmal mit einem spröden Lächeln.

»Und warum nicht Süden?«, fragte Charlotte unbeeindruckt.

»Ist kompliziert. Wenn er Häfen ansteuern will, muss er durchs Watt. Da herrschen Ebbe und Flut. Tidenströme halten auf. Tückisches Revier. Unbequem.«

»Okay. Verstehe«, sagte Jung nachdenklich. »Was ist, wenn er doch raus ist?«

»Tja, wat schall ick seggen? Fällt mir nur so 'n oller Spruch ein. Vor de Richters und auf See biste in Gottes Hand. Wenn er überlebt, dann har he bannig Dusel hatt.«

Jung nickte. »Okay, Herr Jensen. Sie denken an die Seekarten.«

»Jau, dat löpt.«

»Hast du noch Fragen, Charlotte?«

»Nein. Wenn mir noch etwas einfällt, können wir ja telefonieren. Unsere Nummer haben Sie?«

»Jau. Ich melde mich. Wegen der Karten.«

»Gut. Vielen Dank. Sie haben uns sehr geholfen«, verabschiedete sich Jung und reichte ihm die Hand.

»Jau. Tschüss auch.«

»Tschüss«, sagte Charlotte.

Sie setzten sich in Richtung Tonnenhalle in Bewegung.

»Ich habe Hunger, Chef«, sagte Charlotte aufgekratzt.

»Was haben wir heute noch auf der Agenda?«, erwiderte Jung ernüchternd.

»Um zwei sind wir bei der Frau von dem Fondsmanager im Hotel *Stadt Hamburg*. Um 16 Uhr bei dem Mann von der Terhegen in Westerland.«

»In seinem Apartment?«

»Ja. Was ist mit Essen, Chef?«

Jung zögerte. »Mein Appetit hält sich in Grenzen. So viel Zeit haben wir nicht. Wie wär's mit einem Fischbrötchen?«

»Wir haben Besprechungsbedarf, Chef. So viel Zeit muss sein. Das letzte Mal, als wir hier zusammen gegessen haben, war hinterher schnell Schluss«, versuchte Charlotte ihn zu beschwatzen.

»Okay. Meinetwegen«, lenkte Jung ein. »Gehen wir.«

Sie überquerten den Platz vor der Tonnenhalle und hielten auf die »nördlichste Fischbude Deutschlands« zu. »Fischbude« war eine charmante Irreführung für diesen Meeresfrüchtetempel. Mit gut und gern 200 Sitzplätzen, die Außenplätze nicht mitgerechnet, glich er eher einem Wallfahrtsort für die Fans einer Küche, die aus allem, was an Essbarem aus dem Meer herauszuholen war, einen Gaumenschmaus machte. Jung sah sich im Lokal um. Er suchte nach seinem Lieblingsplatz. Er fand ihn leer. Gutes Omen, dachte er. An der Decke darüber schwebte, auf einer Heringstonne sitzend, eine Matrosin. Auf ihrem Schoß balancierte sie einen abgestoßenen Blecheimer und zwei riesengroße rote Hummer. Ihre blauen Augen starrten ins Nirgendwo. Wie das letzte Mal. Nichts hatte sich geändert.

*

»Wo finden wir das Auto und den Trailer? Womöglich ist da auch sein Boot. Irgendwo müssen sie doch sein, Chef. Wenn wir das rauskriegen, wissen wir, was er wirklich gemacht hat.«

»Nein, Charlotte. Dann wissen wir, ob sein Boot im Winterlager ist oder nicht. Weiter nichts.«

Charlotte faltete ihre Serviette zusammen und legte sie mit Messer und Gabel auf ihren leer gegessenen Teller. Das gebratene Rotbarschfilet mit Kartoffelsalat schien ihr geschmeckt zu haben. Wie schon das letzte Mal, dachte Jung. Er nahm einen Schluck Grauburgunder. Wie schon das letzte Mal. Er lachte lautlos. Sollte auch der Rest so ausgehen? Schön wär's. In ihm regten sich Zweifel.

»Die Teile sind groß«, sagte Jung, auf ihr Thema zurückkommend. »Sie fallen auf. Irgendwer muss sie gesehen haben. Wann hast du sein Auto in das Fahndungssystem eingestellt?«

»Gestern.«

»Wir müssen Geduld haben.«

»Was könnten wir denn noch …«

Charlottes Handy meldete sich mit »All you need is love«. Sie sah Jung entschuldigend an.

»Ja! … Ja, am Apparat …« Während sie zuhörte, breitete sich auf ihrem Gesicht Unwillen aus. »Wann? … Sie sollten eigentlich wissen, dass …« Sie hörte längere Zeit zu. Ihre Miene wurde immer mürrischer. »Wir werden da sein.« Grußlos schaltete sie ihr Handy ab. »Tolle Tusse.«

»Wer?«, fragte Jung.

»Madame von und zu Bohl«, sagte Charlotte verächtlich. Sie hätte ebenso gut ausspucken können.

»Und was wollte sie?«

»Sie kann nicht. Sie hat einen Friseurtermin. Es geht erst um 16 Uhr. Aber bitte pünktlich. Was sagt man dazu?«

»Okay. Gehen wir trotzdem?«

»Um die Zeit sind wir eigentlich mit Terhegen verabredet. Ich versuche, den Termin zu verschieben.«

Sie stand auf und verließ die nördlichste Fischbude Deutschlands. Jung häufelte einen Rest Krebsfleisch auf das letzte Kartoffelrösti und schob sich den Happen in den Mund. Dann legte er langsam Messer und Gabel zurück und schob den Teller weit von sich. Friseurtermin? Die Frau hatte Probleme. Aber nicht aus Sorge um ihren Mann.

*

»Terhegen liegt auf seinem Balkon«, sagte Charlotte und setzte sich wieder zu Jung. »Wir können kommen, wann wir wollen.«

»Der Mann macht Urlaub. Schön für ihn.«

»Vielleicht wartet er sehnsüchtig auf seine Frau«, sagte Charlotte.

»Auch möglich. Gehen wir.« Jung erhob sich.

*

Das Ferienapartment der Terhegens lag in einem größeren Wohnblock in der Steinmannstraße. Jung kannte sich hier aus. Karin Mendel hatte ihr Büro in der Steinmannstraße. Auf ihr Klingeln surrte es an der Haustür, ohne dass die Gegensprechanlage angesprungen war. Sie stießen die Tür auf und betraten das Treppenhaus. Terhegens Apartment entpuppte sich als das Penthouse auf dem Dach. Ein Lift führte sie direkt in die Wohnung. Die Begrüßung verlief unterkühlt. Terhegen schien wenig interessiert an seinen Besuchern. Der große Mann führte sie auf die Terrasse, von der man einen ungehinderten Blick auf das Meer und über die Insel hatte.

Er musste an die 60 sein. Grau melierte Haare, sportlich, schlank und sonnengebräunt. Er trug einen bequemen Jogginganzug und ging barfuß. Er schien diesen Aufzug zu lieben, denn Ärmel und Hosenbeine waren an Ellenbogen und Knien deutlich abgenutzt. Die Möblierung der Terrasse und der übrigen Räume war teuer und streng am Stil der nordamerikanischen Ostküste ausgerichtet. East-Coast-Style war in der Einrichtungsbranche gerade en vogue, ging es Jung durch den Kopf. Charlotte rümpfte die Nase. Jung gefielen die hellen Farben zwischen Weiß und Blau. Die paar Einsprengsel in Grün und Rot machten das Ganze sommerlich und freundlich.

»Schön haben Sie's hier«, sagte Jung anerkennend.

Terhegen lachte. »Das bin nicht ich«, stellte er wegwerfend richtig. »Das ist meine Frau. Ich könnte auch in einem Zelt schlafen. Wenn es nur hier an der See und auf der Insel ist.«

»Machen Sie Urlaub?«

»Kann man so sagen.« Er lachte grimmig.

»Dafür, dass Sie offenbar keine großen Ansprüche stellen, leben Sie ganz schön luxuriös. Gewöhnliche Sterbliche ...«

»Ich bin stinkereich. Machen Sie sich darüber keine Gedanken, Herr Kommissar«, erwiderte Terhegen grob. Jung sah Charlotte an. Sie schien über die Wortwahl ihres Gastgebers ebenso überrascht zu sein wie er.

»Womit verdienen Sie denn Ihr Geld?«, fragte Jung gleichmütig.

»Ich leite eine Privatklinik.«

»Und das macht Sie so reich?«

»Sie gehört mir. Schönheitsoperationen. ›Plastische Chirurgie‹ klingt besser, mehr nach professioneller Medizin. Die Weiber rennen mir die Bude ein. In den letzten Jahre auch immer mehr Kerle. Ich verstehe nicht, was in die gefahren ist.«

»Sind Sie Arzt?«

»Ja, das bin ich.« Er rieb sich mit Daumen und Zeigefinger die Nase. »Vielleicht sollte ich lieber sagen, das war ich.«

»Aber Sie praktizieren noch und verdienen damit einen Haufen Kohle?«

»Nein. Die Schnipselei habe ich an jüngere abgegeben. Ja. Das Geld sprudelt weiter. Die Banker sind hinter meinem Zaster her wie die Gangster. Aber Geld interessiert mich nicht die Bohne.«

»Verstehe. Ich …«

»Ich glaube nicht, dass Sie das verstehen, Herr Polizist«, wurde Terhegen unhöflich.

»Dann erklären Sie's mir«, erwiderte Jung schlicht.

Terhegen sah ihn an, als überlege er, ob Jung die Mühe wert war. Schließlich ließ er sich herab und sagte: »Wenn Sie so vielen Frauen die Nase korrigiert, das Fett abgesaugt oder die Brüste vergrößert hätten wie ich, dann wüssten Sie, dass frische Seeluft das Beste ist, was Ihnen im Leben passieren kann.« Er hatte den langen Satz langsam und deutlich artikuliert. Dann drehte er sich zum Meer, hob die Arme, als regnete es Manna vom Himmel, und zog die Luft hörbar durch die Nase. Nach einer theatralisch ausgedehnten Pause ließ er die Arme sinken, wandte sich wieder um und sah sie aus großen Augen an.

»Ich vermute mal, dass Ihre Frau das viele Geld verwaltet«, sagte Jung unbeeindruckt.

»Sie vermuten richtig«, erwiderte Terhegen süffisant. »Ich vertraue ihr. Sogar blindlings«, fügte er hinzu und lächelte wehmütig, als erinnere er sich an bessere Zeiten.

»Ist Ihre Frau eine ehemalige Patientin von Ihnen?«, fragte Charlotte.

»Ja. Das war sie.«

»Vermissen Sie sie?«

»Nein. Das tue ich nicht.«

Ein freches Grinsen verdrängte das Lächeln aus seinem Gesicht. Jung registrierte mit Unwillen, wie ungewöhnlich attraktiv der Mann war. Er musste auf Frauen eine enorme Wirkung haben.

»Warum haben Sie sie dann als vermisst gemeldet?«, fragte Jung ungerührt.

»Ich bin ihr Mann. Sie ist meine Frau. Da macht man das. Würden Sie doch auch tun, oder?«

»Diesen Eindruck machen Sie auf mich nicht.«

»Zwischen uns ist die meiste Zeit Sendepause. Ich weiß nicht, wo sie sich gerade aufhält. Der Hausschrat hier hat mich gelöchert. Schließlich wurde es mir zu bunt.«

Jung wusste nicht weiter. Er sah Charlotte fragend an.

»Wir sprachen am Telefon über den Laptop«, sprang sie ein. »Wo finden wir ihn?«

»Sie können ihn mitnehmen. Er steht drinnen auf dem Sekretär.« Terhegen machte eine fahrige Handbewegung in Richtung Terrassentür. »Den Zugangscode kenne ich nicht. Über ihre Geschäfte weiß ich nichts. Wir sprechen nicht darüber. Wir sprechen überhaupt nicht miteinander. Wir stimmen uns ab«, sagte er müde.

»Über was stimmen Sie sich ab?«, hakte Jung nach, während Charlotte nach drinnen verschwand.

»Wann sie kommt, zum Beispiel. Dann bin ich nämlich weg. Ich will allein sein. Aber das verstehen Sie wohl auch nicht.«

Jung lag ein passender Kommentar auf der Zunge, aber er schluckte ihn runter. Der Mann wollte seine Frau nicht zurückhaben. Wie sollte er ihnen dann bei der Suche helfen? Da war der Laptop erfolgversprechender. Er wandte sich ab und folgte Charlotte nach drinnen. Terhegen trottete hinterher. Charlotte hatte den Laptop unter den Arm geklemmt.

»Hast du noch Fragen an Herrn Terhegen?«, fragte Jung sie.

»Ja. Wo waren Sie an dem Freitag, als Ihre Frau das vermeintlich letzte Mal ein Lebenszeichen von sich gegeben hat?«

»In Köln. Wir haben da ein Haus.«

»Kann das jemand bezeugen?«

Er lachte schallend. »Wie im Fernsehen. Ein tragisches Beziehungsdrama. Der böse Ehemann murkst die eigene Frau ab, weil sie ihm lästig wird. Wo sind wir hier eigentlich, Frau Kommissarin?«

»Auf Sylt«, entgegnete Charlotte trocken. »Wollen Sie nun meine Frage beantworten oder nicht?«

»Aber gerne doch, Frau Kommissarin«, sagte er amüsiert. »Mein Sohn kann das bezeugen. Er kam für eine Woche aus den Staaten. Er ist Arzt in Maryland. Am ›The Johns Hopkins Hospital‹.«

»Zu Ihnen. Die ganze Zeit?«

»Ja, die ganze Zeit.« Er grinste Charlotte provozierend an.

»Wollte er nicht auch seine Mutter sehen?«

»Nein.«

»Und Ihre Frau? Wollte sie nicht ihren Sohn sehen?«

»Sie wusste überhaupt nicht, dass er kommt«, sagte Terhegen wegwerfend.

»Wir brauchen noch die Handynummer Ihrer Frau«, erklärte Charlotte kühl.

Terhegen ging an den Sekretär und zog eine Schublade auf. Er brauchte einige Zeit, bis er aus dem Papierkram eine Visitenkarte herausgefischt hatte.

»Da ist sie ja«, sagte er und gab sie Charlotte in die Hand.

Sie wandte sich Jung zu und sah ihn fragend an.

»Ich habe nichts mehr. Meinetwegen können wir gehen«, sagte er.

Terhegen geleitete sie an den Lift. Sie mussten warten. Terhegen musterte Charlotte kritisch. Seine Augen tasteten sie ab wie das Obstangebot auf dem Wochenmarkt. Fehlte noch, dass er ihr in den Oberarm gekniffen hätte, um die Festigkeit des Fruchtfleisches zu prüfen.

»Ihre Brüste könnten eine Korrektur vertragen«, wandte er sich an sie. »Wenn Sie wollen, gebe ich Ihnen die Nummer meines besten Operateurs. Mit einer Empfehlung von mir natürlich.« Er sah Charlotte in die Augen und lachte leise.

»Vielen Dank, Herr Doktor. Kein Bedarf«, erwiderte sie mit betonter Freundlichkeit.

Der Lift kam und sie gaben sich zum Abschied die Hand. Jung hätte das lieber vermieden. Charlotte schien aber nichts dabei zu finden, und er wollte nicht wie ein Miesepeter dastehen.

Unten angekommen, wandten sie sich in Richtung Strandstraße.

»Total cooler Typ«, sagte Charlotte.

»Hm«, brummte Jung. Er wollte ihr nicht widersprechen, ihr aber auch nicht zustimmen. Terhegen war in seiner Art überraschend. Jung traute ihm vieles zu, nur nicht, seine Frau aus dem Weg geräumt zu haben. Dazu war sie ihm zu unwichtig. Lieber überließ er ihr die Verwaltung seines schwer verdienten Geldes. Blindlings! Jung schüttelte den Kopf.

»Wenn er 30 Jahre jünger wäre, würde ich mich an ihn ranmachen«, blieb Charlotte beim Thema.

Jung streifte sie mit einem Seitenblick, um sich zu vergewissern, ob sie es ernst meinte. Kein Zweifel, sie würde das tun. Er grinste heimlich.

Sie waren an der Strandstraße angekommen. Jung blickte sich um. Dann sah er auf die Uhr.

»Ich habe noch etwas zu erledigen. Wir treffen uns um 16 Uhr im *Stadt Hamburg*.«

»Okay. Bis dann«, erwiderte Charlotte.

Jung entfernte sich in Richtung Rathaus. Charlotte blieb unschlüssig stehen und sah hinter ihm her. An der nächsten Kreuzung bog er ab in die Neue Straße und verschwand aus ihrem Blickfeld.

*

Ziellos schlenderte sie die Strandstraße hinunter und blieb vor dem *Café Wien* stehen. Das Café war beliebt und um diese Zeit gut besucht. Sie entdeckte einen freien Platz an einem der Tische draußen auf der Fußgängerzone. Sie bestellte sich ein Stück Apfelkuchen und ein Kännchen Ostfriesentee. Während sie die Passanten mit den Augen verfolgte, ließ sie die Frage nicht los, was Jung zu erledigen hatte. Was war das, was sie nicht wissen sollte? Auch gestern hatte sein Verhalten ähnlich beunruhigende Fragen aufgeworfen. Die Fragen quälten sie. Sie wurde sie einfach nicht los. Morgen hatte er seine Verabredung am Bahnhof. 14.04 Uhr in Westerland. Die Uhrzeit hatte sich in ihr Hirn eingebrannt wie eine fixe Idee. Was wollte er da? Ich will es wissen, sagte sie sich. Danach werde ich klarer sehen. Vielleicht stellte sich alles als harmlos heraus. Sie glaubte nicht daran. Ihr Gefühl sagte ihr etwas anderes. Krankhafte Neugier hatte sie bei sich bislang noch nie festgestellt.

Sie war sich der Schwierigkeit des Unternehmens bewusst. Jung war ein guter Beobachter, sein Auge war geschult. Aber sie hatte auf der Polizeischule gelernt, wie man sich wirkungsvoll tarnt, sich versteckt und unsichtbar macht. Haarfarbe und -länge zu verändern, reichte oftmals schon aus. Etwas mehr Farbe, wo sonst nur nackte Haut zu sehen war. Ein paar Pickel an der richtigen Stelle. Sie verwarf den Gedanken. Haut und Haare wollte sie nicht missbrauchen. Sie trug gewöhnlich keine Kopfbedeckung. Ein Hut oder eine Mütze würden den gewünschten Zweck auch erfüllen.

Ihre Körpergröße und Statur fielen auf. Vor allem würde es ihr in der von ihr bevorzugten Kleidung schwerfallen, unterzutauchen. Selbst in einer dichten Menschenmenge würde Jung sie sofort erkennen. Also mussten neue Klamotten und Schuhe her. Hochhackige Pumps betonten den Fußrücken und verlängerten so die Beinlinie. Pumps bewirkten Wunder. Sie kramte in ihren Erinnerungen, wann sie das letzte Mal Pumps getragen hatte.

Der Apfelkuchen hatte gut geschmeckt, die Teekanne war leer, ihr Entschluss stand fest. »Ich werde das rauskriegen«, flüsterte Charlotte Bakkens. Sie griff nach der Rechnung und winkte der Bedienung.

*

Tomas Jung war pünktlich. Charlotte wartete auf ihn im Foyer. An der Rezeption hatte Frau Bohl hinterlassen, dass sie im Kaminzimmer zu sprechen sei. Sie fanden sie in einem Sofa sitzend, neben sich, auf einem niedrigen Tischchen, eine Tasse Kaffee. Der Raum bekam kein Tageslicht, sodass die Tischleuchten angeschaltet waren. Der Kamin war kalt. Die Beleuchtung tauchte den Raum in einen Dämmer, der der Eitelkeit älterer Damen schmeichelte.

Jung stellte sie vor. Die Frau blieb sitzen und reichte ihnen gnädig die Hand. Charlotte fielen sofort ihre schwarzen Pumps auf. Und weil die Frau gerade vom Friseur zu kommen vorgab, sah Charlotte besonders genau hin. Das Blond war falsch, das Make-up perfekt, die Augen leuchteten, als hätte sie Belladonna geschluckt. Sie trug einen grauen, knielangen Rock zu einer weißen, langärmeligen Bluse, deren Halsausschnitt ein Triangel-Schal im Lepardenmuster verbarg. Das alles und die schräg übereinandergelegten Beine mit den ansehnlich drapierten Waden ergaben das perfekte Abziehbild einer Charity-Lady der gehobenen Gesellschaft. Sie hätte das Cover eines Hochglanzmagazins für reifere Frauen schmücken können, dachte Jung. Nur der schwere Duft von *Coco Noir*, den sie wie eine unsichtbare Barriere um sich herum verteilt hatte, wäre dem Leser erspart geblieben.

»Schön, dass die Polizei sich endlich hierherbemüht«, sagte sie in einem herablassend-beleidigten Tonfall.

»Jetzt sind wir da, Frau Bohl«, entgegnete Jung ohne erkennbare Gemütsbewegung. »Dürfen wir uns setzen?«

»Bitte«, rang sie sich ab und lud sie mit einer sparsamen Geste ein, auf den beiden Clubsesseln gegenüber Platz zu nehmen. Charlotte setzte sich als Erste. Ihre Körpersprache signalisierte, dass sie das hier so schnell wie möglich hinter sich bringen wollte.

»Wir brauchen den Laptop Ihres Mannes«, ergriff sie das Wort. »Wir sprachen schon am Telefon darüber.«

»Ich habe ihn mitgebracht.« Die Frau griff neben sich in eine geräumige Shopper-Tasche von Tommy Hilfiger und händigte Charlotte den Laptop aus.

»Den Zugangscode habe ich auch.« Sie griff noch einmal in ihre Tasche und reichte Charlotte einen Zettel.

»Sie wissen, dass Sie das nicht müssen«, bemerkte Jung ruhig.

»Wieso? Was meinen Sie?«, fragte die Frau verständnislos.

»Sie gewähren uns mit der Überlassung des Laptops Zugang zu der Privatsphäre Ihres Mannes. Eigentlich dürfen wir das nur auf Beschluss eines Untersuchungsrichters.«

»Was soll das? Ich will, dass Sie meinen Mann endlich finden. Wie lange soll ich denn noch warten? Was glauben Sie, wie das ist? Das ganze Leben kommt durcheinander. Ich müsste dringend ein paar Bankangelegenheiten erledigen.«

»Haben Sie keine Vollmacht?«

»Ich brauche seine Unterschrift für ein paar überfällige Überweisungen.« Man merkte ihr an, dass das
Eingeständnis ihr schwerfiel.

»Welchen Beruf üben Sie denn aus?«, fragte Charlotte.

»Ich bin Kuratoriumsmitglied des größten Hospi-
zes in Berlin und für das Büro der SOS-Kinderdörfer
in Berlin tätig.«

Jung grinste und senkte den Kopf.

»Was ist daran so lustig!«, giftete die Frau ihn an.

Ihre Aggressivität passt zu ihrem Leopardentuch,
dachte Jung und nahm den Kopf wieder hoch.

»Nichts. Entschuldigung. Haben Sie ein Handy
Ihres Mannes?«, wechselte er abrupt das Thema.

»Welches Handy?«, fragte die Frau überrascht.

»Vielleicht hat Ihr Mann mehrere Handys und eines
davon ist bei Ihnen.«

»Nein. Es gibt nur eins und das hat er selbst. Natürlich habe ich ihn tausendmal zu erreichen versucht.
Ohne Erfolg, wie Sie sich ja denken können.«

»Ja, natürlich. Können Sie uns seine Handynummer geben?«

»Selbstverständlich.« Sie spulte die lange Nummer
runter, als hätte sie das geübt.

»Können Sie das bitte noch einmal wiederholen?
Zum Mitschreiben«, bat Charlotte und holte ihr Moleskin aus der Hosentasche. Die Frau wiederholte leicht
genervt langsam die Nummernfolge.

»Danke«, sagte Jung und wartete, bis Charlotte ihren Notizblock wieder weggesteckt hatte.

»Bitte erzählen Sie uns doch etwas zu Ihrer Anreise«, nahm er das Gespräch wieder auf. »Sie wollten zusammen mit Ihrem Mann Urlaub auf Sylt machen. Ist das richtig?«

»Das habe ich Ihrem Kollegen doch schon am Telefon gesagt.«

»Erzählen Sie es uns bitte noch einmal«, ließ Jung sich nicht aus der Ruhe bringen.

»Also gut. Wenn Sie nun schon mal da sind.« Sie strich sich eine Haarsträhne hinter das rechte Ohr. Die Geste war nicht misszuverstehen. Sie sollte ihren unerschöpflichen Langmut und guten Willen zum Ausdruck bringen.

»Wir reisten getrennt an. Mit der Bahn. Wir nehmen nie unseren Wagen mit auf die Insel. Aus Umweltschutzgründen. Der Verkehr wird ja immer dichter. Und lästig ist er auch.«

»Sie fuhren also mit der Bahn. Ihr Mann auch?«

»Natürlich. Das sagte ich doch schon. Wie hätte er mich sonst außerdem vom Bahnhof Niebüll aus anrufen können.«

»In Niebüll werden auch die Autoreisenden abgefertigt.«

Es entstand eine kurze Pause.

»Ich fuhr einen Tag früher«, sagte Frau Bohl. »Mein Mann musste noch einen Geschäftstermin auf dem

Festland wahrnehmen. Den Tag darauf wollte er nachkommen. Er rief mich dann am Freitagmittag von Niebüll aus an und kündigte an, dass er abends in Westerland sein werde. Er kam aber nicht.«

»Können Sie sich noch an die genaue Uhrzeit erinnern?«

»Seines Anrufs?«

»Ja.«

»Das muss so gegen 13.00 Uhr gewesen sein. So genau weiß ich das nicht mehr.«

»Und Sie sind sicher, dass der Anruf aus Niebüll kam?«

»Woher denn sonst?«

»Wenn er ein Handy benutzt, könnte er auch aus Tahiti angerufen haben.«

Niemand lachte.

»Bevor er den Zug nahm, wollte er noch auf einen Latte Macchiato ins *Schlemmerkontor*. Das *Schlemmerkontor* liegt in Niebüll, nicht weit weg vom Bahnhof. Also war er zu der Zeit in Niebüll.«

»Diese Schlussfolgerung ist nicht unbedingt zwingend. Aber egal.« Jung schwieg für einen Moment. Dann vergewisserte er sich: »Und Sie sind sich ganz sicher, dass er gesagt hat, er wolle nach dem Kaffee den nächstmöglichen Zug nehmen?«

»So habe ich ihn verstanden.«

»Wann genau wollte er denn abends in Westerland ankommen?«

»Eine genaue Ankunftszeit hat er nicht genannt. Aber abends heißt normalerweise später als fünf.«

»Wollten Sie ihn nicht am Bahnhof abholen?«

»Unser Hotel liegt ja gleich nebenan. Wir haben hier ganzjährig ein Zimmer. Es ist fast wie unser zweites Zuhause.«

»Wissen Sie, mit wem er sich treffen wollte?«

»Soviel ich mitbekommen habe, ging es um ein größeres Investment in ein Wohnungsbauprojekt irgendwo an der Ostsee. Genaueres weiß ich aber nicht. Mein Mann ist sehr viel unterwegs. Er kann mir nicht alles erzählen. Aber gewöhnlich verhandelt er nur mit den Chefs. Schließlich geht es um viel Geld.«

Sie knotete die Beine auseinander, stellte sie gerade vor sich auf den Boden und stützte die Ellenbogen auf die Oberschenkel. Ihre Waden waren auch in dieser Stellung sehr ansehnlich, registrierte Charlotte neidlos. Dank der Pumps, sagte sie lautlos.

»Wie heißt der Fond, für den Ihr Mann arbeitet?«, fragte Jung.

»›BlackRock‹. Ein Unternehmen der Spitzenklasse.«

»Okay. Ich glaube, dann haben wir alles. Charlotte, was ist mit dir? Hast du noch Fragen an Frau Bohl?«

»Nein«, antwortete sie steif.

Alle drei erhoben sich.

»Wir melden uns bei Ihnen, wenn sich noch Fragen ergeben sollten.« Jung schüttelte der Frau die Hand. Sie war ungewöhnlich warm.

»Ich hoffe, bald etwas Positives von Ihnen zu hören«, sagte die Frau. Charlotte nickte kurz und sie setzten sich in Richtung Ausgang in Bewegung. Jung schenkte der hübschen Hotelangestellten an der Rezeption noch ein Lächeln und dann waren sie auch schon an der frischen Luft. Jung lenkte seine Schritte in Richtung Strand.

»Die Frage ist, von wo aus hat er angerufen«, wandte sich Jung an Charlotte, die ihm brav gefolgt war.

»Oder, was er die Zeit zwischen seinem Anruf und seiner Ankunft in Westerland gemacht hat. Wenn er den Zug tatsächlich gegen Mittag in Niebüll bestiegen hat, wo ist er dann die ganze Zeit gewesen?«

»Richtig. Aber bevor wir weiter spekulieren, überprüf doch mal die Fahrpläne der Bahn, Charlotte.«

»Okay. Mach ich.«

»Fährst du über Niebüll zurück?«

»Ja. Ich nehme den Autozug. Wieso?«

»Du könntest im *Schlemmerkontor* fragen, ob sie sich an Bohl erinnern. Sein Foto hast du.«

»Okay.«

»Dann ist da noch was: Der Provider seines Handys. Wäre gut, wenn wir eine Liste seiner Kontakte hätten. Ich glaube, es war die Deutsche Telekom, nicht wahr?«

»Ja, die Nummer war von der Telekom. Auf die Idee bin ich auch schon gekommen.«

»Gut. Ich telefoniere nachher noch mit Holtgreve.« Jung wandte sich Charlotte zu. »Bericht erstatten beim Boss«, lächelte er sie verschmitzt an. »Ich mache jetzt

einen Strandspaziergang. Allein.« Er lächelte noch einmal. »Wann haben wir das Interview mit der Schwester von Goscha Müller?«

»Morgen um 11.00 Uhr in ihrem Haus in Rantum«,
antwortete Charlotte.

»Okay, dann bis morgen. Wäre auch nicht schlecht,
wenn du mal in der Außenstelle bei Karin vorbei-
schaust. Vielleicht hat sie noch etwas, was uns weiterhilft. Sie kennt sich auf der Insel aus.«

»Bei Blondie vorbeischauen, verstehe. Aber okay,
mach ich trotzdem, Chef«, witzelte Charlotte etwas
angestrengt. Blondie war für sie eine Provokation, das
genaue Gegenteil von ihr selbst und aufgetakelt wie die
Girlies aus »Gute Zeiten, schlechte Zeiten«.

*

Ich war schon mal besser, dachte Charlotte. Die Befangenheit ließ sie einfach nicht los. Was war nur los? Wo
lag der Grund, dass sich alles so anders anfühlte als vorher? Morgen werde ich mehr wissen, tröstete sie sich.
Es war Zeit, über ihre Tarnung nachzudenken. Heute
Morgen hatte sie in List am Hafen einen Klamotten-
laden gesehen. Die teuren Labels waren ihr aufgefallen. Die Chance, Jung dort in die Arme zu laufen, war
gering. Pumps würde sie allerdings nicht kaufen. Als
Tarnung auf dem Bahnhofsvorplatz würden Pumps
nicht taugen, sondern eher das Gegenteil bewirken.

Das war ihr während des Gesprächs mit der Society-Lady klar geworden. Jung hatte noch nie ihre nackten Waden zu Gesicht bekommen. Sie hatte immer Hosen getragen.

Sie kleidete sich sportlich, nicht billig, aber von H&M. Ihr neues Outfit musste also die Waden frei lassen, teuer und vor allem top modisch sein. Eine Mütze, die zu Sylt passte, und eine elegante Sonnenbrille würden den neuen Look perfekt machen. Auf dieser Insel war das keine Sensation. Sie würde eine unter vielen sein. Jung würde sie unter denen niemals vermuten, geschweige denn entdecken.

Morgen Vormittag war ausreichend Zeit für eine Shoppingtour. Den verbleibenden Rest dieses Tages wollte sie mit den eingesammelten Laptops verbringen.

*

Jung lenkte seine Schritte auf die Strandpromenade zu den kreischenden Möwen. Er erinnerte sich an den Nachmittag vor vier Jahren, als ihm hier ein heftiger Westwind die Tränen in die Augen getrieben hatte. Damals hatte eine mächtige Brandung die Luft erfüllt und eine Gruppe älterer Frauen war im Nordic-Walking-Stil eilig den Strand entlanggestapft. Heute war der Wind fast eingeschlafen. Die Wellen schlappten träge auf den Sand und ein paar Rentner schlenderten gemütlich den Meeressaum entlang. Jung setzte sich auf eine Bank, die nicht von Möwendreck zugepflastert war, und verfiel ins Grübeln.

Die Frage war zu klären, wo Bohl nach seinem Anruf abgeblieben war. Es gab viele Möglichkeiten. Vielleicht konnten sie schon morgen das Problem einkreisen. Mitentscheidend war, was Charlotte auf dem Laptop finden würde. Zum Glück war der Zugang offen, anders als beim Laptop von Terhegen. Würde sie ihn knacken können? Wenn nicht, konnte er auch Nils aus seiner WG um Hilfe bitten. Wenn überhaupt jemand dazu befähigt war, dann er. Seine Expertise war ihm auf die Stirn geschrieben. Jung lachte, als er sich vorstellte, wie Nils, über den Laptop gebeugt, das fremde Teil einer peniblen Untersuchung unterzog. Für die nächsten Stunden hatte er dann dem irdischen Leben Adieu gesagt und war für jede banale Ansprache unerreichbar.

Ein solches Vorgehen verstieß gegen alle Regeln. Aber es hatte den Vorteil, schnell zu sein. Wenn allerdings etwas ans Tageslicht kam, das in einem anschließenden Verfahren als Beweis vorgelegt werden sollte, dann musste alles stimmen. Vor Gericht erlangten illegal eingesammelte Fakten nie Beweiskraft. Im schlimmsten Fall würden sie sogar für ihr Vorgehen belangt werden können.

Wichtig war Schnelligkeit. Holtgreve hatte das unmissverständlich klargemacht. Das musste noch lange nicht bedeuten, dass er ihr Vorgehen auch decken würde. Jung lächelte grimmig.

Er sah auf seine Uhr. Noch genug Zeit. Sein Blick wanderte über das Wasser an den Horizont. Die Kimm verschwamm in leichtem Dunst, eine dünne, konturlose Wolkendecke überzog den Himmel, über dem trägen Meer tummelten sich inzwischen unzählige Seevögel und lärmten immer lauter. Waren sie Vorboten eines Wetterumschwungs?

Er stand auf und schlenderte in Richtung Strandallee. Sein Apartment lag gleich um die Ecke. Oben angekommen, legte er seine Jacke ab und überprüfte noch einmal die Zeit. Am Nachmittag hatte er sich bei Gosch eine Flasche ungarischen Chardonnay gekauft und kühl gestellt. Er öffnete die Flasche, nahm ein Glas aus dem Schrank und trat auf den Balkon. Eine angenehme Temperatur und ein aufgeklappter Deckchair luden ihn ein, draußen zu bleiben. Der Stuhl war mit gelben Polstern ausgelegt. Ungewöhnlich bequem, stellte Jung mit Genugtuung fest. Er goss sich ein, nahm einen Schluck und stellte das Glas auf der breiten Armlehne ab. Der Wein schmeckte gut und machte ihn melancholisch. Tiny schlich sich in seine Gedanken. In ihm regte sich Widerwillen. Nicht jetzt, nicht schon wieder im falschen Moment. Er ergriff das Glas und nahm einen kräftigen Schluck. Wie viel Zeit hatte er noch? Er sah auf die Uhr. Dann lehnte er sich zurück und starrte in den bleiernen Himmel.

*

»Okay, Tomas. So weit, so gut. Wie wollt ihr weiter vorgehen?«

»Ich will mehr über die Vermissten wissen. Mit welchen Persönlichkeiten haben wir es zu tun? Was hatten sie vor? Woran arbeiteten sie gerade? Mit wem standen sie in Verbindung? Welche Beziehungen pflegten sie? Du weißt schon. Wir müssen ihnen näherkommen.«

»Ja, verstehe«, sagte Holtgreve ohne Enthusiasmus.

»Es soll ja schnell gehen. Das hast du jedenfalls gesagt. Dazu wäre es von Vorteil, wenn wir ihre Computer einsehen könnten. Heutzutage findest du da mehr als irgendwo sonst.«

»Schon richtig. Aber Vorsicht, Tomas.«

»Ich weiß. Eigentlich brauchen wir eine richterliche Verfügung«, seufzte Jung.

»Wo willst du die herkriegen? Es ist ja noch nicht einmal ein Untersuchungsverfahren eröffnet worden.«

»Weiß ich.«

»Und es wird auch bei der momentanen Lage keines eröffnet werden«, stellte Holtgreve nüchtern fest.

»Ist klar. Aber wie soll ich sonst an Informationen kommen? Es soll schnell gehen.«

»Welche konkreten Schritte hast du vor?«, überging Holtgreve Jungs Einwurf.

»Die Fragen sind doch: Wo ist das Auto? Wo ist das Boot? Wo ist der Trailer? Wo liegt das Winterlager? Das werden wir rauskriegen.«

»Und wie?«

»Das Auto steht auf der Fahndungsliste. Die anderen Antworten will ich bei den Folkebootfans auf seiner Website finden. Einer von denen heißt Bastian Hauck. Er hat vielleicht näheren Kontakt zu Jens Eilers.«

»Warum?«

»Eilers bewundert ihn. Hauck ist auf seiner Nussschale um die Ostsee gesegelt. Allein. Außerdem ist er Diabetiker. Ebenso wie Eilers selbst.«

»Wo steckt dieser Hauck?«

»Er betreibt eine Bootswerft in Schleswig. Morgen sind wir bei der Tante von Jens Eilers in Schleswig. Dann statten wir ihm auch gleich einen Besuch ab.«

»Okay.« Holtgreve machte eine kurze Pause. »Was ist mit den anderen? Bis auf das Geld, das alle haben, ist der Rest ziemlich dünn.«

»Morgen hören wir die Schwester von Goscha Müller. Das warte ich noch ab.«

»Bevor du *was* machst?«, fragte Holtgreve mit einiger Schärfe.

»Ich weiß es noch nicht. Jedenfalls kommt mir die ganze Sache komisch vor. Drei der Vermissten haben Geld. Ein Vermisster verbraucht Geld. Vielleicht hängt das miteinander zusammen.«

»Eilers *verbaut* Geld, Tomas. Das ist ein kleiner Unterschied, mein Lieber«, bemerkte Holtgreve wenig amüsiert.

»Okay. Hast du einen Vorschlag, wie wir rascher ans Ziel kommen können?«

»Ich bin da ganz konform, Tomas. Bis jetzt gute Arbeit.«

Jung lachte lautlos. Das war sein alter Chef. Sogar die alte Sprache hatte er wieder herausgeholt. Jung hüllte sich in Schweigen.

»Dennoch Vorsicht, Tomas«, fuhr Holtgreve fort. »Ich möchte nicht, dass uns die Sache um die Ohren fliegt.«

»An was denkst du dabei, Henning?«, fragte Jung ausdruckslos.

»Wir haben es mit ausgewiesenen Autoritäten zu tun. Wenn es denen passt, machen sie uns das Leben zur Hölle. Ich habe schon Fälle erlebt, in denen sie nicht nur Karrieren, sondern ganze Familien zerstört haben.«

»Was sollte ihnen an uns nicht passen, Henning? Sie sind doch von uns begeistert«, machte Jung sich lustig.

»Das kann sich schnell ändern. Vor allem, wenn Geld im Spiel ist.«

»Hast du einen besonderen Grund für deine Befürchtungen?«

»Ich möchte nur nicht, dass du den Tag bereust, an dem du Kriminalbeamter geworden bist, Tomas.«

»Schon passiert, Henning«, lachte Jung.

»Wann war das denn?«, fragte Holtgreve unsicher.

Jung schnaubte: »Heute, als ich hörte, was ein Schönheitschirurg verdient.«

»Ach so! Na gut. Könnte auch bei uns ruhig etwas mehr sein, da hast du recht. Aber bei dir ist es ja bald so weit.« Holtgreve lachte jetzt auch.

»Vor den Erfolg haben die Götter den Schweiß gesetzt. Ich gehe unter die Dusche, Henning«, sagte Jung lachend.

»Bis morgen«, erwiderte Holtgreve versöhnlich.

*

Typisch Holtgreve, dachte Jung. Erst macht er Druck, dann malt er den Teufel an die Wand.

Duschen war tatsächlich eine gute Idee. Danach würde er ins *Il Ristorante* gehen und sich eine Portion Pasta in Gorgonzola und ein Glas Montepulciano einverleiben. Danach würde es ihm besser gehen. Und dann ab ins Bett. Er hatte einen anstrengenden Tag vor sich. Tiny würde am Nachmittag in Westerland auftauchen. Er hatte auch jetzt noch keine Idee, wie er ihn aus dem Verkehr ziehen konnte. Er würde schlecht schlafen, das war abzusehen.

Wenn Jung gewusst hätte, was ihn erwartete, hätte er sich andere Fragen gestellt und noch schlechter geschlafen.

TOMAS JUNG WIRD ÄRGERLICH

Die Schuhe waren das Teuerste gewesen. In List hatte sie kein Schuhgeschäft gefunden. Bei TOD'S in Kampen war sie fündig geworden: City Gommina Mokassins aus blauem Wildleder. Das Geld tat ihr nicht leid. Überhaupt hatte es Spaß gemacht, Klamotten einzukaufen. Bislang war das mehr eine lästige Pflicht für sie gewesen. Sie fand sich gut aussehend in den neuen Sachen. Die Verkäuferin im *Paradise-Sylt* hatte eine angenehme Art. Kein Gesäusel, kein Gesülze, kein Ach-was-sind-wir-doch-für-tolle-Frauen. Stattdessen ein geschulter Blick, Sachkunde und Freundlichkeit. Sie hatte ihr zu einem schwarzen Rock von Timezone geraten, dazu eine Bluse von Gaastra und fürs Darüber eine Jacke von The North Face. Eine schicke Mütze von Barts und eine neue Ray-Ban machten ihr Outfit komplett. Jung würde sie nicht wiedererkennen. Schade, dass sie sich vorher noch einmal umziehen musste.

Vor dem Zusammentreffen mit ihrem Chef hatte sie zum ersten Mal Bammel. Dass sie sich entschlossen hatte, ihn auszuspionieren, war nicht der einzige Grund. Ihre Bemühungen, in den Laptop Terhegens einzudringen und dem anderen etwas Nützliches zu entlocken, waren gescheitert. Bohls Laptop war praktisch leer. Zu der Überprüfung der Handyanschlüsse hatte sie noch keine Zeit und Gelegenheit gefunden. Und sie hatte keine Lust gehabt, Blondie zu befragen. Sie kam also mit leeren Händen.

*

Es war kühler geworden. In der Nacht hatte es angefangen zu regnen. Der Wind hatte auf West gedreht und böig aufgefrischt. Jung war pünktlich. Charlotte stand vor dem Haus und sah ihm zu, wie er, beide Füße voran, aus dem Auto stieg.

»Moin, Chef«, begrüßte sie ihn fröhlich.

»Moin, Charlotte. Schietwetter. Sehen wir, dass wir ins Trockene kommen.«

»Sie ist da. Ich habe uns sicherheitshalber noch einmal telefonisch angekündigt.«

»Sehr gut.«

Das Haus erinnerte Jung an das von Bente Friedrichsen in Keitum. Nur die Vegetation war komplett anders. Hier war der Boden sandig. Keine Bäume, keine Fliederbüsche, keine Rosen. Stattdessen Hagebutten, Strandhafer und ein magerer Rasen – wenn man die mickrigen Büschel überhaupt Rasen nennen wollte. Das Haus lag geschützt in den Dünen, eingefriedet von einem Friesenwall, unterbrochen von einem weißen Gatter, das den Zugang zum Haus versperrte. Der Bau war reetgedeckt und im Friesenstil gehalten, mit

Friesengiebel, Sprossenfenstern und geschwungenen Dachgauben.

Beata Lawetzki hatte sie schon erspäht und wartete an der Haustür auf sie. Wenn je das Wort »unauffällig« für die Beschreibung eines Menschen gepasst hätte, dann auf diese Frau, dachte Jung. »Verhuscht« wäre auch angemessen gewesen. Sie trug braune Hausschuhe, einen glatten schwarzen Wollrock, der bis über die Knie reichte, und eine graue, schmucklose Strickjacke. Ihrem Gesicht fehlte alles, was nach den Stylingtipps der angesagten Modemagazine in Frauengesichtern zu sein hat, um attraktiv zu wirken. Ihre angegrauten Haare hatte sie glatt zurückgestrichen und zu einem Knoten zusammengebunden.

»Guten Tag, kommen Sie herein«, sagte sie ausdruckslos.

»Mein Name ist Jung. Das ist meine Kollegin Frau Bakkens«, stellte er sie vor. »Wir kommen von der Kripo Flensburg. Aber das wissen Sie ja schon.«

»Bitte.« Sie machte eine einladende Handbewegung.

Drinnen sah Jung sich um. Möblierung und Ausstattung waren teuer, geschmackvoll und aufwendig, ganz anders, als es nach dem Eindruck, den die Bewohnerin auf ihn gemacht hatte, zu erwarten gewesen war.

»Am Türschild steht nur der Name Ihrer Schwester. Sind Sie hier Gast?«, fragte Jung erstaunt.

»Nein. Ich lebe hier.« Sie lud sie ein, auf einem großen Ledersofa Platz zu nehmen, von dem aus man auf eine moderne Wohnküche im hinteren Teil des Erdgeschosses blickte.

»Meine Schwester hat darauf bestanden. Die Leute, die ich kenne, wissen auch so, wo ich wohne.«

»Sie heißen Beata Lawetzki. Ist das Ihr Mädchenname?«

»Ja. Unsere Familie stammt aus Polen. Unser Großvater ist nach Deutschland ausgewandert. Er war Bergarbeiter und hat im Ruhrgebiet Arbeit gefunden.«

»Ihre Schwester hat geheiratet und Sie nicht. Sehe ich das richtig?«

»Ja.«

»Wir suchen nach Ihrer Schwester. Wir wollen mehr über sie in Erfahrung bringen. Das hilft uns dabei, schneller ans Ziel zu kommen. Deswegen meine Fragen zu den Familienverhältnissen«, begründete Jung seine Neugier.

»Ja, verstehe«, sagte die Frau ergeben.

»Übt Ihre Schwester einen Beruf aus?«, fragte Charlotte.

»Nein. Nicht direkt.«

»Wie darf ich das verstehen?«

»Sie hat keinen Beruf gelernt. Sie kümmert sich um ihre Familie.«

»Hat sie Kinder?«

»Nein.«

»Dann hat sie sich ausschließlich um ihren Mann kümmern müssen. Hat sie nie eigenes Geld verdient?«

»Nein. Nicht direkt.«

Charlotte wandte sich ab und sah Jung fragend an.

»Ihre Schwester ist Witwe. Seit wann?«, lenkte Jung ab.

»Seit zehn Jahren.«

»Ihr verstorbener Mann. Was war er von Beruf? Ich frage deshalb, weil Ihrer Schwester viel Geld zur Verfügung stand und wir der Frage nachgehen, ob diese Tatsache nicht in Zusammenhang mit ihrem Verschwinden stehen könnte.« Jung glaubte, für seine Fragerei noch einmal um Verständnis bitten zu müssen.

»Ihr Mann war reich. Er hat, soviel ich weiß, kranke Firmen aufgekauft, gesund gemacht und wieder verkauft.«

»Verstehe. Woran ist er gestorben?«

»Herzinfarkt.«

»Und Ihre Schwester hat geerbt und verwaltet nun das Erbe. Meinten Sie das mit Arbeit?«

»Ja. Genauso ist es.«

»Gab es keine weiteren Erben?«

»Nein.«

»Also gehörte alles ihr allein und sie konnte damit tun und lassen, was sie wollte?«

»Ja.«

»Und sie hat gewollt, dass Sie zu ihr nach Rantum ziehen.«

»Ja.«

»Üben Sie einen Beruf aus?«, fragte Charlotte.

»Ich bin gelernte Kindergärtnerin. Ich musste aber aus Krankheitsgründen den Beruf aufgeben. Ich leide an Bronchialasthma. Die Meeresluft hilft mir, damit klarzukommen.«

»Sind Sie das einzige Geschwister?«, übernahm Jung wieder die Gesprächsführung.

»Ja. Goscha ist meine einzige Schwester. Brüder haben wir nicht. Goscha ist sechs Jahre jünger als ich und sehr schön.«

Jung fragte sich, was sie mit ihrer letzten Bemerkung zum Ausdruck bringen wollte. Er sah Charlotte an, fand aber bei ihr nichts, was ihm weiterhalf.

»Leben Ihre Eltern noch?«, fragte er schließlich.

»Nein. Sie sind bei einem Autounfall ums Leben gekommen. Beide.«

Es entstand eine Pause, in der Jung überlegte, was noch wichtig sein könnte. Charlotte kam ihm zuvor.

»Wenn ich das richtig sehe, führen Sie Ihrer Schwester den Haushalt und dürfen dafür in ihrem Haus umsonst leben.«

»Ja. So kann man das sehen.«

»Wie kann man es denn noch sehen?«

»Unser Verhältnis ist kein Geschäft, sondern Ausdruck von Liebe. Von Familiensinn, wenn Sie so wollen.«

»Okay. Wovon leben Sie?«, fragte Charlotte unbeeindruckt.

»Ich habe eine kleine Rente. Goscha versorgt uns mit allem, was wir brauchen.«

»Sprechen Sie mit Ihrer Schwester über ihre Geschäfte?«

»Nein. Mich interessiert das nicht. Ich habe keine Ahnung von Geldsachen. Und die Geschäfte meiner Schwester gehen mich nichts an.«

»Haben Sie eine Vermutung, was mit ihr passiert sein könnte?«

»Nein. Sie war immer sehr vorsichtig.«

»Wie oft war sie denn hier, bei Ihnen, in diesem …«, Charlotte machte eine ausholende Geste mit der Hand, »… wunderschönen Haus?«

»Sie ist viel unterwegs. Sie ist sehr tüchtig und clever, im Gegensatz zu mir. Ich bin ihr sehr dankbar. Im Ruhrpott wäre ich längst gestorben.«

Charlotte nickte und sah zu Jung hinüber.

»Zum Schluss, Frau Lawetzki, möchte ich Sie bitten, uns noch einmal die letzten Tage vor ihrem Verschwinden zu schildern«, leitete er das Ende ihres Besuches ein.

»Sie war für ein paar Tage hier, bei mir auf Sylt. Freitag früh musste sie kurz aufs Festland zu einem Treffen. Mittags rief sie aus Niebüll an und sagte, dass sie den nächsten Zug nach Westerland nehmen würde. Ob sie ein Stück Kuchen mitbringen solle? Zum Nachmittagskaffee. In der Regel übernehme ich das. Ich sollte sie um fünf nach halb vier am Bahnhof abholen.«

»Wissen Sie, mit wem sie sich treffen wollte?«

»Nein.«

»Vielleicht eine vage Ahnung, wohin sie wollte?«

»Nein. Wirklich nicht. Wie gesagt, ich kümmere mich um andere Dinge.«

»Sie haben sie also morgens mit dem Auto nach Westerland zum Bahnhof gebracht und sollten sie nachmittags wieder abholen. Ist das richtig?«

»Ja. So war es.«

»Und Ihre Schwester wollte Kuchen mitbringen.«

»Ja, in Niebüll gibt es einen Laden, der unseren Lieblingskuchen hat. Natürlich kaufen wir da nur, wenn wir gerade in Niebüll sind.«

»Verstehe. Wie heißt der Laden?«

»Schlemmerkontor.«

Jung streifte Charlotte mit einem Seitenblick, bevor er fortfuhr.

»Okay. Meine Kollegin hat ja schon nach dem Laptop Ihrer Schwester gefragt. Wir wollen ihn mitnehmen und auswerten. Würden Sie ihn uns überlassen?«

»Gerne.« Sie stand auf und verschwand über eine Holztreppe in das Dachgeschoss. Nach einer Weile kam sie zurück und händigte Jung eine lederne Laptoptasche aus.

»Der Zettel mit der Zugangsnummer liegt drinnen«, sagte sie leise.

»Benutzen Sie den Laptop Ihrer Schwester auch?«, fragte Charlotte.

»Nein, ich verstehe davon nichts. Will auch nichts damit zu tun haben.«

»Wenn Sie nichts damit am Hut haben, warum haben Sie dann den Code?«, fragte Charlotte verblüfft.

»Für alle Fälle, hat Goscha gesagt. Wenn ihr etwas zustoßen sollte, finde ich auf dem Laptop alles, was ich dann brauche. Ich soll unseren Anwalt aufsuchen und den Laptop mitnehmen.«

»Gab es in der letzten Zeit einen konkreten Grund für solche Bedenken?«, hakte Charlotte nach.

»Nein. Sie meinte das ganz allgemein.«

»Gut. Dann brauchen wir noch die Handynummer Ihrer Schwester. Sie hat doch nur ein einziges, oder?«

»Ja. Ihre Handynummer steht auf der Visitenkarte, auf der ich Ihnen die Zugangsnummer aufgeschrieben habe.«

»Ich glaube, dann haben wir alles«, sagte Jung. »Wenn sich noch Fragen ergeben sollten, melden wir uns.«

»Gerne.«

Sie verabschiedeten sich und Charlotte begleitete Jung zu seinem Volvo. Der Regen hatte aufgehört und die Wolkendecke begann dünner zu werden und Struktur zu bekommen, sodass der blaue Himmel darüber schon zu ahnen war.

»*Schlemmerkontor*. Da sollte ich vielleicht auch mal vorbeischauen«, sagte Jung nachdenklich, während er das Auto aufschloss.

»Wegen einer besonderen Flasche Wein, verstehe«, bemerkte Charlotte launig.

»Bitte überprüfe, ob die beiden dort gesehen worden

sind«, sagte Jung gedankenverloren. »Hast du schon etwas auf den Laptops gefunden?«

»Den von Terhegen habe ich noch nicht knacken können. Der von Bohl ist quasi leer. Nichts …«

»Leer? Wie meinst du das?«, fragte Jung verblüfft.

»Es ist nichts drauf. Kein E-Mail-Programm, kein Adressbuch, kein Notizbuch, kein Timer, kein Organizer, keine Geschäftsdateien, kein Hinweis auf die Firma, für die er arbeitet, nichts. Ich habe alle erdenklichen Suchkriterien eingegeben. Nichts. Nicht mal ein professionelles Office-Programm ist installiert.«

»Aber einen Internetbrowser hat er, oder?«

»Ja, natürlich.«

»Was, glaubst du, macht er damit?«

»Ich könnte mir vorstellen, dass er ausschließlich auf dem Server seines Anbieters arbeitet und die Ergebnisse in einer Cloud versteckt.«

»Also ist sein Laptop nur ein Eingabegerät, eine Art Schreibmaschinentastatur.«

»So ungefähr.«

»Was ist mit den Handyanschlüssen?«, wechselte Jung abrupt das Thema.

»Dazu bin ich noch nicht gekommen. Ich brauche …«

»Und Karin? Hast du mit ihr gesprochen?«

»Nein. Dafür war noch keine …«

»Schon gut. Finde etwas über die Gesellschaft heraus, für die Bohl arbeitet. Wie hieß sie noch gleich?«

»BlackRock.«

»Richtig. Und nimm dir den Laptop von Goscha Müller vor. Die beiden anderen nehme ich an mich. Ich habe da eine Idee. Hast du sie dabei?«

»Ja.«

»Okay. Wir brechen hier unsere Zelte ab und fahren zurück nach Flensburg. Vor Dienstschluss sehen wir uns noch in der Inspektion. Vielleicht wissen wir dann mehr und ich kann Holtgreve von Fortschritten berichten. Noch Fragen?«

»Nein. Vielleicht finde ich was auf dem Laptop.«

»Ach ja, noch etwas. Wenn es später werden sollte, warte auf mich. Okay?«

»Alles klar, Chef.«

Ob sie schon heute mehr wissen würden, stand in den Sternen. Aber *ich* werde auf jeden Fall mehr wissen, dachte Charlotte, während sie zu ihrem Auto ging, um die Laptops zu holen.

*

Ihr Puls ging schneller. Sie war aufgeregt. Der Anlass, für den sie das neue Outfit durch die Gegend trug, war nicht der einzige Grund. Eigentlich dürfte ich hier nicht sitzen, sagte sie sich. Sie war an Informationen gelangt, die ihr äußerst wichtig erschienen. Jung musste informiert werden. Sie beruhigte sich bei dem Gedanken, dass sie in wenigen Stunden mit ihm zusammentreffen würde.

Die große Bahnhofsuhr zeigte Viertel vor zwei. Die Sonne war herausgekommen. Der Vorplatz füllte sich mit Wartenden und Passanten. Gut für meine Tarnung, dachte sie. Aber schlecht, weil ich Gefahr laufe, ihn in der Menge zu verlieren. Noch 20 Minuten.

Kurz danach sah sie ihn vom Kirchenweg kommend auf den Bahnhofseingang zusteuern. Sicherlich hatte er sein Auto auf dem Parkplatz der Polizei abgestellt. Er ging langsam, mit leicht gesenktem Kopf, in Gedanken versunken. Wie üblich trug er über einem weißen Hemd seine Lieblingsjacke. Die helle Cordhose passte zu ihm, seine Sneakers waren neu und sahen teuer aus. Heute Morgen bei TOD'S in Kampen hatte sie ähnliches Schuhwerk gesehen. Wahrscheinlich von Lloyd, dachte sie. Mit seinem grauen Kurzhaarschnitt sah er richtig gut aus. Bislang war ihr das gar nicht aufgefallen. Bis er den Bahnhof betrat, hatte er weder nach rechts noch nach links gesehen. Er blieb vor dem Schaukasten für Ankunfts- und Abfahrtszeiten stehen. Dann ging er weiter den Bahnsteig entlang, bis er ihrem Blick entschwunden war.

Sie wartete. Die grüne Skulptur der windzerzausten Riesenfamilie auf dem Bahnhofsvorplatz passte nicht zu dem freundlichen Wetter, das sich durchgesetzt hatte. Die Sonne schien und die Fahnen hingen schlapp an ihren Masten. Die Passanten legten die

Jacken ab und machten auf den aufgestellten Draht-
sitzen eine Pause. Charlottes Blick streifte die große
Uhr über dem Zugang zu den Bahnsteigen.

Der Zug musste überfüllt gewesen sein. Aus dem
Bahnhof quoll eine nicht enden wollende Menschen-
traube auf den Vorplatz und strömte in die Seitenstra-
ßen und zu den wartenden Taxis. Sie stand auf. Sie
konnte Jung nicht entdecken. Sie ging langsam auf und
ab, den Ausgang im Auge behaltend. Die Menge ebbte
ab und versiegte schließlich. Von Jung war immer noch
nichts zu sehen. Sie setzte sich an ihren alten Platz und
starrte auf den Bahnhofsausgang.

Endlich entdeckte sie ihn. Er eilte, wieder ohne nach
rechts oder links zu schauen, das Handy am Ohr, in
Richtung Kirchenweg. Allein. Enttäuscht stand sie auf
und folgte ihm. Wie sie schon vermutet hatte, steuerte
er auf die Kriminalpolizeiaußenstelle zu. Als er das
Handy vom Ohr nahm, hatte er sein Ziel erreicht und
verschwand in dem Gebäude. Sie blieb stehen und sah
sich nach einem Versteck um.

Als er wieder auftauchte, zeigte ihre Uhr kurz nach
halb drei. Jung eilte auf den Parkplatz, bestieg seinen
Volvo und bog auf den Kirchenweg ein. Sie sah noch,
wie er rechts in den Bahnweg abbog, dann war er weg.

Jungs Treffen war offensichtlich geplatzt oder sie
hatte etwas falsch verstanden, was sie bezweifelte.
Ihre Tarnung war überflüssig gewesen und dazu noch
unsinnig teuer.

Sie ging die paar Schritte zur Kriminalaußenstelle und betrat das Treppenhaus. Sie wusste vom letzten Mal, wo Karin Johannsens Büro lag. Sie klopfte an und betrat den Raum. Die Polizeimeisterin saß an ihrem Schreibtisch und telefonierte. Sie war braun gebrannt und blond und trug Uniform. Sie sah aus wie die Bilderbuchpolizistin aus einer der zahlreichen Vorabendserien im Regionalfernsehen. Als sie Charlotte sah, beendete sie ihr Gespräch und legte den Hörer auf.

»Moin, Frau Kommissarin. Sie sehen todschick aus. Ganz toll!«, rief sie bewundernd aus. »Machen Sie Urlaub?«

»Moin, Frau Johannsen. Nein, nein. Kein Urlaub. Öfter mal was Neues, weiter nichts.« Charlotte lächelte schief. »Eigentlich suche ich meinen Chef. Wir ...«

»Er war gerade hier, ist aber schon wieder weg. Er hat gar nichts von Ihnen gesagt. Er hatte es verdammt eilig.«

»Wissen Sie, warum?«

»Er hat ein Autokennzeichen überprüft. Und dann ist er wie ein geölter Blitz aus der Tür.«

»Autokennzeichen. Ach so.«

»Es gehörte zu einem Auto aus dem Fuhrpark des LKA. Ich weiß nicht, warum ihn das so aufgeregt hat.«

»Aufgeregt? Warum das denn?«

»Keine Ahnung. Er war richtig verärgert. Kein bisschen nett. Er hat auch nicht gesagt, was er hier auf der Insel macht, ob er bleibt und ob wir wieder etwas Spannendes zu tun kriegen. Nicht mal ordentlich verabschiedet hat er sich.«

»Na gut. Sei es, wie es sei. Ich kümmere mich darum.«

»Vielleicht hat er ein Problem und braucht Hilfe«, bemerkte Karin Johannsen besorgt.

»Ja, das wird's sein«, lachte Charlotte gequält.

»Dann habe ich noch etwas«, fuhr sie in normalem Tonfall fort. »Wir arbeiten an einem Fall, bei dem Sie uns vielleicht helfen können.« Charlotte brach ab und sah Karin sinnend an.

»Was kann ich tun?«, fragte die.

Charlotte erklärte ihr, um was es ging. Die Namen sagten Karin Johannsen nichts. Sie bemühte ihren Computer. Bei der Inselpolizei waren die Personen nicht auffällig geworden. Auch im Zentralregister konnte sie nichts finden, was sie nicht schon wussten. Charlotte beendete ihren Besuch.

»Der anderen Sache gehe ich nach«, sagte sie abschließend. »Noch heute. Auf Wiedersehen.«

»Tschüss auch.«

Sie gaben sich die Hand. Als Charlotte die Tür hinter sich geschlossen hatte, zermarterte sie sich das Hirn, wohin Jung so schnell verschwunden war.

*

»Seit wann steht der da, Svenja?«, fragte Jung leise.

»Seit heute früh. Als ich das Frühstück zubereitete, sah ich aus dem Fenster. Und da stand er schon an demselben Platz.«

»Und weiter?«

»Als ich dann eine Freistunde hatte und zum Einkaufen fuhr, stand er noch immer da.«

»Und du bist dir sicher, dass er im Haus war?«

»Ja, ganz sicher. Er ist es gewesen.«

»Und deswegen hast du die Autonummer notiert?«

»Genau. Ich hab das Kennzeichen aufgeschrieben.«

»Sehr gut. Und du bist dir wirklich absolut sicher?«

»Als ich nach Hause kam, roch es nach Zigarette. Du weißt, wie empfindlich meine Nase ist. Und der Typ raucht. Das habe ich gesehen.«

»Und du hattest die Tür zum Hauswirtschaftsraum nicht abgeschlossen?«

»Das mache ich nie, wenn ich nur zwischendurch einkaufen fahre.«

»Ja, ich weiß. Hat er was mitgenommen?«

»Nein. Jedenfalls vermisse ich nichts. Ich hab natürlich geschaut, ob was fehlt. Man weiß ja nie.«

Jung schwieg nachdenklich und sah aus dem Küchenfenster.

»Unserem Nachbarn ist er übrigens auch aufgefallen«, beeilte sich Svenja hinzuzufügen. »Ich sprach mit ihm, als ich zurückkam. Er wollte dem Typen schon an die Wäsche. Du weißt, wie er ist. Wo er hinlangt, wächst kein Gras mehr. Er meinte, vielleicht sei er der Späher einer professionellen Bande aus dem Osten, die Häuser ausraubt. Davon liest man ja ab und zu in der Zeitung. Ich hab ihn aufgehalten und gesagt, dass ich zuerst mit dir reden will.«

Jung betrachtete nachdenklich den dunkelblauen VW-Passat, der gegenüber der Auffahrt am Straßenrand parkte. Den Mann am Steuer kannte er nicht. Sein Profil war nichtssagend, ein Allerweltstyp wie Millionen andere auch. Das passt ja wie die Faust aufs Auge, dachte Jung. Er wandte sich seiner Frau zu und legte den Zeigefinger an die Lippen. Er fasste sie am Arm und zog sie auf die Terrasse.

»Was geht hier vor, Tomi? Du machst mir Angst«, flüsterte Svenja ärgerlich.

»Weißt du, ob Rene zu Hause ist?«

»Er ist da. Er hat gesagt, ich soll mich an ihn wenden, wenn ich Hilfe brauche.«

»Hör zu, Svenja. Ruf Rene an und bitte ihn, rauszukommen. Stell dich ans Küchenfenster und beobachte genau, was passiert. Vielleicht brauche ich deine Zeugenaussage. Ich knöpfe mir den Typen da draußen vor und kläre das.«

»Was hast du vor, Tomi?«, fragte Svenja besorgt.

»Er ist vom LKA. Nur zu deiner Beruhigung. Ich denke, er hat eine Wanze in unserem Haus platziert. Ruf Rene an, okay? Es wird nicht lange dauern.«

Jung verließ das Haus, ging die Auffahrt hinunter und klopfte an die Scheibe des Passats. Der Mann ließ das Fenster runter. Er roch nach Zigarettenqualm und sah Jung fragend an.

»Was soll das hier werden, Kollege?«, sagte Jung ruhig.

»Wieso? Stehe ich im Parkverbot?«, erwiderte der Mann arrogant.

»Was machen Sie hier?«, fragte Jung noch einmal.

»Das geht Sie einen Scheißdreck an. Ich kann hier stehen, solange ich will. Wer will mich daran hindern? Sie?«

»Wie heißen Sie?«, versuchte es Jung noch einmal.

»Das geht Sie noch weniger an als gar nichts. Verpissen Sie sich.«

Jung registrierte aus den Augenwinkeln, dass sein Nachbar aus dem Haus getreten war. Jung umkreiste langsam das Auto, ging vor dem Nummernschild in die Hocke und studierte die Plaketten. Er vergewisserte sich, dass Rene näher gekommen war. Dann ging er weiter, blieb hinter dem Auto stehen und entriegelte die Heckklappe. Bevor sie noch gänzlich aufgeschwungen war, hatte der Kerl die Wagentür aufgestoßen und stürzte heraus. Er baute sich vor Jung auf und herrschte ihn an.

»Was machen Sie da? Lassen Sie das gefälligst!«

»Kameraausrüstung und Dienstpistole. Was sagt man dazu?«, entgegnete Jung provokant.

Der Kerl lief vor Wut rot an und versuchte, Jung abzudrängen.

»Sie sind ein kompletter Idiot«, zischte Jung und griff nach der Waffe.

»Lassen Sie das!«, brüllte der Kerl. Er zerrte Jung am Ärmel und versuchte, die Klappe zu schließen.

»Wie heißt eigentlich Ihr Einsatzleiter? Der muss ja noch bekloppter sein als Sie, wenn er einen solchen Affen losschickt«, herrschte er den Mann an.

»Jetzt reicht's.« Sein Wiedersacher stieß Jung brutal beiseite und schlug die Klappe zu.

»Greift er dich an, Tomas?«, mischte sich Rene ein.

»Ja, er greift mich an.«

Rene machte einen schnellen Schritt auf den Mann zu, schlug ihm seine große Pranke auf die Schulter und schleuderte ihn mit dem Rücken ans Auto.

»He, Freundchen. Das kannst du mit uns nicht machen! Soll ich ihm die Fresse polieren oder die Polizei rufen, Tomas?«

»Halte ihn fest. Ich rufe die Polizei.«

Jung griff in die Jackentasche, zog sein Handy hervor und rief die Einsatzzentrale. Er nannte Namen und Adresse und meldete einen Überfall. Der Streifenwagen sei schon unterwegs, beschied ihn der Einsatzleiter. Jung gab seinem Nachbarn ein Zeichen. Er packte den Fahrer unsanft bei den Armen und drückte ihn gegen den Wagen. Renes Augen begannen zu leuchten, als er sah, wie den Mann Panik ergriff.

Zwölf Minuten später stiegen die Streifenbeamten aus ihrem Fahrzeug. Sie kannten Tomas Jung. Er erstattete Anzeige wegen Hausfriedensbruchs und tätlichen Angriffs auf einen Beamten. Der Mann wurde vorläufig festgenommen.

Jung bedankte sich bei seinem Nachbarn und lud ihn auf ein Bier ein. In der Küche setzten sie sich an den Tresen und Jung öffnete zwei Flaschen Erdinger Weizenbier. Sie lachten darüber, wie sie den Möchtegern-James-Bond aus dem Rennen genommen hatten. Svenja trank Mineralwasser und lachte nicht mit.

*

»Und was jetzt? Was mach ich, Tomi, wenn das noch mal passiert? Das LKA hat sicherlich mehr von diesen Idioten«, fragte Svenja ungehalten.

»Es ist vorbei, Svenja. Der kommt nicht wieder«, versuchte Jung sie zu besänftigen.

»Meinetwegen. Der vielleicht nicht. Aber ...« Sie wandte sich ab und schlug die Hände vors Gesicht.

»Beruhige dich, Svenja.«

Sie nahm die Hände vom Gesicht und sah ihm in die Augen.

»Kommst du wieder zurück?«, fragte sie.

»Ja.«

»Was wollen die überhaupt von uns?«, seufzte Svenja. »Warum spionieren die hier herum und dringen bei uns ein?«

»Das weiß ich nicht. Aber ich werde das rausfinden. Ich muss noch einmal in die Inspektion. Ich schicke jemanden, der die Wanzen findet. Verlass dich auf mich.«

»Soll ich mit dem Abendbrot auf dich warten?«

»Nein. Ich weiß nicht, wie lange es dauern wird. Spätestens um zehn bin ich zurück. Versprochen.«

*

Auf dem Weg in die Flensburger Innenstadt zermarterte sich Tomas Jung das Hirn. Zuallererst fragte er sich, wo Tiny steckte. Warum war er nicht wie verabredet nach Westerland gekommen? Der Druck, den er gemacht hatte, war beängstigend gewesen. Sein kindisches Verlangen nach Pünktlichkeit erschien Jung angesichts dessen, was passiert war, nicht mehr lächerlich, sondern besorgniserregend. Was hatte Tiny vor? Er war unberechenbar.

Zu allem Überfluss wurde sein Haus überwacht. Warum? Was suchte das LKA in seinem Haus? Wo lagen die Gründe? Wer hatte den Befehl gegeben? Fragen über Fragen und keine Antworten. Von Minute zu Minute wuchs sein Ärger. Als er das Auto im Innenhof der Inspektion abgestellt hatte, kochte er vor Wut. Schweiß rann ihm den Rücken herunter.

Er entschloss sich, in der WG zu duschen, bevor er zu der Verabredung mit Charlotte ging. Er klemmte sich die Laptops unter den Arm und ging Norderhofenden hinauf bis zum Willy-Brandt-Platz. An der Pier gegenüber lag das Salonschiff *Alexandra* an seinem gewohnten Platz. Der lieb gewonnene Anblick des gelb-blau geringelten hohen Schornsteins beruhigte Jung nur wenig.

EIN ABEND VOLLER ÜBERRASCHUNGEN

Nils saß in der Küche vor einer Pappschachtel mit geschnittener Pizza Margherita und einer Flasche fritz-kola. Er sah auf, als Jung die Küche betrat.

»Hallo, Nils. Guten Appetit«, begrüßte ihn Jung.

»Hi«, erwidert Nils seinen Gruß. »Wo ist denn unser Hausbulle so lange gewesen? Muss man sich Sorgen machen?«

»Bist du jetzt meine Mama?«, gab Jung aufgebracht zurück.

»Sorry. War nicht so gemeint«, sagte Nils gleichmütig.

»Ich will gleich unter die Dusche. Ist sie frei?«

»Ich dusche nicht. Siehst du sonst noch jemanden? Ich nicht«, antwortete Nils, während er ein Stück Pizza in den Mund schob.

»Ich hab dir was mitgebracht. Du könntest etwas für mich tun«, sagte Jung.

Nils legte das Stück Pizza beiseite und sah ihn an.

»Was denn? Kein Scheiß, oder?«

»Kann ich nicht garantieren«, entgegnete Jung.

»Lass hören. Ist das für mich?« Er deutete auf die Laptops, die Jung unter dem Arm hielt.

»Ja. Von dem einen hab ich das Passwort, von dem anderen nicht. Ich …«

»Du willst wissen, was drin ist. Ist doch klar.«

»Ich wusste, du bist ein helles Köpfchen.«

»Der mit dem Passwort, was ist mit dem?«, überhörte Nils Jungs Bemerkung geflissentlich.

»Er ist leer«, sagte Jung.

»Leer? Geht doch gar nicht.«

Nils biss ein Stück Pizza ab und nahm einen Schluck Cola.

»Meine Kollegin … Mit der solltest du dich übrigens mal unterhalten. Sie ist …«

»Was ist mit der?«, unterbrach ihn Nils missmutig.

»Sie sagt, der wurde nur als Tastatur gebraucht. Alles Wesentliche ist in einer sogenannten Cloud auf dem Server des Anbieters versteckt.«

»Netzzugang muss er haben.«

»Hat er. Das ist aber auch mehr oder weniger alles.«

»Okay. Und der andere?«

»Ich brauche Informationen, die da drin sind.«

»He, nun mal ganz langsam, Bulle.« Nils legte die Pizza aus der Hand, lehnte sich zurück und sah Jung an. »Wenn ich das mache und das kommt dann raus«, er zeigte anklagend mit dem Finger auf Jung, »fahre ich ein. Todsicher. Besuchst du mich dann?«

»Dann leiste ich dir Gesellschaft. Das ist dir doch auch klar, oder?« Jung fühlte sich nicht wohl.

»Nee, mein Lieber. Nix da. Die Bullerei biegt das

immer irgendwie hin. Läuft dann garantiert so, dass es den Typen nicht wehtut. Ist Fakt, ehrlich. Kannst mir glauben.«

»Woher willst du das wissen?«

»Von meinem Dozenten. Er macht in Datenverarbeitung und Datensicherheit. Pfiffiger Typ. Total easy. Bin 'n echter Fan von ihm.«

»Und woher hat der das?«

»Früher, als er noch Student war, hat er ganze Waggonladungen an analogem Papierscheiß in digitalen Goldstaub verwandelt. Bei der Regierung.«

»Welcher Regierung?«

»Hier bei uns. In Schleswig-Holstein-Land. Innenministerium, Polizei, Staatsanwaltschaft. Auch richtige Globalplayer. Banken, Werften, Reedereien und so 'n Scheiß. Mein lieber Mann, der Typ kann Storys erzählen. Echt zum Staunen. Er hat mal ausgepackt, nur ein bisschen natürlich, nur so aus Spaß an der Freud. Er wollte uns zeigen, was gehen kann, aber eigentlich nicht gehen soll, sozusagen undercover, verstehst du?«

»Nee, überhaupt nicht. Was meinst du mit undercover?«

»He, Bulle. Das müsstest *du* doch besser wissen als ich!«

»Absolut nicht. Ich weiß wirklich nicht, wovon du redest.«

Nils sah ihn zweifelnd an.

»Ich höre«, drängte Jung.

Nils ließ sich Zeit. Schließlich fuhr er fort:

»Pass auf! Früher hat man alles aufgeschrieben, in Ordner gepackt und dann in Blechschränken weggesperrt. Dann kam der Computer. So'n moderner Computer ist ein echt irres Teil, sehr bequem, fasst unendlich viele Daten und du hast blitzschnell Zugriff. Und er braucht so gut wie keinen Platz. Vergleichsweise natürlich. Also, was tut man als richtiger Typ?«

Nils machte eine Pause und sah Jung aus großen Augen bedeutsam an.

»Kannst du mir mal sagen, was ein richtiger Typ ist?«, fragte Jung leicht genervt.

»Das ist einer, der cool ist, der weiß, was Sache ist, der ganz vorne dabei ist. Verstanden?«

Tomas Jung nickte.

»Sehr schön, Herr Polizist.«

»Ich fühle mich besser, wenn du Tomas zu mir sagst.«

»Geht in Ordnung, Tomas. Also …« Nils legte den rechten Zeigefinger an die Nase, als denke er angestrengt nach. »Ach ja, Datenverarbeitung und Datensicherheit. Früher hat man alles, was wichtig war, in Stahltresore weggeschlossen. Das war analog. Grundsätzlich ist es heute genauso, nur eben anders. Wichtiges wird in Datenbanken weggeschlossen. Nicht hinter Stahl. Hinter einer Firewall. Auf einen Server. Das ist digital. Und mein Dozent hat aus analog digital gemacht. Kapiert?«

Tomas Jung nickte. Dann sagte er: »Ich will in den Tresor. Den digitalen. Wie stelle ich das an?«

»Gute Frage. Jeder Hacker hat das Problem.« Nils griff nach einem neuen Stück Pizza.

»Du auch?«

Nils wiegte den Kopf hin und her. »Weiß nicht. Du bist …«

»Schon gut. Ich komme dich auch im Knast besuchen.«

Nils kaute andächtig auf seinem Stück Pizza. Als er den Bissen schließlich heruntergeschluckt hatte, sagte er: »Man muss schon echt was draufhaben. Und dazu brauchst du Geduld, Zeit und Geld.«

»Außer Geld hast du doch alles, oder?«, machte sich Jung lustig.

»Heute Abend kann ich dir das nicht verklickern. Ich denk drüber nach. Alles klar, Alter?«

»Okay. Was ist mit dem anderen Laptop? Kannst du den knacken? Noch heute Abend?«

»Nach was soll ich suchen?«

Tomas Jung schrieb alle Personennamen und die Namen aller Orte, Institutionen, Gesellschaften, Firmen, Projekte, die im Zusammenhang mit ihren Ermittlungen bisher aufgetaucht waren, auf einen Zettel. Es dauerte. Als er fertig war, hatte Nils die Pizza weggeputzt. Jung händigte ihm den Zettel aus.

»Ich muss gleich los. Ich gebe dir meine Handy-nummer. Ruf mich an, wenn du was gefunden hast. Gib mir deine Nummer. Vielleicht brauch ich dich.«

»An was seid ihr denn dran? Muss echt krass sein, wenn du mich schon anklingeln willst.«

»Ich erzähl's dir später. Im Knast. Dann haben wir mehr Zeit«, erwiderte Jung launig und machte sich auf den Weg unter die Dusche. Nils studierte die Namen auf dem Zettel. Auf seinem Gesicht breitete sich ein Grinsen aus.

*

Bevor er sich zu dem Treffen mit Charlotte aufmachte, rief Jung Holtgreve an und teilte ihm mit, dass es heute später werden würde. Holtgreve war kurz angebun-den. Jung hatte mehr Gesprächigkeit von ihm erwar-tet. Danach rief er den Leiter der Spurensicherung an und bat ihn, einen seiner Leute zu ihm nach Hause zu schicken. Morten Franzens Unverständnis war groß. Jung klärte ihn über das Nötigste auf. Franzen ver-sprach, seinen besten Mann zu schicken.

Tomas Jung schaffte es, vor Dienstschluss in die Ins-pektion zu kommen. Petersen suchte gerade seine Sie-bensachen zusammen, bevor er sich auf den Heim-weg machte.

»Moin, Herr Oberrat. Haben Sie's eilig?«

»Warum. Sehe ich so aus?«

»Sie haben nasse Haare. Als wären Sie gerade aus der Dusche gekommen.«

»Ist Charlotte in ihrem Zimmer?«, fragte Jung.

»Sie ist umgezogen. Nach oben. Sie sitzt jetzt bei Kopper-Carlson im Zimmer.«

»Gut. Wenigstens das hat geklappt.«

»Haben Sie das angeleiert? Hoffentlich sitzt sie nicht auf seinem Schoß.« Petersen lachte. Sein Lachen erstarb, als er in Jungs Gesicht schaute.

»Schönen Feierabend, Petersen«, sagte Jung.

»Danke, ebenfalls.«

Jung stapfte das Treppenhaus hinauf. Er klopfte an und betrat Kopper-Carlsons Büro. Es war groß und hell. Vier hohe Fenster gestatteten die Sicht auf Hafenspitze und Ostufer der Flensburger Förde. Insofern ähnelte es Jungs Büro. Ansonsten unterschied es sich grundlegend. Die Schreibtische waren aneinandergerückt, sodass Charlotte und Kopper sich in die Augen sahen. Bunte Bilder hingen an den Wänden. Auf einer niedrigen Bank standen Grünpflanzen. Es gab sogar drei Gästestühle.

Die beiden waren ins Gespräch vertieft. Als sie ihn sahen, brachen sie ab. Die Begrüßung war kühl.

»Wir sind gerade dabei, die Abfahrtszeiten in Niebüll noch mal durchzugehen«, sagte Charlotte steif.

»Und? Gibt es neue Erkenntnisse?«, fragte Jung.

»Die Züge fahren im Stundentakt, zeitweise im Halbstundentakt. Die Fahrt bis Westerland dauert

34 Minuten. Die Strecke wird von der Nordostsee-
bahn bereedert, nicht von der Deutschen Bahn AG.
Einzige Ausnahme sind zwei ICs um 13.31 Uhr und
16.01 Uhr«, antwortete Charlotte sachlich.

»Die NOB hält auf der Strecke noch in Klanxbüll
und Keitum, der IC nicht«, schaltete Kopper sich ein.

»Bis Klanxbüll braucht er zehn, bis Keitum 27 Minuten«, ergänzte Charlotte.

»Sie haben doch das Zugpersonal befragt, Kopper.
Gehörten die zur NOB oder zur DB?«, fragte Jung.

»Beide. Aber die NOB bot sich an. Wegen der Zeiten.«

»Wie meinen Sie das?«

»Die Telefonate legten nach Uhrzeit und Inhalt
nahe, dass die NOB benutzt worden ist. Das Zugpersonal war bei den infrage kommenden Zügen immer
dasselbe.«

»Aber IC ist nicht auszuschließen?«

»Nein. Aber unwahrscheinlich.«

Jung wandte sich dem Fenster zu und blickte versunken in die hereinbrechende Dämmerung.

»Okay«, sagte er und wandte sich wieder Charlotte
zu. »*Schlemmerkontor*, Handyüberprüfung. Hast du
schon was?«

»Ja. Ich wollte schon viel früher …«

»Gehen wir in mein Büro«, unterbrach sie Jung.

»Sollten wir nicht … Ich meine …«, Charlotte
zögerte. »Drei sind einer mehr als zwei«, fuhr sie fort.

»Kollege Kopper ist an der Sache schon seit einiger Zeit dran und …« Sie brach ab.

Jung sah erst sie und dann Kopper-Carlson an. Keiner sagte etwas. Das Schweigen lastete im Raum wie ein drohendes Gewitter.

»Du hast recht«, entschied er. Er wandte sich an Kopper. »Wie lange arbeiten wir eigentlich schon im selben Haus?«

»Keine Ahnung. Ehrlich gesagt, habe ich noch nie einen Gedanken darauf verschwendet. Ich weiß nicht, ob wir überhaupt schon mal zusammengearbeitet haben.«

»Sorry«, meinte Jung verlegen. »Zeit, dass wir damit anfangen. Ich heiße Tomas.«

»Ich heiße Michael. Meine Freunde nennen mich Micha.«

Freunde! Das Wort fuhr Jung ins Gemüt wie ein scharfes Messer. Er streckte Kopper die Hand entgegen. Kopper-Carlson schüttelte sie und lächelte schief.

»Okay, Micha«, sagte Jung. »Gehen wir die Sache gemeinsam an. Hinterher gehen wir auch gemeinsam einen heben. Oder sollen wir lieber mit Tee anstoßen?«

»Ich trinke auch Wein, Tomas.«

»Meine Freunde nennen mich Tomi«, log Jung. Er hatte nur einen einzigen Freund, Morten Franzen, den Leiter der Spurensicherung.

»Gut. Dann eben Tomi.«

Jung nickte.

»Charlotte, leg los.«

»Erstens«, hob Charlotte mit neuem Elan an. »Im *Schlemmerkontor* erinnern sie sich an Bohl, aber nicht an Goscha Müller.«

»Am besagten Tag zur besagten Zeit?«, fragte Jung nach.

»Ja. Der Chef selbst war da.«

»Ist er ein verlässlicher Augenzeuge? Was meinst du?«

»Ja. Er scheint vertrauenswürdig.«

»Okay. Weiter.«

»Zu den Handys. Bis auf das von Jens Eilers haben sich alle zum letzten Mal im Knotenpunkt Niebüll eingewählt und Gespräche geführt. Zu exakt den Zeiten, die die Angehörigen angegeben haben. Danach ist tote Hose.«

»Und Jens Eilers?«

»Sein Smartphone hat sich zuletzt in Larvik in Norwegen eingewählt. Das liegt am Eingang des Oslofjords. Er hat weder Gespräche geführt noch SMS oder Mails abgesetzt.«

»Wann?«, fragte Jung.

»Am Sonntag. Zwei Tage, nachdem er das letzte Mal mit seiner Mutter telefoniert hat.«

»Wann genau?«

Charlotte wühlte in den Papieren, die vor ihr auf dem Schreibtisch lagen.

»Um 10.25 Uhr.«

»Wie lange war er im Netz?«

»21 Sekunden.«

»Und was hat er gemacht?«

»Er hat sich bei ›marinetraffic.com‹ eingewählt.«

»Klingt nach Seefahrt«, bemerkte Jung nachdenklich. »Noch was?«

»Nein. Ob er persönlich dran war, ist damit allerdings nicht unbedingt gesagt, Chef.«

Kopper-Carlson sah Charlotte verblüfft an, sagte aber nichts.

»Ja. Schon klar. Aber danach war Schluss?«

»Ja. Bis heute Morgen.«

»Hat sich der Hafenmeister bei dir gemeldet?«, fragte Jung.

»Nein, noch nicht.«

»Bei mir auch nicht.«

»Ich kann ihn ja morgen anrufen und fragen, was mit den Seekarten ist.«

»Okay. Tu das.«

Jung sah hinüber zu Kopper-Carlson, als erwarte er von ihm einen Beitrag.

»Ich weiß nicht, was ihr bisher getrieben habt«, sagte der entschuldigend und zuckte die Achseln.

»Dann sollten wir das schleunigst nachholen. Charlotte, könntest du …«

»Vorher muss ich noch etwas anderes loswerden, Chef«, unterbrach sie ihn hastig.

»Gut. Schieß los.«

»Im Laptop von Goscha Müller fand ich in der E-Mail-Korrespondenz diese Mail hier.«

Sie reichte Jung ein Papier von ihrem Schreibtisch. Er las konzentriert, schüttelte gelegentlich den Kopf und legte die Stirn in Falten. Die Stille im Raum lud sich unheilvoll auf. Sie wurde nur von den Verkehrsgeräuschen unterbrochen, die von Norderhofenden zu ihnen heraufdrangen.

»Wenn das stimmt, dann …« Jung brach ab und reichte das Papier an Kopper-Carlson weiter. Während der las, wuchs die Spannung weiter. Sie schwebte im Raum wie eine düstere Wolke.

»Interessant«, ließ Kopper sich schließlich vernehmen und legte das Blatt zurück auf Charlottes Schreibtisch. »Nur verstehe ich nicht, was das mit …«

»Kannst du auch nicht«, unterbrach ihn Jung. »Charlotte wird dir alles erklären. Ich muss telefonieren.« Er schnappte sich die Mail von Charlottes Schreibtisch. »Entschuldige. Bin gleich wieder zurück.«

Vor den anderen wollte er nicht mit Nils reden. Streng genommen verstieß er damit gegen alle Regeln. Unbefugte durften nicht mit Ermittlungsarbeit betraut werden, ganz zu schweigen von illegalen Arbeiten. Bei Rückruf würde er die Identität seines Gesprächspartners nicht aufdecken müssen. Er würde das Gespräch kurz halten.

Jung verließ die beiden und eilte nach draußen auf

den Parkplatz im Hof der Inspektion. Er zückte sein Handy.

»Hast du den Laptop geknackt?«, überfiel er ihn.

»Was willst du wissen?«, überging Nils Jungs Frage.

»Gibt es ein E-Mail-Programm auf dem PC?«

»Was suchst du?«

»Ich suche nach einer ganz bestimmten Mail.« Jung gab ihm den Absender durch. »Sie ist datiert vom Juli.«

»Okay. Ich mach mich dran und ruf dich zurück.«

»Ich will auch wissen, woher sie kommt. Beeil dich. Es könnte …« Nils hatte grußlos aufgelegt.

Zurück in Kopper-Carlsons Büro, nahm Jung einen Stuhl und setzte sich zu den beiden an den Schreibtisch. Er sah Kopper fragend an.

»Alles klar, Micha?«

Kopper-Carlson nickte und schwieg.

»Weiß er jetzt alles, was wir wissen, Charlotte?«, fragte Jung.

»Kollege Kopper weiß alles, was ich weiß, Chef«, erwiderte sie und sah ihm in die Augen.

»Ich erwarte einen Rückruf«, bemerkte Jung und gab die Mail kommentarlos an sie zurück. »Danach muss ich bei Holtgreve zum Rapport antanzen.«

»Ich mache dann für heute Schluss.« Charlotte stand auf und begann, die Sachen auf ihrem Schreibtisch zu ordnen und wegzupacken.

»Ihr kommt mit«, entschied Jung. »Unser Fall nimmt Fahrt auf. Ich brauche euch.«

»Gilt das auch für mich?«, fragte Kopper-Carlson. »Holtgreve wird nicht gerade erfreut sein, mich zu sehen.« In seiner Stimme mischten sich Verblüffung und Beklommenheit.

Jung beruhigte ihn: »Wir sind auch nicht immer erfreut, ihn zu sehen, oder?«

Kopper kräuselte die Lippen zu einem Lächeln. Jemand, der ihn nicht kannte, hätte Häme darin entdecken können. Jung sah darin Genugtuung.

»Bevor wir gehen, habe ich noch zwei Kleinigkeiten, Chef«, meldete sich Charlotte.

»Okay. Dafür haben wir noch Zeit.«

»Ein Kollege aus Husum hat den roten Van gesehen. Allerdings ist das schon eine Weile her.«

»Ein Kollege?«

»Ein Polizeibeamter.«

»Okay. Wann?«

»Am 17. Juni. Er weiß das deshalb so genau, weil an diesem Tag früher der Tag der Deutschen Einheit gefeiert wurde. Da war er immer im Einsatz.«

»Wo?«

»Wie meinen Sie?«

»Wo hat er das rote Auto gesehen?«

»Vor dem Baumarkt Christiansen in Mildstedt bei Husum. Die haben übrigens auch eine Filiale in Tinnum auf Sylt.«

»Wie will er wissen, dass es Jens Eilers gehört?«

»Die schwarzen Radkappen sind ihm aufgefallen.

Dann die ausgebaute Rückbank. Er hat drei blaue Regentonnen und drei Sack Löschkalk gekauft.«

»Meinetwegen. Aber der Mann muss ja nicht unbedingt Jens Eilers gewesen sein. Es gibt zig ...«

»Der Marktleiter ist ein Kumpel von ihm. Die blauen Tonnen wurden mit VISA-Karte bezahlt. Der Zahlungsbeleg ist von Jens Eilers unterschrieben.«

»Okay. Das war lange, bevor er vermisst wurde.«

»Vor allem anderen auch.«

»Was willst du damit sagen, Charlotte?«

»Kam mir gerade in den Sinn. Weiter nichts.«

Jung sah auf die Uhr. Wo bleibt er nur, dachte er.

»Und die andere?«, fragte er, an Charlotte gewandt.

»Was?«

»Du sprachst von zwei Kleinigkeiten.«

»Ja, richtig. Die zweite betrifft Sigrid Übel-Anschütz. Ich habe über sie im Netz nichts finden können. Im Zentralregister gibt es auch nichts über sie.«

»Hm«, brummte Jung. »Na gut. Wenn wir gleich zu Holtgreve gehen, nimm die Mail mit, Charlotte. Ich glaube, wenn ...«

›Nur noch kurz die Welt retten‹ bewahrte ihn davor, eine längere Erklärung abgeben zu müssen. Jung holte sein Handy aus der Tasche und nahm den Anruf entgegen.

»Ja ...« Er zog die Augenbrauen zusammen und starrte auf seine Schuhspitzen. »Ja ...« Jung hob den Kopf und blickte aus dem Fenster. »Lies vor ...!« Er lauschte angespannt. »Gut … Ja, das geht in Ordnung … Was?« Jung riss die Augen auf und heftete seinen Blick auf Charlotte. »Nicht jetzt. Ich muss …« Unglauben breitete sich auf seinem Gesicht aus. »Ich muss aufhören«, sagte er kurz angebunden. »Wir sprechen morgen.« Jung nahm das Handy vom Ohr und schaltete es ab.

»Was ist, Chef?«, fragte Charlotte besorgt.

»Später.« Er gab sich einen Ruck. »Gehen wir. Vergiss bitte die Mail nicht, Charlotte.«

*

Holtgreves Erstaunen war kurz und wandelte sich rasch in kalte Distanziertheit.

»Die Kollegen sollten dabei sein, Henning«, rechtfertigte Jung die Anwesenheit von Kopper-Carlson und Charlotte. »Wir arbeiten am selben Fall. Es ist gut, auf dem gleichen Informationsstand zu sein.«

Holtgreve nickte ungnädig mit dem Kopf. »Ich muss dich unter vier Augen sprechen«, sagte er streng.

»Sofort oder später?«, fragte Jung nach.

»Wenn wir hier fertig sind.«

Holtgreve lud sie mit einer fahrigen Geste ein, auf der Sitzgruppe an der Wand gegenüber seinem Schreibtisch Platz zu nehmen. Die Atmosphäre, die sich aufzubauen begann, berührte Jung unangenehm. Am besten, er fiel gleich mit der Tür ins Haus.

»Wie ich schon vermutet habe, hängen die Fälle zusammen. Wir sind im Besitz eines Schreibens an Goscha Müller, das den Zusammenhang deutlich macht. Ein gleichlautendes Schreiben ging an Gisela Terhegen.« Jung streifte Charlotte und Kopper-Carlson mit einem Blick, der ihnen signalisieren sollte, sich zurückzuhalten. »Ob es auch an Bohl ging«, fuhr er fort, »wissen wir noch nicht. Es ist aber sehr wahrscheinlich. Ich möchte vorwegschicken, dass wir deutliche Hinweise haben, dass alle drei Vermissten Investitionen in Millionenhöhe im Auge hatten. Charlotte, lies mal die Mail vor.«

Holtgreve zeigte keine Reaktion. Charlotte entfaltete das Papier und las:

Sehr geehrte Damen und Herren,

bevor Sie in das Projekt »Fördebogen« einsteigen, möchte ich Ihnen einige Informationen zukommen lassen, die für Ihr Engagement von Interesse sein dürften.

Jan Eilers, der Mann, dem Sie Ihr Geld anvertrauen wollen, ist ein vorbestrafter ehemaliger Vorstand eines einstmals florierenden Bankinstitutes in Schleswig-Holstein. Er hat das Unternehmen mit äußerst risikobehafteten und undurchsichtigen Aktivitäten auf dem Internationalen Börsenparkett in den Ruin getrieben. Seine Bank konnte nur mit der Unterstüt-

zung des Bankenverbandes vor dem Konkurs gerettet werden. Das Institut ist in einer Scheinfusion mit
einem starken Partner aufgegangen. De facto ist es
abgewickelt worden. An dieser Stelle sei der Hinweis gestattet, dass die gewählte »Lösung« nur unter
Hinnahme eines gravierenden Personalabbaus und
mit der Unterstützung der öffentlichen Hand, also
mit Steuermitteln möglich war. Die verbleibenden
nicht unerheblichen Konversionskosten gingen ausschließlich zulasten der alten und neuen Anteilseig-
ner. Wären Sie damals schon im Boot gewesen, wären
Sie also Leidtragende des unfähigen Managements
von Jan Eilers gewesen. Seine Absicht war und ist es
auch heute noch, den Schein zu wahren und Solidität zu demonstrieren, wo in Wahrheit Gier, Skrupel-
losigkeit und Amoral herrschen.

Jan Eilers befindet sich heute in ähnlicher Lage wie
damals. Ein längst fälliger Insolvenzantrag wird verschleppt. Frisches Geld dient dazu, Verpflichtungen zu
erfüllen, die andernorts zur Fälligkeit anstehen. Das
ihm anvertraute Geld wird zweckentfremdet, ohne
dass es Außenstehenden auffallen kann. Ich schreibe
Ihnen, weil das von Ihnen in Aussicht genommene
Investment eine einwandfreie und rechtlich belastbare Abwicklung verdient.

Der Initiator dieses Schreibens ist mittelbar invol-
viert. Auch er wird über kurz oder lang in den Fokus
staatsanwaltlicher Ermittlungen geraten. Für diesen

Fall muss er sich alle Optionen offenhalten. Bitte verstehen Sie dieses Schreiben als einen Schritt, drohendes Unheil abzuwenden.

MfG AA

»Die Mail ist vom Juli«, fügte Charlotte hinzu. Sie legte das Papier auf dem Tisch ab und sah Holtgreve erwartungsvoll an.

Holtgreve verharrte in Schweigen. Er legte die Hände in den Schoß und lehnte sich zurück. Seine Gelassenheit war schlecht gespielt. Jung merkte ihm an, dass er sich überrumpelt fühlte und sich in einer Lage wiederfand, die ihm mehr als nur unangenehm war.

»Das ist doch starker Tobak, Boss«, entrüstete sich Charlotte.

»Sie sind noch sehr jung, Frau Kommissarin auf Probe«, sagte Holtgreve herablassend.

»Sie ist alt genug, um zu wissen, dass da was faul ist«, warf Kopper-Carlson ein. Holtgreve bedachte ihn mit einem eisigen Blick und fuhr dann scheinbar ungerührt fort: »Es gibt keinen Grund, sich aufzuregen. So machen das letztlich alle. Wenn nicht, würden bald die Räder stillstehen. Ich will mich dazu nicht weiter äußern.«

»Aber nicht alle machen pleite«, warf Jung ein.

»Von Pleite kann keine Rede sein«, entgegnete Holtgreve unwirsch. »Noch ist kein Insolvenzverfahren eröffnet worden. Davon wüsste ich.«

»Die überfällige Insolvenz wird ja gerade verschleppt. So jedenfalls der Briefschreiber«, widersprach Jung.

»Es ist eher davon auszugehen, dass Eilers das Projekt erfolgreich durchzieht«, beharrte Holtgreve auf seiner Meinung. »Er hat Kontakte, Verbindungen, Einfluss. Das wissen wir.«

»Das hat ihm aber nicht geholfen, als er als Bankvorstand in die Wüste geschickt wurde«, bemerkte Charlotte.

Holtgreve stieß einen höhnischen Lacher aus.

»Es ist das Beste, was ihm jemals passieren konnte.«

»Das Beste?«

»Ich will das an dieser Stelle nicht weiter diskutieren«, wich Holtgreve aus. »Wir haben Wichtigeres zu tun.«

»Was ist mit der Anschuldigung, er sei vorbestraft?«, ließ Jung nicht locker. »Er ist doch nicht angeklagt und verurteilt worden. Oder habe ich dich da falsch verstanden, Henning?«

»Geschwätz. Nicht in seiner Zeit als Bankvorstand. Danach auch nicht.«

»Im Zentralregister ist nichts zu finden«, ergänzte Charlotte. »Ich habe das überprüft.«

»Vorstrafen müssen nach einer gesetzlich vorgeschriebenen Frist aus dem Zentralregister gelöscht werden«, flocht Kopper-Carlson ein.

Jung feixte insgeheim über Koppers Bemerkung.

»Also, was ist damit?«, fragte Jung noch einmal.

»Wenn es stimmt, dann sollten wir dem auf den Grund gehen. Wann, wo und warum?«

»Von wann ist das Schreiben?«, fragte Holtgreve, als hätte er gar nicht zugehört.

»Vom Juli.«

»Also vor den Vermisstenanzeigen.«

»Richtig«, bestätigte Jung.

»Woher habt ihr das?«

»Die Quelle existiert offiziell nicht. Ich muss ...«

»Wie darf ich das verstehen?«, fuhr Holtgreve dazwischen. »Ich muss dich doch nicht daran erinnern, dass ...«

»Sie ist nicht legal. Will sagen, nicht gerichtsverwertbar. Aber ...«

»Also nutzlos.« Holtgreve klang gleichzeitig verärgert und erleichtert.

»Das eben würde ich nicht sagen. Sie gibt uns möglicherweise einen Hinweis, in welcher Richtung wir weitersuchen müssen. Wenn ...«

»So geht das nicht. Wo soll das hinführen? Ich will nicht ...«

»Genau deswegen sind wir hier, Henning«, fiel ihm Jung ins Wort. »Wir sollten überlegen, wie ...«

»Das läuft so nicht!«, raunzte Holtgreve verärgert.

»Der Denunziant ist nach eigenem Bekunden mittelbar beteiligt«, fuhr Jung unbeirrt fort. »Er fürchtet die Staatsanwaltschaft. Wer könnte das sein? Die Antwort scheint mir auf der Hand zu liegen.«

»So? Dann mal los.«

»Meines Erachtens kommen nur sein Sohn oder die Kontrollmanagerin infrage. Sie ist übrigens auch verschwunden.«

»Seit wann?«

»Sie war im Urlaub, ist aber nicht an ihren Arbeitsplatz zurückgekehrt.«

»Das kann viele Gründe haben«, wiegelte Holtgreve ab. »Ich warne davor, die ...«

»Henning, wie gehen wir weiter vor?«, fiel Jung ihm beschwörend ins Wort und sah seinen Chef herausfordernd an.

Holtgreve hüllte sich in Schweigen. Es entstand eine längere Pause. Jung überlegte, ob es nicht klüger wäre, die Diskussion zu beenden. Ihr Chef mauerte, anstatt sich um Lösungen zu bemühen. Schließlich entschied er sich anders.

»Zumindest scheint das auffällige Interesse von Jan Eilers an den Ermittlungsergebnissen eine mögliche Erklärung zu finden. Er hat uns über die wahren Verhältnisse im Unklaren gelassen. Er hat uns das Unschuldslamm vorgespielt. Er hat uns bewusst angelogen und ...«

»Das sind Behauptungen und Unterstellungen«, unterbrach ihn Holtgreve. »Er hat euch vielleicht etwas vorenthalten. Ja, aber er hat auch ...« Holt-

greve brach ab. Jung sah ihm an, dass er kurz davorstand, laut zu werden. Ein günstiger Zeitpunkt, um
nachzulegen.

»Bei dieser Gelegenheit möchte ich dich auch davon
in Kenntnis setzen, dass sich das Handy von Eilers
junior am Sonntag nach seinem Verschwinden im
Netz angemeldet hat. In Norwegen. In Larvik, um
ganz genau zu sein.« Jung machte eine Pause, um seine
Worte wirken zu lassen.

Holtgreve stand auf und tigerte umher. Keiner sagte
ein Wort. Schließlich ging er an seinen Schreibtisch und
setzte sich in seinen Bürosessel.

»Was, glaubst du, ist passiert?«, fragte er unwillig.

»Das weiß ich nicht. Noch nicht. Für mich steht
fest, die Fälle stehen miteinander in Verbindung und
Eilers senior und junior spielen eine entscheidende
Rolle.« Jung schwieg und sah kurz zu Kopper-Carlson und Charlotte hinüber. Auf ihren angespannten
Gesichtern las er, dass sie nicht die Absicht hatten,
sich einzumischen.

»Was hast du vor?«, fragte Holtgreve.

»Ich frage mich, wer hat ein Motiv, Eilers senior zu
denunzieren? Das muss geklärt werden. Der Denunziant …«

»… muss naiv sein oder verrückt oder beides«,
fiel Holtgreve ihm ins Wort und lächelte arrogant.
»Glaubst du, die Investoren handeln auf blauen Dunst?
Die wollen wissen, mit wem …«

»Eben. Die wissen, mit wem sie es zu tun haben. Und genau das macht die Frage nach dem Motiv so interessant. Ich …«

»Was hast du vor?«, fragte Holtgreve noch einmal.

»Gar nichts«, beschwichtigte ihn Jung. »Morgen fahren wir nach Schleswig und befragen Angehörige und Freunde von Eilers junior. Danach sehen wir weiter. Wir stehen doch nun nicht mehr unter Zeitdruck, nicht wahr?«, fügte er hinzu.

Holtgreve holte ein Papiertaschentuch aus der Tasche und schnäuzte sich.

»Vielleicht aber doch«, bemerkte Jung. »Folgende Fragen werden doch immer dringlicher: Leben die Vermissten oder sind sie tot? Wenn sie tot sind, wer hat sie getötet? Wenn sie leben, warum melden sie sich nicht?«

Holtgreve lief rot an. Jung saß regungslos auf dem Sofa. Nach außen sah es so aus, als beobachte er einen Fisch im Aquarium.

Holtgreve kam aus seinem Sessel. »Die Besprechung ist an dieser Stelle beendet«, stieß er hervor. »Jung, du bleibst noch.«

Charlotte und Kopper-Carlson erhoben sich und verließen grußlos den Raum. Als sich die Tür hinter ihnen geschlossen hatte, kam Holtgreve aus seinem Sessel und baute sich vor Jung auf.

»Sag mal, was soll das Ganze eigentlich? Die Bakkens lass ich mir ja noch gefallen. Die kann man wenigstens ansehen, ohne dass einem übel wird. Aber dieser ...« Holtgreve verkniff sich das Wort, das ihm auf der Zunge lag.

»Er ist Kriminalhauptkommissar im Kommissariat Zentrale Dienste der Bezirkskriminalinspektion Flensburg, Henning«, erwiderte Jung ruhig.

»Das heißt doch nicht, dass ... Ach, Scheiße«, schimpfte er los. »Was hast du mit dem Mann vom LKA angestellt? Er sitzt da unten im Gewahrsam und führt sich auf wie ein Affe. Ich muss alles wissen, lückenlos und vollständig.«

Holtgreve setzte sich. Er schien sich langsam zu beruhigen. Jung gab einen umfangreichen Bericht ab. Es dauerte.

»Ich werde observiert, Henning. Franzen schickt gerade einen Mann, um die Wanzen zu entfernen«, schloss Jung seinen Vortrag. »Ich frage mich, warum? Wer gab den Einsatzbefehl?«

»Es hat etwas angefangen, dessen Ende nicht abzusehen ist. Meine schlimmsten Befürchtungen, Tomas, haben sich bestätigt. Ich bin stocksauer.«

»Hast du heute schon mit dem Präsidenten gesprochen?«

»Nein. Ich erwarte jede Minute seinen Anruf.«

»Dann warte ab, was er dir erzählt, Henning. Vielleicht weißt du danach mehr.«

»*Der* erzählt mir nichts. *Ich* soll ihm was erzählen«, sagte Holtgreve sichtlich abgekühlt.

»Vielleicht überlegst du besser mal, was du ihm in Zukunft anvertraust und was nicht.«

Sie sahen sich an. Holtgreve stand auf. Jung tat es ihm nach.

»Meine Familie wird da mit reingezogen, Henning. Das gefällt mir nicht«, sagte Jung.

Holtgreve nickte, enthielt sich aber jedes weiteren Kommentars.

»Sehen wir uns morgen zur gewohnten Zeit?«, leitete Jung seinen Abgang ein.

»Du fährst nach Schleswig und setzt deine Befragungen fort. Diese illegale Quelle. Das muss aufhören. Haben wir uns da verstanden?«

Jung nickte.

»Bis morgen«, sagte Holtgreve. »Allein«, fügte er hinzu.

»Auch nicht Charlotte?«, fragte Jung.

»Nein. Guten Abend, Tomas«, entließ ihn Holtgreve.

»Tschüss, Henning.«

*

Charlotte und Kopper-Carlson standen im Treppenhaus und warteten auf Tomas Jung. Sie erzählten sich Geschichten aus der Polizeischule. Einige Lehrer von Charlotte waren schon die Lehrer von Kopper gewesen. Alte Knochen, über die unter den Schülern Witze und Anekdoten kursierten. Als sie Jung kommen sahen, brachen sie ab und sahen ihn erwartungsvoll an.

»Ich habe Hunger und brauche ein Glas Wein«, stöhnte Jung. »Gehen wir in den *Speicher*. Ich lade euch ein.«

Kopper-Carlson und Charlotte Bakkens erwiderten nichts, aber von ihren Gesichtern konnte man ablesen, dass sie Jungs Einladung gerne folgten. Auf dem Weg unterrichtete er die beiden über den Ausgang des Gesprächs mit Holtgreve und über die Ereignisse, seit er sich in Rantum von Charlotte verabschiedet hatte. Wen er in Westerland hatte treffen wollen, verriet er nicht.

»Ich werde überwacht. Warum? Hast du eine Idee, Charlotte?«

Charlotte hüllte sich in Schweigen. Jung drehte sich zu ihr um, weil er Schweigen von ihr nicht gewohnt war. Charlotte hielt den Kopf geneigt. Sie marschierte neben ihnen her, als hätte sie ihm nicht zugehört.

»Die da oben haben dich offenbar auf dem Kieker, Tomi«, antwortete statt ihrer Kopper-Carlson. »Du bist dabei, ihnen wehzutun. Wenn nicht sogar Schlimmeres.«

»Und womit?«

»Mit der Wahrheit.«

»Mit welcher Wahrheit? Ich fühle mich nicht im Besitz irgendeiner Wahrheit. Das ist doch gerade unser Problem, oder?«

»Vielleicht bist du ihr näher, als du denkst. Die da oben wissen doch immer mehr, als sie zugeben.«

Koppers ominöses Geschwafel ärgerte Jung. Aber er konnte dem nichts entgegensetzen. Holtgreve hatte ihn gewarnt. Jung fiel es schwer, das zugeben zu müssen.

Die Dunkelheit war hereingebrochen. Die Straßenbeleuchtung tauchte Norderhofenden und die Hafenspitze in einen kupferfarbenen Dämmer. Jung konnte gerade noch die gelbe Banderole im Schornstein der *Alexandra* ausmachen. Das Ziel, das er ansteuerte, lag unweit der Inspektion. Das Restaurant war in einem alten Getreidespeicher in Hafennähe untergekommen. Das Gebäude war entkernt und umgebaut worden. Das uralte Gebälk und die Holzdielen konnten erhalten werden. Die Einrichtung war dem Stil des alten Speichers angepasst. Es herrschte eine anheimelnde Atmosphäre.

Jung führte sie die Treppe hoch in den ersten Stock. Wenn er kam, stand der Chef gewöhnlich hinter der Getränkeausgabe. So auch heute. Jung stellte ihm seine Begleitung vor. Sie begrüßten sich freundlich. Jung kannte Jose de Abreu seit Jahren. Er war 1981 aus Funchal nach Flensburg gekommen, der Liebe wegen. Sein Berufsethos lautete: Qualität, Service, faire Preise. Jung mochte ihn und sein Restaurant.

Sie gaben ihre Bestellung auf. Für Jung und Kopper-Carlson Rib-Eye-Steaks vom Lavagrill und Rotwein, für Charlotte eine Schüssel Speichersalat und eine Flasche Pellegrino.

»Wie haben Sie sich in den Laptop einloggen können, Chef?«, fragte Charlotte, während sie auf ihr Essen warteten.

»Gar nicht«, schmunzelte Jung.

»Sie hatten Hilfe, oder?«

»Einer meiner WG-Genossen ist ein begnadeter Computerfreak. Ich glaube, er ist ein heimlicher Hacker«, erklärte Jung.

»WG?«, Charlotte guckte verständnislos.

»Ich leiste mir ein Zimmer hier um die Ecke. Für den Fall, dass es abends spät wird und ich früh wieder rausmuss.«

»Verstehe«, sagte Charlotte und streifte ihn mit einem skeptischen Blick. »Und der hat Sie vorhin angerufen.«

»Ja. Er hat die Mail bei Terhegen gefunden.«

»Aber bei Bohl nicht?«

»So weit ist er noch nicht. Es ist kompliziert. Er will es mir erklären. Später. Er braucht Zeit.«

»Vielleicht kann ich dabei sein. Kenntnisse schaden bekanntlich nie«, sagte Charlotte abwägend.

»Du auch, Micha?«, fragte Jung grinsend.

»Das ist nicht meine Welt«, erwiderte Kopper in einem Ton, als erwarte er Lob für seine Einstellung.

»Holtgreve hat mir verboten, meine Quelle weiter zu nutzen, Charlotte«, fuhr Jung regungslos fort.

»Mir nicht.«

Jungs Lippen verzogen sich zu einem sardonischen Grinsen.

»Sie ist illegal«, fügte er mit Betonung hinzu.

Die Getränke wurden an den Tisch gebracht. Kopper und Jung stießen auf ihre Duzfreundschaft an. Charlotte erklärte ihnen, warum sie vom Duzen im Dienst nichts hielt. Sie prosteten sich trotzdem zu.

»Vorhin taten Sie überrascht«, lenkte Charlotte das Gespräch auf das alte Thema.

»Mein WG-Freund glaubt, auf eine ganz wilde Geschichte gestoßen zu sein.«

»Hat das was mit unserem Fall zu tun?«

»Ich weiß es nicht. Aber wenn da was dran ist, dann haben wir …«

Jung brach ab, weil die Bedienung das Essen an den Tisch brachte. Schon nach den ersten Bissen lobte Kopper-Carlson das Fleisch, Charlotte den Schinken und den Käse. Jung freute sich, dass es ihnen schmeckte. Sie aßen und Jung bestellte sich ein zweites Glas Rotwein. Dann kam er auf sein Thema zurück.

»Ich gebe dir seine Handynummer, Charlotte. Ich selbst darf ja nicht mehr mit ihm reden. Jedenfalls nicht über unseren Fall. Ich bin gespannt, wie du ihn findest.«

»Wie meinen Sie das, Chef?«, fragte Charlotte ohne Koketterie.

»Er riecht etwas streng, aber sonst ist er ein netter Kerl. Ich glaube, er hat wirklich Ahnung.«

»Kein Wunder bei einem Hacker.«

»Ich möchte, dass du dich gleich morgen früh um ihn kümmerst. Es wäre auch gut zu wissen, woher die E-Mail kommt. Der Anonymus ist ja mit Sicherheit nicht über seinen eigenen Account gegangen. Der Absender lässt unter Umständen Rückschlüsse auf den Versender zu.«

»Wir sind morgen in Schleswig, Chef«, gab Charlotte zu bedenken.

Kopper-Carlson hatte während des Gesprächs geschwiegen und sich seinem Essen gewidmet. Sein Glas war noch fast voll und Jungs zweites Glas fast leer.

»Ich könnte für sie einspringen, Tomas«, sagte er, an seinem letzten Happen kauend. Jung sah Charlotte an. Ihr Gesichtsausdruck ließ erkennen, dass sie nichts dagegen hatte.

»Okay. Dann machen wir das so. Hast du Termine abgemacht, Charlotte?«

»Ja. Um neun seid ihr bei der Tante von Jens Eilers.«

»Die Witwe des Traumtänzers.«

»Genau. Um elf geht's weiter zu diesem Folkebootfreak.« Sie nannte Namen und Adressen.

»Gut«, sagte Jung. »Um acht in der Inspektion, Michael. Wir fahren mit meinem Wagen.«

»Okay. Ich werde da sein.«

*

Jung fuhr auf der Husumer Straße stadtauswärts. Sein Haus lag am Südrand Flensburgs, in einem stillen Vorort. Er dachte nach. Mit den Ergebnissen, die der Tag gebracht hatte, konnte er leben. Allein die Gedanken an Tiny und den Lauschangriff wühlten ihn auf und machten ihn wütend. Wenn es Wanzen gab, dann würde Franzens Mann sie finden und entfernen. Aber auch diese Tatsache besänftigte ihn nicht.

Er hatte Svenja noch nie so verstört erlebt. Das Eindringen Fremder in die eigenen vier Wände erzeugte bei jedem Menschen tief reichende Ängste. Sogar bei ihm. Als Polizist standen ihm Mittel zur Verfügung, sich zu wehren. Noch hatte er den Glauben an ein Missverständnis nicht völlig aufgegeben. Das Gespräch mit Holtgreve hatte ihn in diesem Glauben nicht gerade bestärkt. Normalbürger mussten sich in vergleichbarer Situation noch hilfloser vorkommen. Sie würden das nicht widerstandslos hinnehmen und auf Abhilfe sinnen. In einem Rechtsstaat war dafür die Polizei zuständig. Konnten sie sich auf sie verlassen? Jung lachte bitter. Die Ironie an der ganzen Scheiße war, dass auch professionelle Gangster, in der Regel abgebrühte Kerle, nichts mehr fürchteten als ungebetene Besucher, die sich Zutritt zu ihrer »Privatsphäre« verschafften und ihnen auf den Pelz rückten. Dann gab es Krieg. Und was gab es hier?

Als er in die Auffahrt zum Haus einbog, stellte er das Grübeln ein. Svenja hatte die Festbeleuchtung rund ums Haus eingeschaltet. Jung stellte das Auto im Carport ab und stieg aus. Svenja hatte ihn die Auffahrt hochkommen sehen und erwartete ihn an der Haustür.

»Tomi, da bist du ja endlich«, begrüßte sie ihren Mann aufgebracht. »Wo warst du denn so lange? Ich warte schon eine Ewigkeit auf dich.«

Jung zog sie sanft ins Haus, schloss die Tür hinter sich und nahm sie in die Arme. Er drückte sie fest an sich. Vor ein paar Tagen hätte er noch ganz anders reagiert.

AUF DER FREIHEIT

»Müsli oder Brötchen, Kaffee oder Tee, Tomi? Wonach ist dir?«, rief Svenja aus der Küche. Sie untersuchte die Äpfel in der Obstschale auf Druckstellen. Sie sah über die Schulter zu ihrem Mann hinüber, wie er den Frühstückstisch deckte.

»Ich bin für Müsli und Kaffee«, erwiderte er munter und fühlte schmerzhaft, wie sehr er sein Zuhause vermisst hatte.

Jung hatte schlecht geschlafen. Nachts war er öfter aufgewacht. Er hatte geträumt. Nach langer Abwesenheit war ihm Tony Soprano im Traum erschienen. »The Sopranos« war eine amerikanische TV-Serie. Er und Svenja liebten die Familiensaga aus dem Mafiamilieu. Er erzählte Svenja von seinem Albtraum.

»Du hattest Tony Soprano zu deinem Geburtstag eingeladen.«

»Und? Was hat er gemacht?«, fragte Svenja humorlos.

»Er hat meinen geliebten Webergrill in Flammen aufgehen lassen und dich angebaggert.«

»Ich denke, du hattest einen Albtraum.«

»Du hast ihm schöne Augen gemacht und bist ihm auf den Leim gegangen.«

Svenja ging darauf nicht ein. Früher waren sie gerne in die Rolle von Tony und seiner Ehefrau Carmen geschlüpft und hatten sich Wortgefechte im Stil der Sopranos geliefert. Es war ein Spiel gewesen, das ihnen Spaß gemacht hatte.

»Wirst du heute pünktlich sein oder wird es später werden?«, fragte Svenja.

»Ich sehe zurzeit nicht, dass es länger dauern wird. Ich ruf dich an, wenn was dazwischenkommt.«

»Vielleicht rufe ich dich zwischendurch mal an«, sagte Svenja zaghaft.

Jung spürte, wie tief ihr der Schrecken in die Knochen gefahren war.

»Es ist vorbei, Svenja«, versuchte er sie zu trösten.

»Tomi, die hatten vier Wanzen im Haus platziert«, erregte sie sich. »Sogar in unserem Schlafzimmer. Bei der Vorstellung, welche Schweinereien die noch auf Lager haben, wird mir übel.«

»Sie sind weg, Svenja. Sie kommen nicht wieder. Ich habe Anzeige erstattet.«

»Was sagt eigentlich dein Chef dazu?«

Jung steckte in der Klemme. Sagte er die Wahrheit, würde ihre Angst noch größer werden. Würde er ihr etwas vormachen, würde sie das merken. Darin war sie Meister.

»Ich bin bei Dienstschluss mit ihm verabredet«, wich er aus. »Heute Abend weiß ich mehr.«

»Dann kommst du also doch später?«

»Ich sehe zu, dass ich pünktlich bin. Ich muss jetzt los.«

Er stand auf, ging zu ihr hinüber und umarmte sie. Sie zitterte. Er zog sie fester an sich und flüsterte: »Alles wird gut werden.«

*

Jung hatte sich verspätet. Kopper-Carlson wartete vor der Inspektion im Freien auf ihn. Ihre Begrüßung war knapp. Noch immer in Gedanken bei Svenja, steuerte Jung auf den Zubringer zur A7.

Die A7 war eine von zwei Hauptverkehrsadern, die Skandinavien mit Westeuropa verbanden. Die andere ging über die Fehmarnbeltbrücke und eine Fährverbindung von Puttgarden nach Rodby auf Lolland. Die A7 kam seit dem Bau der Großen-Belt-Brücke ohne Fähre aus und war entsprechend befahren. Mit anderen Worten, sie war voll. War man auf ihr unterwegs, so drängte sich der Eindruck auf, dass alle Dänen neben ihrem Hauptberuf auch noch eine Spedition betrieben. Hinzu kamen immer mehr Lastzüge aus Polen, der Tschechischen Republik und den Baltischen Staaten. Zum Glück war das Begehren der Spediteure, auf deutschen Straßen Mammutlastzüge zuzulassen, zurückgewiesen worden. Die Spediteure nutzten die Autobahnen schon lange als rollende Logistikzentren. Wegen der Kostenersparnis natürlich. Die Autobahnen waren Angelegenheit des Staates. Also zahlten die Steuerzahler dafür. Alle Steuerzahler, nicht nur die Spediteure.

Es passierte auf der A7 selten, dass ein PKW auf der rechten Spur länger als eine Minute verbrachte. Die meiste Zeit fuhr er im Pulk mit anderen PKWs auf der linken Fahrbahn hinter einem Polen her, der gerade seinen Kollegen aus Litauen zu überholen versuchte.

»Dieser Scheißpolacke!«, fluchte Jung. »Der würde nie durch den TÜV kommen. Der gehört in die Schrottpresse.«

»Ich kann gar nichts sehen«, bemerkte Kopper.

»Der schmeißt mir seinen ganzen Dreck an die Scheibe.«

»Haben wir nicht erst September? Sieht eher nach November aus. Könnte Volkstrauertag sein.«

»Ja, Scheißwetter.«

»Lass uns die nächste Abfahrt nehmen«, schlug Kopper vor. »Auf der alten E3 kommen wir schneller ans Ziel.«

Sie schwiegen, bis Jung das Tempo gedrosselt hatte und sich nach rechts auf die Abfahrt nach Tarp einfädelte.

»Der Polacke war übrigens ein Portugiese, Tomas«, bemerkte Kopper.

»Was?«

»Der Laster vorhin kam aus Portugal. Das Kennzeichen war ›P‹ nicht ›PL‹.«

Fuck on P, dachte Jung. Portugal erinnerte ihn an Tiny. Und der Gedanke an Tiny raubte ihm auch noch den allerletzten Nerv.

Sie waren spät dran. Abseits der Autobahn war die Sicht noch schlechter. Die Bäume begannen, ihr Laub abzuwerfen. Die Fahrbahn war schlüpfrig. Sie waren allein auf der Straße.

»Fehlt nur noch, dass uns in dieser Einöde ein Reh ins Auto läuft«, fauchte Jung.

»Hast du schlechte Laune?«, fragte Kopper-Carlson.

»Ja. Schlechter geht's nicht.«

Bis Schleswig herrschte zwischen ihnen Schweigen.

*

Anna Lorenzen, die Tante von Jens Eilers, wohnte auf dem Holm, einem Stadtteil Schleswigs. Die alte Fischersiedlung lag direkt an der Schlei, einer Art Fjord, der rund 30 Kilometer ins Land reichte. Die kleinen, gedrungenen Fischerhäuser lagen dicht an dicht, wie auf eine Kette gezogen, am Ufer der Schlei. Viele waren renoviert und modernisiert worden, manche nicht.

Kopper hatte nicht übertrieben. Er kannte sich aus. Ihre Verspätung hielt sich in Grenzen. Auf ihr Klopfen öffnete eine kleine, zierliche Frau. Ihr Anblick fesselte Jung. Er musterte sie eindringlich. Ansätze von Geheimratsecken. Beginnender Haarausfall. Das Alter. Unabwendbar. Es traf jeden. Ausnahmslos. So oder anders. Zwecklos, dagegen anzugehen. Würdelos, es leugnen zu wollen. Er stand einer Frau gegenüber, die das begriffen zu haben schien. Selten, sehr selten, dachte Jung und fühlte sich auf eine merkwürdige Art besänftigt.

Nach der Begrüßung führte sie Anna Lorenzen einen engen Flur entlang in ein Wohnzimmer im hinteren Teil des Hauses. Der Raum war klein und die wenigen Möbel füllten ihn vollständig aus. Ein altes Plüschsofa mit Häkeldeckchen, davor ein niedriger Couchtisch aus Eiche, in der Ecke eine Konsole, darauf ein Fernseher, eine alte Standuhr und ein Ohrensessel. Der Raum bekam Licht durch ein großes Fenster und eine Glastür, die den Blick auf einen schmalen Garten freigaben. Dahinter sah man auf einen Anlegesteg, der einige Meter in die Schlei hineinreichte. Fenster und Tür erstreckten sich über die ganze Breite des Zimmers. Auf dem Fensterbrett standen das Modell eines Fischerbootes, eine ausgestopfte Ente und ein geschnitzter Plattfisch. Den Platz darunter füllte ein riesiger Heizkörper aus. Die Wände zierten Fotos, in der Mehrzahl Familienfotos mit spielenden Kindern und Segelbooten. Der Rest zeigte Fischersleute bei der Arbeit. Über dem Sofa hingen zwei Gemälde. Das eine zeigte die Ansicht des Schleswiger Doms von der Wasserseite her, das andere einen schwarz-weiß geringelten Leuchtturm auf einer von Wasser umspülten Mole. Kopper-Carlson beugte sich vor und betrachtete das Bild genauer.

»Das ist Schleimünde«, erklärte Anna Lorenzen. »Mein Mann liebte den Turm. Wenn er rausfuhr, machte er dort immer fest und trank in der *Giftbude* ein Pils. Wenn er zurückkam, auch.« Sie lachte.

»Giftbude?«, sagte Kopper-Carlson erstaunt.

»Das ist die Kneipe auf der Lotseninsel«, erklärte sie wie nebenbei. »Wollen Sie nicht Platz nehmen?«

»Danke.«

»Möchten Sie eine Tasse Kaffee? Ich habe gerade eine Kanne aufgebrüht.«

»Gerne«, sagte Jung und blickte Kopper an.

»Für mich ebenfalls, danke.«

Die Frau ging und war im Handumdrehen zurück. Sie goss den Kaffee in Porzellantassen mit rosa Blümchendekor.

»Sahne, Zucker?«

»Für mich Sahne und Zucker«, sagte Jung.

Sie schob ihm das Tablett zu. Dann setzte sie sich in den Ohrensessel.

»Das war der Lieblingsplatz meines Mannes.« Ein versonnenes Lächeln umspielte ihre Lippen. »Aber Sie sind ja wegen Jens hier, nicht wahr?«

»Ja. Er wird vermisst. Wir suchen ihn.«

»Meine Schwägerin rief mich sofort an, nachdem er sich nicht mehr gemeldet hatte. Sie glaubte, er sei bei mir. Schrecklich. Der arme Junge. Er ist ein so lieber … Ach, ich weiß gar nicht, was ich sagen soll.«

»Haben Sie eine Vermutung, was ihm passiert sein könnte?«, fragte Jung.

»Nein, nein. Wirklich nicht. Aber die Vorstellung, dass ihm jemand etwas angetan hat, ist einfach …«

Sie brach ab und schluchzte.

»Haben Sie eigene Kinder, Frau Lorenzen?«, fragte Jung.

»Nein. Wir konnten keine Kinder kriegen. Jens war uns ans Herz gewachsen. Er war ja quasi bei uns zu Hause.«

»Können Sie uns dazu Näheres sagen?«

»Jens' Vater wollte unbedingt, dass er hier, an der Domschule in Schleswig, sein Abitur machte. Sie wohnten aber in Flensburg. Also fuhr er jeden Tag mit dem Bus hierher. Nach der Schule kam er erst mal zu uns, bevor er wieder zurück nach Hause musste. Er mochte mein Essen. Ich habe gerne für ihn gekocht.« Sie lächelte.

»Verstehe«, sagte Jung einfühlsam. »Und Ihr Mann nahm ihn hinterher mit aufs Wasser.«

»Ja. Die beiden verstanden sich gut. Mein Mann musste die Fischerei aufgeben. Sie brachte nicht mehr genug ein. Er wurde danach Hafenmeister im Segelhafen, unten an der Strandhalle. Den Stadthafen gab es damals noch nicht. Mein Mann segelte leidenschaftlich gerne. Und Jens war sein bester Schüler.«

»Ihr Mann und Sie waren also mehr oder weniger seine zweite Familie?«

»Ja. Das kann man so sagen.«

»Und was sagten die Eltern dazu?«

»Tja, das war nicht immer so einfach, am Schluss sogar ziemlich schwierig. Meine Schwägerin ...«

»Zum Schluss? Wann war das?«, unterbrach sie Kopper-Carlson.

»Als mein Mann starb. Herzversagen. Mitten bei der Arbeit. Ein schöner Tod eigentlich. Nur viel zu früh.«

»Verstehe.«

»Gisela, die Schwester meines Mannes ...«, fuhr die Frau fort, »... hat sich nie beklagt, verstehen Sie mich bitte nicht falsch. Sie hat nie über Jens und unser Verhältnis gejammert. Aber ich glaube, ihr gefiel das gar nicht. Vielleicht war sie eifersüchtig. Ich weiß es wirklich nicht. Und ihr Mann ... na ja, ich konnte den noch nie ausstehen.«

»Warum?«

»Ich weiß nicht, was Gisela an ihm findet. Er ist ein Ekel. Entschuldigung.«

»Vielleicht war's das Geld?«

»Nein, nein. So ist sie nicht. Außerdem hatte er damals gar kein Geld. Er war ein kleiner, pieschiger Lehrling bei der Stadtsparkasse, der dem Direktor die Stiefel leckte. Das war er.«

»Hat er nicht in Kiel studiert?«

»Ach was! Er hat hingeschmissen und kurz darauf war er dann hier, bei der Stadtsparkasse in Schleswig.«

»Er hat eine steile Karriere hingelegt«, bemerkte Kopper-Carlson.

»Das spricht nicht für ihn, sondern gegen die Stadtsparkasse«, sagte Anna Lorenzen verächtlich. »Kein Wunder, dass es sie nicht mehr gibt.«

Tomas Jung und Kopper-Carlson grinsten.

»Ihr verstorbener Mann und seine Schwester sind

in diesem Haus zusammen aufgewachsen?«, wechselte Jung das Thema.

»Ja. Als meine Schwiegereltern ins Altenheim gezogen sind, haben mein Mann und ich das Haus übernommen. Gisela und ihr Mann waren schon vorher nach Flensburg gezogen.«

»Und Jens war dann noch öfter bei Ihnen?«

»Ja. Er hat dann auch hier übernachtet. Für ihn gab es nichts Schöneres, als mit meinem Mann zusammen rauszusegeln. Mein Mann hatte ein kleines Folkeboot, wissen Sie. Jedes Wochenende sind sie damit los. Unter der Woche auch schon mal abends. Natürlich nur im Sommer.«

»Und sein Diabetes hat ihn nicht gehindert?«

»Das kam erst später, nicht lange nach dem Tod meines Mannes und kurz vor seinem Abitur. Danach war er dann in Kiel. Zum Studieren. Er hatte auch sein eigenes Boot. Seine Mutter hat es ihm zum Abitur geschenkt.«

»Wir wissen, dass Jens davon träumte, um die Welt zu segeln.«

»Ja. Er bewunderte diese mutigen Abenteurer. Er wollte dazugehören. Ganz allein auf dem Ozean, im Kampf mit den Elementen, von dieser Idee war er besessen, von klein auf.« Anna Lorenzen wandte den Kopf und sah aus dem Fenster. »Anfangs segelten sie nur vor der Haustür, in der dänischen Südsee. In den Sommerferien, verstehen Sie?« Sie wandte sich wieder ihren Besuchern zu. »Später wagten sie sich die schwedische Küste entlang bis hinauf in den Oslofjord. Wenn sie zurückkamen, waren sie ... Ach, ich weiß nicht, wie ich es ausdrücken soll. Begeistert, könnte man vielleicht sagen.« Sie seufzte.

»Haben sie Ihnen von ihren Reisen erzählt?«, fragte Jung gespannt.

»Und ob. Sie hörten überhaupt nicht auf. Ich glaube aber, vieles davon war Seemannsgarn. Hörte sich aber gut an. Wir lachten oft.«

»Erinnern Sie sich an etwas Bestimmtes, etwas Besonderes oder Ungewöhnliches?«

»Eigentlich war alles besonders. Jan sagte immer, wer das Meer liebt, der ist besonders. Mein Mann hatte den gleichen Vornamen wie Jens' leiblicher Vater. Komisch, nicht? Wollen Sie noch eine Tasse Kaffee?«

Tomas Jung und Michael Kopper-Carlson hatten während des Gesprächs ab und zu einen Schluck getrunken und ihre Tassen waren leer.

»Gerne«, sagte Jung und Kopper schloss sich an.

Während Anna Lorenzen nachschenkte, fragte Jung: »Sind Sie denn nie zusammen gesegelt? Ich meine, Sie und die beiden?«

»Nein. Ich bin schon seekrank, wenn ich nur einen Fuß an Deck setze. Nein, nein. Das war nichts für mich.«

Sie stellte die Kanne ab und lehnte sich zurück in ihren Sessel.

»Und es gab in der ganzen Zeit kein Ereignis, das in Ihrem Gedächtnis haften geblieben ist?«

»Warum fragen Sie das eigentlich alles? Was ist daran so wichtig? Ich meine, Jens ist doch …«

Tomas Jungs Handy meldete sich. Er nahm das Gespräch an und lauschte ohne Zwischenfragen und ohne Kommentare oder Bemerkungen. Hin und wieder sah er Kopper-Carlson oder Frau Lorenzen an. Keiner sagte ein Wort, bis er das Gespräch beendet hatte.

»Das war meine Kollegin«, entschuldigte er die Unterbrechung. »Es gibt Neuigkeiten.«

Er blickte erst Kopper und dann die Frau an, als überlege er, ob er seine Informationen weitergeben sollte oder nicht. Schließlich hatte er sich entschieden.

»Es gibt eine gute Nachricht und eine schlechte.« Er machte eine Pause. Die Frau zeigte keine erkennbare Reaktion. Jung fuhr fort.

»Jens' Boot ist an einem Freitag aus List verschwunden. In der Nacht hat es einen heftigen Sturm gegeben. Wenn Jens raus auf die Nordsee gesegelt ist, dann ist er laut Hafenkapitän mit großer Wahrscheinlichkeit in Seenot geraten. Die Küstenwache hat kein Notsignal aufgefangen. Der Rettungskreuzer ist nicht ausgelaufen. Das kann man so oder so auslegen, je nachdem, ob man Pessimist ist oder Optimist.«

»Und die gute Nachricht?«, fragte Anna Lorenzen ängstlich.

»Der Hafenkapitän hatte für Jens Seekarten bestellt, amtliche Übersegler, die man braucht, um von Dänemark nach Norwegen zu kommen. Wir wissen, dass sich Jens' Handy am Sonntag in Norwegen ins Netz eingewählt hat. Nur sehr kurz, aber es hat sich eingewählt. Auch das kann man interpretieren, wie man will.«

»Sie meinen, er ist in Norwegen?«

»Das weiß ich nicht. Aber ich kann es auch nicht ausschließen.«

»Wo Sie gerade von Norwegen und Sturm reden. Jetzt fällt mir doch etwas ein.« Anna Lorenzen überlegte. »Es war im Sommer, als Jens gerade 14 geworden war. Wie üblich segelten die beiden in den Sommerferien los. Vier Wochen lang, hoch bis nach Norwegen. Als sie zurück waren, spürte ich, dass etwas passiert war. Jens war anders. Ich fragte ihn. Aber er rückte nicht raus mit der Sprache. Ich wandte mich dann an meinen Mann. Er erzählte mir, dass sie vor Norwegen in Schwierigkeiten geraten seien. Wegen schlechten Wetters. Eine norwegische Jacht ist ihnen zu Hilfe gekommen. Sie hat sie auf den Haken genommen und zu einer kleinen Insel abgeschleppt. Da konnten sie reparieren, was kaputt gegangen war.«

»Und warum war Jens danach so anders?«, fragte Kopper-Carlson. »Ich meine, schwieriges Wetter ist für einen erfahrenen Segler nichts, was ihn aus der Fassung bringt. Jedenfalls für keinen aus dem Norden.«

»Na ja, für einen Jungen in seinem Alter. Ich weiß

nicht. Mein Mann meinte allerdings auch, es läge eher daran, dass er sich verknallt hatte.«

»Er hat sich verknallt? Wo denn?«, fragte Kopper-Carlson ungläubig.

»Die Norweger, die ihnen geholfen hatten, waren ein Ehepaar mit ihren Kindern, darunter eine Tochter in Jens' Alter. Sie muss bezaubernd gewesen sein. Als mein Mann von ihr erzählte, leuchteten seine Augen. Das habe ich selten bei ihm erlebt.«

»Können Sie sich an den Namen der Insel erinnern?«, fragte Jung.

»Ja. Sie sind da später noch einmal gewesen. Veierland hieß die Insel.«

»Und Sie haben Ihre Männer nicht davon abgehalten, wieder in diese gefährlichen Gewässer vorzustoßen?« Tomas Jung lächelte sie an.

»Ich vertraute meinem Mann«, erwiderte Anna Lorenzen ernst. »Jan wusste immer, was er tat. Er kannte die See. Wenn er nur …«

Anna Lorenzen brach ab und wandte den Kopf zum Fenster. Tomas Jung und Michael Kopper-Carlson schwiegen.

»Noch eine letzte Frage, Frau Lorenzen«, meldete sich Tomas Jung zurück.

Anna Lorenzen sah ihn an. »Ja bitte?«

»Ist Ihr Kontakt noch immer so eng wie früher?«

»Zu Jens?«

»Ja, zu Jens.«

»Schon lange nicht mehr. Er hat sein eigenes Leben.«

»Wann haben Sie ihn das letzte Mal gesehen?«

»So genau kann ich das gar nicht sagen. Vor ein paar Wochen? Er hat hier nebenan, *Auf der Freiheit*, einen Segelfreund. Wenn er ihn besucht, schaut er vorbei.«

»Kränkt Sie das nicht?«

»Was meinen Sie?«

»Sie waren doch wie eine Mutter zu ihm. Wenn er sich so rarmacht, dann wäre es verständlich, wenn ...«

»Ach so! Nein, nein. Ich finde das ganz in Ordnung. Hoffentlich ist ihm nichts zugestoßen. Ich weiß nicht, wie ich damit fertig würde. Schlimm. Ganz schlimm.«

Tomas Jung erhob sich. »Michael, hast du noch Fragen?«

»Nein«, erwiderte Kopper und stand ebenfalls auf.

»Vielen Dank, Frau Lorenzen. Sie haben uns sehr geholfen«, verabschiedete sich Jung.

»Gerne. Hoffentlich finden sie ihn. Gesund.«

Anna Lorenzen geleitete sie hinaus.

*

»Was hältst du von ihr?«, fragte Tomas Jung, als sie wieder auf der Straße standen.

»Hm, nette Frau«, erwiderte Kopper.

»Wie alt schätzt du sie?«

Kopper überlegte: »Zwischen 60 und 70. Näher an 70.«

»Schwer zu sagen, nicht wahr?«

»Ich finde, wir sollten prüfen, ob Jens Eilers in Norwegen ist«, wechselte er das Thema.

»Und wie machen wir das?«

Tomas Jung sah auf die Uhr. »Wir haben noch Zeit.«

»Wir könnten zu Fuß gehen. Es ist nicht weit. Außerdem regnet es nicht mehr«, erwiderte Kopper-Carlson.

Jung sah in den Himmel. »Könnte aber gleich wieder anfangen. Lass uns fahren.«

Sie stiegen ins Auto. Jung startete den Motor. »Dann sind wir eben zu früh«, sagte er und fuhr los.

Kopper lotste ihn zur Werft von Bastian Hauck.

Die Bootswerft war in einer alten Kfz-Halle eines Pionier-Bataillons untergekommen, das früher »Auf der Freiheit« kaserniert gewesen war. Der Name »Auf der Freiheit« stammte aus der Zeit vor den Nazis, als der Uferstreifen den Schleswigern als Sommerfrische gedient hatte. Die Kasernenanlage war aufgegeben worden. Seitdem wurde das Gelände Schritt für Schritt in ein modernes Wohnviertel umgewandelt. Das Gebäude war eines der wenigen, die aus der alten Zeit übrig geblieben waren.

Sie betraten die Werft durch eine schwere Stahltür, die in ein großes Rolltor eingelassen war. Die Halle war zugestellt mit aufgebockten Booten. Im Hintergrund sahen sie beleuchtete Büros und Werkstatträume. Sie zwängten sich zwischen den Bootsrümpfen hindurch und spähten durch die Fenster. Kopper entdeckte als Erster den Mann. Er saß an einem Schreibtisch vor seinem Laptop. Jung klopfte an die Tür und sie traten ein.

Ob Büro oder Werkstatt, war nicht sofort auszumachen. Die Möblierung war aus Blech, es roch nach Holz, Epoxitharz, Leim und Farbe. Auf dem Tresen und den Schreibtischen stapelten sich Papiere, Zeichnungen und Bücher. Eine Kaffeekanne und ein Becher mit dem Aufdruck ›Folkeboot forever‹ standen neben dem Laptop.

»Moin. Wir sind ein bisschen zu früh«, begrüßte Jung den Mann.

»Moin, macht nichts.« Er stand auf und streckte ihnen die Hand entgegen. Sein Alter war schwer zu schätzen. Er erinnerte Jung an eine Buchillustration aus Robinson Crusoe, den er in seiner Jugend verschlungen hatte. Lange zottelige Haare, ebensolcher Bart, groß, schlank, fast mager, aber nicht schmächtig. Auf Äußerlichkeiten legte er offensichtlich keinen großen Wert. Ihm musste anderes wichtiger sein. Der Mann ist zäh, dachte Jung, zäher, als auf den ersten Blick zu vermuten war.

Jung stellte sie vor.

»Wir kommen wegen Jens Eilers. Er wird vermisst. Wir wollen ihn finden.«

»Ich weiß. Ihre Kollegin am Telefon sagte das bereits. Wie kann ich Ihnen helfen?«

»Sie hatten zu ihm Kontakt. Ist das richtig?«

»Ja. Digital, aber auch analog.« Sie lachten. »Er war ein paarmal hier.«

»Was hat er hier gemacht?«

»Wir haben uns unterhalten. Mehr nicht.«

»Dürfen wir erfahren, über was?« Jung blickte seinen Gesprächspartner forschend an.

»Über alles, was mit Segeln zu tun hat. Wir teilen die Leidenschaft für Folkeboote. Er hat ’ne Menge Ahnung. Ziemlich selten. Hat Spaß gemacht.« Der Mann lächelte, er schien Jens Eilers zu mögen.

»Wir wissen, dass er in Ihnen ein Vorbild hat. Sie sind allein um die Ostsee gesegelt. Richtig?«

»Ja, das stimmt.«

»Und Sie sind Diabetiker wie er.« Koppers Ton war ruhig und sachlich.

»Stimmt auch.«

Jung kam auf den Punkt. »Sein Traum war es, allein um die Welt zu segeln. Er und sein Boot sind …«

»Glauben Sie etwa, er ist zu einem Einhandtörn aufgebrochen?« Hauck lachte.

»Wir wissen gar nichts. Sonst wären wir nicht hier. Wir müssen aber …«

»Nein, nein. Ausgeschlossen. Vergessen Sie’s. Außerdem wüsste ich davon.«

»Warum?«

»So ein Unternehmen ist nicht irgendeine fixe Idee, die man heute hat und morgen umsetzt. Dazu brauchen Sie einen Plan und eine generalstabsmäßige Vorbereitung. Sie brauchen vor allem Geld, Zeit und Hilfe. Hilfe hätte er bei mir gesucht. Da bin ich mir ganz sicher.«

»Verstehe«, versetzte Jung und machte eine Pause.

»Die Jahreszeit spricht übrigens auch dagegen«, ergänzte Bastian Hauck. »Wahrscheinlich hat er sein Boot ins Winterlager gebracht.«

»Sein Handy hat sich zwei Tage nach seinem Verschwinden in Norwegen im Netz angemeldet«, sagte Kopper-Carlson.

»In Larvik«, fügte Jung hinzu.

»Larvik?« Bastian Hauck strich sich durch den Bart. »Sie sollten erst einmal im Winterlager nachsehen.«

»Wissen Sie, wo das ist?«

»Ich war schon mal da. Hab mir sein Boot angesehen. Toll. Gut in Schuss. Spricht für ihn.«

»Wissen Sie die Adresse?«

»Die Adresse habe ich nicht. Es ist eine alte Scheune bei Klanxbüll. Er hat sie angemietet. Ich kann Ihnen den Weg beschreiben.«

Tomas Jung und Michael Kopper-Carlson sahen sich an.

»Malen Sie uns das auf?«, fragte ihn Kopper-Carlson.

»Mach ich.«

Bastian Hauck nahm ein Blatt Papier aus der Schreibtischschublade, griff sich einen herumliegenden Stift und fertigte eine Skizze. Tomas Jung faltete das Blatt zusammen und steckte es ein.

»Die Scheune ist durch ein Vorhängeschloss gesichert. Der Schlüssel liegt unter einem großen Stein links vom Scheunentor.«

»Danke. Das hilft uns ein großes Stück weiter«, sagte der Kommissar zufrieden.

»Ist Ihnen die Website ›marinetraffic.com‹ bekannt?«, fragte Kopper-Carlson.

»Die kennt jeder Segler.«

»Wieso?«

»Ich muss wissen, was um mich herum los ist. Es gibt große Schiffe, die kleine Schiffe gerne übersehen. Kollisionen kann ich mir nicht leisten.«

»Verstehe.«

»Kennen Sie Veierland?«, fragte Tomas Jung.

»Nein. Ich kenne Legoland. Veierland, was soll das sein?«

»Nicht weiter wichtig. Noch ein Letztes. Wissen Sie, ob Jens Eilers eine Freundin hatte, eine Lebensgefährtin?«

»Nein. Nicht, dass ich wüsste. Sein Boot war seine Freundin.«

»Haben *Sie* eine Freundin?«

»Ich habe auch eine andere Freundin, ja.«

Sie lachten.

»Hast du noch Fragen, Michael?«, wandte sich Jung an seinen Kollegen.

»Nein. Zurzeit nicht.«

»Gut. Dann bedanken wir uns. Falls noch Fragen auftauchen, haben wir Ihre Nummer.«

»Wenn Sie ihn gefunden haben, grüßen Sie ihn von mir.« Bastian Hauck grinste.

*

»Wie spät ist es?«, fragte Jung.

»11.11 Uhr«, erwiderte Kopper.

»Lass uns fahren.«

Sie schnallten sich an.

»Was willst du machen?«, fragte Jung.

»Wenn du mich fragst, dann fahren wir jetzt nach Klanxbüll.«

»Das meine ich nicht.«

»Was denn?«

»Du hast vorhin gesagt, dass wir prüfen sollen, ob er in Norwegen ist.«

»Vielleicht hat sich das erledigt, wenn wir die Scheune untersucht haben.«

»Ich gehe davon aus, dass er selbst sich ins Netz eingewählt hat. Das ist jedenfalls wahrscheinlicher als alle anderen vorstellbaren Möglichkeiten. Egal, wo sein Boot ist. Er könnte ja auch an Land sein. Sieh nach, wo genau Larvik liegt. Und wo Veierland. Schau dir die Website an. Querverweise, Links, Adressen et cetera pp. Wir fahren jetzt in die Inspektion und du machst

dich an die Arbeit. Ich fahre mit Charlotte nach Klanxbüll. Auf der Fahrt kann sie mir erzählen, was sie raus-
gefunden hat. Vor Dienstschluss kommen wir bei dir
zusammen und bringen uns auf den neuesten Stand.
Danach gehe ich zu Holtgreve.«

»Vorher essen wir einen Happen«, kommentierte
Kopper-Carlson Jungs Redeschwall.

»Natürlich, Micha. Nach dem Essen ist vor dem
Essen. Rechts oder links, wo geht's lang?«, fragte Jung
und startete den Motor.

»Rechts. Da geht's nach Neuberend und dann ist es
nicht mehr weit bis zur E3.«

Nach zehn Minuten waren sie am Ortseingang von
Neuberend. Links ein Gehöft, rechts ein Einfamilien-
haus nach dem anderen. Gelber Klinker, roter Klinker, weißer Putz, Flachdach, Krüppelwalm, Spitzdach,
Holzhäuser, rot, blau, gelb, Carports, Garagen, Vorgär-
ten, gestapeltes Kaminholz, eine Fahnenstange mit der
Vereinsflagge des HSV, ein Autohaus, eine Tennishalle,
in der man Paintball spielen konnte. Bis zum Ortsaus-
gang, nach drei Kilometern, hatten sie nicht eine einzige Menschenseele zu Gesicht bekommen. Wer lebt
hier?, fragte sich Jung.

Nach einem weiteren Kilometer hielt Tomas Jung
vor einer T-Kreuzung an. Der gelbe Wegweiser zeigte
27 Kilometer bis Flensburg. Jung bog rechts ab.

»In einer halben Stunde sind wir in der Inspektion. Bei
deiner Fahrweise in 20 Minuten«, sagte Kopper-Carlson.

»Bei meiner Fahrweise? Was soll das denn heißen?«

»Du würdest durch jede Fahrprüfung fallen.«

Jung schwieg verstimmt. Nach zehn Minuten beendete Kopper-Carlson das Schweigen.

»Darf ich dich mal was fragen, Tomi?«

»Bitte.«

»Warum bist du eigentlich Polizist geworden?«

Jung antwortete nicht gleich. Er starrte vor sich auf die Fahrbahn. Nach einiger Zeit sagte er: »Warum willst du das wissen?«

»Es interessiert mich.«

»Warum interessiert dich das?«

»Na ja, wo wir jetzt per Du sind. Ich wollte einfach mal reden. Von Polizist zu Polizist.«

Das fehlt mir gerade noch, dachte Jung. Charlotte hatte recht: Duzen im Dienst war Mist und brachte nur Verdruss. Laut sagte er: »Worüber willst du reden?«

»Ich weiß nicht, wie es dir geht. Aber man wird älter und älter. Man macht Erfahrungen. Nicht immer die besten. Vor allem in unserem Beruf. Aber darüber muss ich dir ja keine Vorträge halten. Ich fühle mich unwohl.«

»Das kommt vor. Tut mir leid. Aber ich kann dir nicht helfen.«

»Hm«, brummte Kopper-Carlson. »Du willst mir meine Frage nicht beantworten, nicht wahr?«

»Ich weiß es wirklich nicht. Vor langer Zeit, da

glaubte ich mal, es zu wissen. Aber das ist vorbei. Wahrscheinlich hatte ich die gleichen Gründe wie du.«

»Schon mein Vater war Polizist.«

»Mein Vater war Ingenieur.«

»He, pass auf!«, rief Kopper-Carlson und griff Jung ins Steuer. Er brachte das Auto, das an die Berme zu geraten drohte, zurück auf die Fahrbahnmitte.

»Scheiße, was soll das?«, schimpfte Jung.

»Pass auf, wo du hinfährst«, erwiderte Kopper-Carlson.

»Ich hatte schon mal bessere Beifahrer«, schnappte Jung erbost.

»Typisch Oberkriminalrat Jung. Entspann dich, Tomi.«

Das hab ich nun davon, dachte Jung. Einen gemeingefährlichen Beifahrer und blöde Sprüche. Nach einer Weile sagte er: »Wir arbeiten an einem Fall. Es soll schnell gehen. Welchen Beitrag willst du leisten?«

»Ich setze mich an den Computer. Heute Abend berichte ich dir.«

»Wunderbar.«

HINTERM DEICH

Charlotte setzte sich zu ihm ins Auto. Jung atmete auf. Sie würde ihm nicht ins Lenkrad fassen. Kopper-Carlson war nicht nur ein mieser Beifahrer, sondern auch ein Idiot. Und Idioten wollte er eigentlich nicht duzen müssen.

»Ich habe Neuigkeiten«, sagte sie und schnallte sich an.

»Erzähl.«

»Zuerst zu Bohl. Die ›BlackRock Incorporated‹ ist der weltgrößte Vermögensverwalter. Das international tätige US-amerikanische Finanzunternehmen hat seinen Hauptsitz in New York City und ist vor allem in der Vermögens- und Risikoverwaltung tätig. Bohl ist ihr Repräsentant in Deutschland mit Sitz in Berlin.«

»Also steckt eine Menge Geld dahinter.«

»Das darf man vermuten, ja. Dann zu seinem Laptop. Nils …«

»Wie findest du ihn?«

»Er ist ein pfiffiges Kerlchen. Respekt. Aber er braucht eine Dusche, etwas Sport vor dem und Obst zum Frühstück. Laufen würde gut zu ihm passen.«

Jung lachte.

»Er hat meine Vermutung bestätigt«, fuhr Charlotte fort. »Bohl betreibt Cloudcomputing. Das macht es extrem schwierig, an seine Daten zu kommen. Sie werden verschlüsselt und weggesperrt. Die Verschlüsselungssoftware allein ist eine Wissenschaft für sich. In den Server einzudringen, erfordert viel Zeit und Wissen. Außerdem ist es verboten. Na klar. Er hat mir einen langen Vortrag gehalten. Ich hab's auch kapiert, aber ...«

»Eine kurze Zusammenfassung reicht mir.«

»Das geht nicht so einfach. Ich erkläre es Ihnen ein anderes Mal. Stellen Sie schon mal 'ne Flasche Wein kalt.«

»Mach ich. Was noch?«

»Ich habe überprüft, ob es am Lister Hafen eine Webcam gibt. Es gibt eine. Aber sie zeigt nicht den Liegeplatz von Jens Eilers.«

»Schade«, bedauerte Jung und fuhr los. »Okay. Weiter.«

»Die Mail an die Investoren wurde von einem Internetcafé am Schleswiger ZOB abgesetzt.«

»In Schleswig waren wir heute Morgen. Zufall?«

»Sie glauben nicht an Zufälle, Chef. Erinnern Sie sich an den Vortrag, den Sie mir gehalten haben?*«

»Hm«, brummte Jung. »Weiter.«

»Ich finde, das reicht.«

»Ich freue mich schon auf deinen Vortrag.«

»Freuen Sie sich nicht zu früh, Chef. Das Thema hat es in sich.«

---

* s. »Inselroulette«

»Wenn der Wein gut ist, kann es nicht so schlimm werden.«

Sie lachten.

*

Jung war auf die Umgehungsstraße von Flensburg gefahren und hatte sie in Harrislee wieder verlassen. Von hier steuerte er die L192 an, eine Betonstraße, die entlang der Grenze zu Dänemark von Harrislee an die Westküste führte. Charlotte aktivierte das Auto-Navi. Die Grenzstraße führte über Ladelund, ein Außenlager des ehemaligen Konzentrationslagers Hamburg-Neuengamme, nach Süderlügum. Von da waren es nur noch wenige Kilometer bis Klanxbüll.

Charlotte hatte sich im Internet informiert. Das Dorf war ein Haltepunkt an der Bahnstrecke von Niebüll nach Westerland. Viele, die auf Sylt arbeiteten, aber auf dem Festland wohnten, stellten hier ihr Auto ab und nahmen morgens die Bahn, um zur Arbeit zu kommen. Es gab einen videoüberwachten, überdachten XXL-Parkplatz. Abends kamen sie mit der Bahn zurück, stiegen ins Auto und fuhren nach Hause. Klanxbüll hatte 939 Einwohner und keine Schule. Kultureller Mittelpunkt war der Charlottenhof. Der historische Vierkanthof wurde der Gemeinde geschenkt. Er war restauriert und zu einer Kultur- und Tagungsstätte umgebaut worden. Die Scheune, die Jens Eilers angemietet hatte, gehörte früher zum Hof und lag abseits hinterm Deich. In der Nachbarschaft lag See-büll, die letzte Heimstatt Emil Noldes. Der weltbe-kannte Maler hatte die Schönheit und Unberührtheit der Landschaft und ihrer Natur in seinen farbstrot-zenden Bildern eingefangen.

Tomas Jung und Charlotte Bakkens sahen von alle-dem nichts. Leichter Sprühregen fiel auf die Wind-schutzscheibe. Die Wischer arbeiteten im Intervall und verschmierten die Scheibe. Das Fahren durch das gespenstische Grau in Grau strengte Jung an. In Süder-lügum hatte er vorgeschlagen, eine Pause einzulegen. Charlotte wandte ein, dass sie kurz vor ihrem Ziel seien. Jung beugte sich ihrem Wunsch und fuhr wei-ter. Die Skizze von Bastian Hauck auf den Knien, diri-gierte Charlotte sie zu einem betonierten Wirtschafts-weg. Jung war nicht bei der Sache. Er dachte an Svenja.

»Wir sind da, Chef«, sagte seine junge Kollegin und berührte seinen Arm. Jung trat auf die Bremse.

»Sorry«, erwiderte er und brachte das Auto zum Ste-hen. Sie schnallten sich ab und stiegen aus. Die Scheune stand vor einem alten Sommerdeich, mitten in einer Wiese ohne Bäume, ohne Sträucher, ohne Zäune. Ein paar Entwässerungsgräben zogen sich durch das Wei-deland. Der Platz vor der Scheune war groß und mit Beton ausgegossen. Ein paar rostige Eisengatter erin-nerten daran, dass hier früher Schafe zusammengetrie-ben worden waren. Es herrschte eine beklemmende

Stille. Das nahe Meer war zu riechen, aber nicht zu hören. Keine Windgeräusche, kein Möwenschrei, kein fernes Bimmeln einer Schafherde auf den vorgelagerten Salzwiesen.

»Merkwürdiger Ort für ein Segelboot.« Jung verzog das Gesicht.

»Wer die Einsamkeit auf dem Meer liebt, der fühlt sich auch hier wohl, könnte ich mir vorstellen«, entgegnete Charlotte. »Wahrscheinlich ist die Miete niedrig.«

»Der Schlüssel soll unter dem Stein links von der Tür liegen«, erinnerte sich Jung.

Sie traten näher.

»Es gibt kein Schloss, Chef.«

Das Tor wurde durch einen breiten Türriegel verschlossen. Ein Vorhängeschloss hätte den Riegel sichern sollen. Das Schloss war weg. Jung wälzte den Stein beiseite. Der Schlüssel lag an seinem Platz. Jung nahm ihn auf, steckte ihn ein und gesellte sich wieder zu Charlotte.

»Dann sehen wir mal nach«, sagte er, schob den Riegel zurück und zog den Torflügel auf. Sie betraten eine Art Heuschober, der von ein paar einfach verglasten kleinen Stallfenstern spärlich erhellt wurde. Der Boden war aus gestampftem Lehm. Auf den niedrigen Backsteinwänden ruhte ein hohes Spitzdach. Durch das offene Dachgebälk war die Dacheindeckung zu erkennen. Es roch nach Landwirtschaft, Öl und Lack. Darüber lag ein schwacher beißender Geruch.

»Nach was riecht es hier, Charlotte?«, fragte Jung.

»Keine Ahnung. Es riecht giftig.«

Sie traten ein. Die rechte Scheunenhälfte lag in ganzer Länge vor ihnen. In der Mitte, vor der Wand, stand eine massive, schwere Werkbank. Darüber hing ein breites Lochblech, an dem ein komplettes Werkzeugsortiment eingehängt war. In den sauber sortierten Werkzeugsätzen fielen ein paar Lücken auf. Die zwei Blechschränke rechts und links der Werkbank waren verschlossen. Auf dem Boden lagen Spieren und Taurollen. An der Wand lehnten zwei pralle, weiße Segelsäcke.

Die linke Scheunenhälfte war in vier Holzverschläge aufgeteilt. In dem ersten parkte ein roter Van, ein VW California mit schwarzen Felgen und Anhängerkupplung. Im zweiten stand ein Bootstrailer aus blankem Leichtmetall mit schwarz gepolsterten Auflagern und Ballonreifen, ohne Boot. Die dritte Box war leer bis auf drei blaue Regentonnen, die mit schwarzen Klemmdeckeln verschlossen worden waren. Im letzten Verschlag lag ein Mann. Er war groß. Er lag auf dem Bauch, die linke Gesichtshälfte am Boden, die Arme grotesk verdreht und die Beine weit gespreizt. Seine Lippen umspielte ein beseeltes Lächeln und auf seinem Gesicht lag der Ausdruck unirdischen Friedens. In seinem Hals steckte eine Art Eispickel. Unter seinem Kopf und seinem Oberkörper hatte sich eine große schwarze Lache ausgebreitet.

Mein Problem hat sich erledigt, durchfuhr es Jung. Er stand stocksteif und sagte kein Wort. Charlotte sah ihn fragend an. Dann machte sie einen Schritt nach vorn und wollte vor dem Mann in die Hocke gehen. Jung griff nach ihrem Arm und hielt sie zurück.

»Was ist los, Chef? Er ist tot. Wir sollten ...«

»Ich kenne ihn. Ruf die Spurensicherung. Sie soll kommen. Sofort.«

Charlotte drehte sich wortlos um und ging nach draußen. Jung bewegte sich nicht vom Fleck und starrte unverwandt auf den Toten. Es war Tiny, der alte Junge mit der großen Klappe, unberechenbar und lebenslustig. Aus und vorbei für immer. Was war hier passiert? Jung löste sich aus seiner Erstarrung und wandte sich zum Gehen. Draußen hatte Charlotte ihr Telefongespräch beendet.

»Es wird dauern«, sagte sie. »Der Hubschrauber kann bei diesem Wetter nicht starten.«

»Wir rühren nichts an. Lass uns im Auto warten«, erwiderte Jung.

»Wer ist der Tote, Chef?«, fragte Charlotte, nachdem sie die Türen zugeschlagen hatten.

Jung musterte aufmerksam die Umgebung. »Er heißt Timo Brandt«, erläuterte er nach einer Weile. »Sein Spitzname ist Tiny. Er ist Deutscher, ein Expilot im Ruhestand. Er behauptet von sich, ein Top Gun beim Militär gewesen zu sein. Ich weiß, dass er einen Jet fliegen kann, aber er ...«

»Woher?«

»Weil ich mit ihm geflogen bin.«

»In einem Kampfjet?« Charlotte schüttelte ungläubig den Kopf.

»In einem Alfajet. Ob das ein Kampfflugzeug ist, weiß ich nicht. Aber es hat mir gereicht. Er wohnt in Carvoeiro an der Algarve. Er hat mir ein Ferienhaus vermittelt. Er war es, den ich in Westerland vom Zug abholen sollte. Er kam aber nicht. Während ich auf ihn wartete, rief Svenja an. Den Rest kennst du.«

»Was wollte er denn von Ihnen?«

Jung überlegte, ob er ihr die ganze Wahrheit erzählen sollte, entschied sich aber anders.

»Ich glaube, er wollte meine Hilfe.«

»Und deswegen kommt er extra aus Portugal angereist? Es gibt Telefon, Skype, E-Mail.«

»Er weiß, dass ich bei der Kripo bin. Ich nehme an, er wollte mich unter vier Augen sprechen.«

»Und dafür betreibt er einen solchen Aufwand? Warum?«

»Erinnerst du dich an diese Entführungsgeschichte an der Algarve? Vor ein paar Jahren ist dort ein englisches Mädchen verschwunden. Der Fall hat weltweit für Aufregung gesorgt.« Jung machte eine Pause und sah Charlotte an.

»Ja, ich erinnere mich. Die Eltern wurden vom Papst empfangen und baten um Unterstützung bei ihrem Bemühen, ihre Tochter zurückzukriegen.«

»Tiny behauptete, etwas darüber zu wissen. Er wollte meinen Rat und ich sagte ihm, er solle zur Polizei gehen. Zur portugiesischen natürlich. Er wollte aber nicht.«

»Er wollte sich Ihnen anvertrauen.«

»Ich habe abgelehnt. Er wollte das nicht akzeptieren und ich wurde ärgerlich. Das Verfahren war inzwischen längst eingestellt worden.«

»Aber er hat nicht aufgegeben.«

»Er war ein begnadeter Geschichtenerzähler und lief jedem Rock hinterher, der seinen Weg kreuzte. Ich lief Gefahr, mich in Teufels Küche zu bringen. Alles andere, nur nicht das.«

»Auch nicht auf deutschem Boden. Und bloß keine Staatsanwaltschaft. Verstehe.«

»Wie?«

»Ihr Telefonat bei Eilers. Sie erinnern sich?«

»Ja, natürlich.«

»Sie waren nicht zu überhören, Chef. Ich habe Sie hinterher sogar danach gefragt.«

Jung nickte ungläubig mit dem Kopf.

»Ich war ärgerlich. Jedenfalls sagte er mir, dass das Verfahren wieder aufgenommen worden sei. Die Engländer hätten sich eingeschaltet. Scotland Yard würde ermitteln. Sogar auf deutschem Boden. Das war natürlich Quatsch. Eine seiner üblichen Geschichten.«

»Wir könnten das überprüfen.«

»Ich habe dem Treffen auf Sylt nur zugestimmt, um endlich damit Schluss zu machen. Im Hinterkopf hatte ich die Hoffnung, dass er sich an irgendeinen einsamen Rock hängt. Davon gibt es ja auf der Insel genug. Dann hätte sich die ganze Sache erledigt.«

»So kenn ich Sie gar nicht, Chef«, kommentierte Charlotte trocken. »Ziemlich durchtrieben.«

»Das sagst du nun schon zum x-ten Mal«, lachte Jung freudlos.

»Er liegt da drin. Tot. Das ist, ich weiß nicht, irgendwie … komisch.« Charlotte schüttelte ungläubig den Kopf.

»›Komisch‹ ist wohl nicht das richtige Wort«, bemerkte Jung.

»Was ist passiert, Chef?«

»Ich weiß es nicht. Sag du's mir.«

Charlotte zuckte die Achseln. Sie rief sich in Erinnerung, was sie bewogen hatte, Jung auf den Bahnhof zu folgen. Sie war ihrem Instinkt gefolgt. Die Fragen von gestern hatten eine Antwort gefunden. Aber die Fragen von heute hatten alles nur noch schlimmer gemacht. Sie wünschte, es wäre nicht so. Aber ihre Zweifel waren größer geworden. Da vorne in der Scheune lag ein Toter. Ermordet. Daran konnte kein Zweifel bestehen. Jung kannte den Toten. Wie kam die Leiche in Jens Eilers' Winterlager, an diesen öden Ort? Völlig verrückt! Wer konnte überhaupt ein Motiv haben, den Mann aus dem Weg zu räumen? Wo waren der oder die Täter zu suchen? Das Ganze war mysteriös, aber vor allem äußerst beunruhigend.

Hinter sich hörte sie Motorengeräusche. Kurz darauf kam der VW-Kasten der Spurensicherung neben ihnen zum Stehen. Es folgten zwei Einsatzwagen der Bereitschaftspolizei. Sie stiegen aus. Jung begrüßte den Chef der Spusi.

»Moin, Morten. Er liegt da drin.« Jung zeigte auf das Scheunentor.

»Moin, Tomas. Scheißwetter.«

»Wir haben nichts angerührt. Es ist alles so, wie wir es vorgefunden haben. Das hier …«, er zog den Schlüssel aus der Hosentasche, »… lag unter dem Stein links vom Tor. Das zugehörige Schloss ist nicht da.«

»Okay, Tomi. Sonst noch was?«

»Nein.«

»Wir sehen uns das an. In aller Gründlichkeit.«

Franzen winkte seinen Männern zu, sich an die Arbeit zu machen. Die ersten hatten bereits die weißen Ganzkörperfutterale übergestreift und luden ihre Gerätschaften aus dem Bus. Der Spurensicherer sah sich um. Auf seinem Gesicht spiegelte sich Skepsis.

»Das wird dauern«, sagte er.

»Okay. Brauchst du uns noch?«

»Nein. Ich ruf dich an, Tomi, sobald wir fertig sind.«

»Danke. Wir fahren zurück. Ich höre von dir.«

*

Die Rückfahrt verlief ereignislos. Tomas Jung und Charlotte Bakkens hingen ihren Gedanken nach. Am

Anfang hatte Charlotte versucht, durch Fragen nach Tiny und seinen Lebensumständen etwas Licht in das Dunkel zu bringen. Ihr Bemühen endete damit, dass sie sich beide keinen, auch nicht den geringsten Reim auf das Geschehen machen konnten. Ihre Ratlosigkeit ließ sie verstummen. Das Schweigen dauerte, bis Jung das Auto auf dem Hof der Inspektion abgestellt hatte.

»Ich berichte Holtgreve. Wir sehen uns nachher«, sagte Jung, nachdem sie ausgestiegen waren.

An der Wachstube zum Treppenaufgang begrüßte sie Petersen.

»Moin, Herr Oberrat. Ich hab schon davon gehört.«

»Von was haben Sie gehört, Petersen?«

»Von der Leiche hinterm Deich. Hat blitzschnell die Runde gemacht. Übrigens, der Chef möchte Sie sprechen. Sofort.«

»Okay. Dann will ich ihn nicht warten lassen.«

Jung eilte das Treppenhaus hinauf. Als er auf der Chefetage angekommen war, schnaufte er und rang nach Luft. Ich muss Sport treiben, dachte Tomas Jung. Charlotte hatte ihm geraten, endlich damit anzufangen. Sie hatte recht. Wieder einmal.

Holtgreves Tür stand offen. Er hatte Jung gehört und rief ihn zu sich herein. Jung schloss die Tür hinter sich.

»Setz dich, Tomas.«

»Danke. Du weißt schon von unserem Fund?«

»Ja. Franzen hat mich vorab informiert. Er hat Ausweispapiere bei dem Toten gefunden. Ich habe auch schon mit dem Präsidenten telefoniert. Der Mann ist dem LKA bekannt.«

»Was?«, rief Jung völlig perplex. »Woher denn? Ich …«

»Bevor du dich ereiferst, hör mir bitte zu. Der Präsident hat mir berichtet, dass das BKA* seinen Leuten einen Tipp gegeben hat. Ein Exmajor der Bundeswehr sei auf dem Weg nach Sylt. Er war auffällig geworden, weil er als Kontaktmann in illegale Waffengeschäfte verwickelt sein soll. Er ist nachweislich im Ausland unterwegs gewesen. Angola, Mozambique, Dschibuti, Oman. Zuletzt in Brasilien. Sie vermuten, seine Ermordung steht mit seinen Geschäften in Zusammenhang. Sie sind stutzig geworden, als ihnen zu Ohren kam, dass er sich mit einem deutschen Kriminalbeamten treffen wollte. Warum er gerade dich ausgewählt hatte, wissen sie nicht, wüssten es aber gerne. Das ist übrigens auch der Grund, weswegen das LKA einen Beobachter vor deine Tür gestellt hatte. Ich habe das vorhin am Telefon angesprochen. Der Präsident war informiert und ist ungehalten über die Tölpelhaftigkeit des Beamten. Er war zu eurem Schutz vor deinem Haus und nicht, um euch auszuspionieren. Dass der Mann dämlich ist, ist nicht die Schuld des Präsidenten. Aber das hat sich ja nun erledigt.«

---

* Bundeskriminalamt

»Nichts hat sich erledigt, Henning«, erregte sich Jung. »Was hat die Leiche im Bootsschuppen von Eilers junior zu suchen? In Klanxbüll, Nordfriesland? Das ist doch völliger Irrsinn. Warum fragen sie mich nicht, wenn sie was wissen wollen? Die Begründung für meine Überwachung ist an den Haaren herbeigezogen. Vor was sollte ich denn geschützt werden? Der Mann war eine Urlaubsbekanntschaft. Übrigens war er derjenige, der hier dauernd angerufen hat und sich nicht abwimmeln ließ. Du erinnerst dich?«

»Ja. Vielleicht erinnerst du dich, dass ich schon damals meine Zweifel hatte. So harmlos scheint er nicht gewesen zu sein.«

»Das sehe ich ganz anders.«

Jung erzählte Holtgreve, was er Charlotte erzählt hatte.

»Er war lästig«, kam er zum Ende. »Aber ich habe mich nie von ihm bedroht gefühlt. Ganz anders als vom LKA. Wanzen im Haus sind keine Petitesse, Henning, sondern eine sehr reale Bedrohung. Realer geht's nicht.«

»Das LKA wird alles zu gegebener Zeit aufklären. Es muss dich nicht weiter belasten. Der Präsident bittet dich, deine Anzeige fallen zu lassen.«

Tomas Jung schwieg entgeistert. Was Holtgreve da vorbrachte, war kompletter Müll. Unglaublich. Es verschlug ihm die Sprache. Vor allem deswegen, weil er nichts in der Hand hatte, um den ganzen Scheiß hochgehen zu lassen. Er ermahnte sich, gute Miene zum bösen Spiel zu machen, obwohl ihm eher danach war, mit der Faust auf den Tisch zu hauen. Was immer noch kommen mochte, er würde die Klappe halten. Jedenfalls so lange, bis die Zeit reif war, sie wieder aufzureißen. Ihm war im Nu klar geworden, dass das dauern konnte.

»Ich werd's mir überlegen. Es gibt Neuigkeiten, Henning«, sagte er nüchtern.

»Okay. Was hast du?«

Die nächsten Minuten berichtete Jung über die Befragungen am Vormittag und über die Geschehnisse in Klanxbüll. Holtgreve war sichtlich erleichtert, dass Jung zu sachlicher Berichterstattung zurückgefunden hatte. Er lobte ihre Arbeit und zeigte sich zuversichtlich, dass Jens Eilers bald gefunden sein würde.

»Wenn wir ihn gefunden haben, möchte ich seine Eltern persönlich informieren«, sagte Jung. »Ich glaube, das wäre angebracht.«

»Ja, natürlich«, erwiderte Holtgreve verständnisvoll.

»Ich möchte, dass du mich anmeldest. Wie beim letzten Mal.«

»Verstehe. Ich hatte sowieso ...« Holtgreve brach ab, weil sein Telefon läutete. »Entschuldige.« Er nahm den Hörer ab.

»Ja? ... Ja, er ist hier ... Genau ... Richtig.«

Holtgreve legte die Hand über die Hörmuschel und sagte: »Es ist Franzen.« Er gab den Hörer wieder frei und lehnte sich zurück. »Schießen Sie los.«

Holtgreve lauschte konzentriert. Wenig später drehte er sich zum Fenster und stierte ins Nirgendwo. Sein Gesichtsausdruck veränderte sich von Aufmerksamkeit zu Angespanntheit. Er schien seine Stimme verloren zu haben. Schließlich legte er auf, ohne ein einziges Wort gesagt zu haben.

»Was sagt er?«, fragte Jung in die sich unheilvoll ausbreitende Stille. Holtgreve drehte sich zu ihm um.

»Es gibt noch drei weitere Leichen.« Er machte eine Pause. Jung zwang sich, so zu tun, als überrasche ihn das nicht. Holtgreve sah ihn stumm an.

»Willst du nicht mehr wissen?«

»Du wirst mich gleich informieren«, erwiderte Jung trocken.

»Es sind zwei Frauen und ein Mann.« Holtgreve sah ihn unverwandt an.

»Wissen wir schon, wer sie sind?«, fragte Jung.

Holtgreve wandte den Blick ab und lehnte sich zurück.

»Im Bootslager standen drei Regentonnen. In allen dreien steckt eine Leiche, eingelegt in Löschkalk. Sie sind alle drei geköpft worden. Sieht nach einer bestialischen Hinrichtung aus. Jede Menge Blutspuren am Boden und an den Wänden. Die Köpfe wurden den Leichen beigegeben. Es sind keine Hinweise auf ihre Identität gefunden worden. Keine Papiere, keine Handys, keine Taschen oder Ähnliches. Franzen hat eine Opferbeschreibung durchgegeben, soweit das möglich war. Er wollte dich deswegen sprechen. Statt deiner hatte er Bakkens am Apparat. Es könnten unsere Vermissten sein.« Holtgreve schwieg bedeutungsvoll.

»Gibt es eine erste Schätzung der Todeszeitpunkte?«, fragte Jung scheinbar emotionslos.

»Der Gerichtsmediziner ist vor Ort. Die Leichen müssen schon länger in den Tonnen stecken. Wochen, nicht Tage. Genaueres weiß er erst, wenn er obduziert hat. DNS-Test eingeschlossen.«

»Hat er auch etwas zu der Leiche gesagt, die nicht geköpft wurde?«

»Er ist mit einem Marlspieker erstochen worden. Damit werden eigentlich Taue gespleißt. Das Teil wurde ihm in den Hals gerammt. Er ist innerhalb kürzester Zeit verblutet. Nach Doktor Enderts Schätzung ist der Mann seit 24 Stunden tot, plus/minus zwei Stunden. Ausweispapiere und Portemonnaie hatte er bei sich. Darunter auch seinen Pass und einen Ausweis für Versorgungsempfänger des Bundes. Aber kein Handy. Irgendwelche anderen persönlichen Sachen, Mantel, Taschen, Koffer und so weiter, hat Franzen nicht gefunden. Er will mit dir darüber noch persönlich sprechen.«

»Wer übernimmt die Ermittlungen?«, fragte Jung.

»Ich denke, das LKA oder das BKA oder beide. Jedenfalls nicht wir.«

»Okay. Hast du noch etwas für mich?«

»Nein. Mir reicht's.«

»Mir auch.« Jung stand auf.

»Ich informiere den Präsidenten«, verkündete Holtgreve und blieb sitzen.

Jung sah auf die Uhr. »Noch ist nicht Dienstschluss. Ich mach mich an die Arbeit.«

»Scheint so, als wäre deine Arbeit erledigt«, bemerkte Holtgreve.

»Bis morgen, Henning.«

»Bis dann, Tomas.«

*

Auf dem Weg zu Charlotte und Kopper schossen ihm tausend Fragen durch den Kopf. Er verdrängte sie, so gut er konnte. Dabei half ihm, dass ihn ein plötzlicher Heißhunger nach einer fetten Bratwurst und einem großen Humpen Bier befiel. Vorher sollte er mit Svenja telefonieren. Er machte einen Umweg über sein Büro.

Das Telefonat gestaltete sich angenehm. Jung hatte sich darauf konzentriert, die Fakten darzustellen, die ihn daran hinderten, pünktlich zu Hause zu sein. Auf Tinys gewaltsames Ableben und die Begründung für die Wanzen im Haus war er nur beiläufig eingegangen. Anfangs hatte Svenja ihn unterbrochen, Fragen gestellt und nachgebohrt. Im weiteren Verlauf hatte sie ihre Ängstlichkeit abgelegt und ihren Verstand eingeschaltet. Sie hatte ihr Kämpferherz wiedergefunden. Jung atmete auf.

»Tomi, in welchem Irrenhaus arbeitest du eigentlich? Ich kann diesen Quatsch einfach nicht glauben«, sagte sie ungehalten.

»Was meinst du?«

»Du glaubst doch nicht allen Ernstes, dass Tiny, Gott hab ihn selig, etwas mit Waffenschiebereien zu tun hatte? In Klanxbüll, hinterm Deich! Das ist doch total absurd. Dieser große Junge hatte nichts anderes im Kopf, als mir auf den Busen zu glotzen. Und dann diese angebliche Sorge deines Präsidenten. Für wie blöd halten die uns eigentlich?«

»Tiny war unberechenbar, Svenja. Es gibt offensichtlich Leute, die ihm so etwas zutrauen.«

»Du wirst das nicht zulassen, oder?«

»Ich mach mich an die Arbeit. Jetzt. Wir sehen uns später.«

»Ich warte auf dich, Tomi.«

Jung legte verwundert den Hörer zurück. Während sich vor ihm die Fragen auftürmten, schmolzen seine privaten Probleme wie der Schnee in der Sonne.

*

Jung klopfte an und betrat das Büro. Charlotte und Kopper-Carlson hoben die Köpfe und sahen ihn aus großen Augen an. Jung hob abwehrend die Hände.

»Bevor ihr anfangt: Ich habe einen Mordshunger. Ich brauche eine Bratwurst und ein großes Bier. Wer kommt mit?«

»Ich«, sagte Kopper und kam hinter seinem Schreibtisch hervor.

»Wo wollen Sie hin, Chef?«, fragte Charlotte.

»*Hansens Brauerei*. Ich glaube, das ist jetzt genau das Richtige.«

»Ich komme später nach.«

»Warum kommst du nicht mit uns?«

»Ich will noch eben das hier erledigen.« Sie wedelte mit einem dicken DIN-A4-Umschlag.

»Was ist das?«

»Weiß ich noch nicht. Aber kam gerade rein.«

»Wieso? Die Post kommt morgens. Pennen die da unten?«

»Hat ein privater Kurierdienst vor ein paar Minuten für uns abgegeben.«

»Absender?«

Charlotte drehte den Brief hin und her.

»Keiner«, sagte sie.

»Okay. Wir gehen schon mal los.«

Kopper griff nach seiner Jacke und öffnete die Tür. Jung folgte ihm. Draußen, auf Norderhofenden erklärte Jung: »Ich habe wirklich eine Pause nötig, Michael. Was immer du mir sagen willst, nach dem Essen ist Zeit dafür und für alles andere auch. Okay?«

»Verstehe. Gehen wir.«

Sie gingen Norderhofenden entlang in Richtung Hafen, vorbei am Hotel *Arcadia*, der *Bärenhöhle* und dem Kontor der Förde-Reederei-Seetouristik über den

Willy-Brandt-Platz bis zur Kreuzung Neue Straße. Gegenüber lag *Hansens Brauerei*. Die Ampel stand auf Rot. Sie mussten warten. Ein Stück die Neue Straße hinauf sah Jung den kleinen Laden von Bernd Salacki. Er handelte mit Antiquitäten, Modelleisenbahnen und altem Spielzeug. Er hatte ihm vor Jahren seine Modelleisenbahn verkauft, darunter eine Sonderausgabe des Orientexpress' von der Firma Bachmann-Liliput. Für einen Spottpreis. Ihm hatte das Herz geblutet. Salacki hatte ihn getröstet. Die Bahn habe ihm früher Freude bereitet. Aber nun sei das vorbei. Durch ihn, Bernd Salacki, würde sie auch noch weiter Freude verbreiten. Er hatte recht.

Die Ampel sprang auf Grün. Sie überquerten die Neue Straße und betraten *Hansens Brauerei*. Sie empfing bayerische Wirtshausatmosphäre. Es gab zwei riesige kupferne Gärtanks, mehrere Gasträume und viele Tische. Sie hatten keine Mühe, einen Platz zu finden, an dem sie ungestört waren. Jung bestellte Nürnberger Rostbratwürstel auf Sauerkraut und einen halben Liter »Hansens Schwarzbier«. Kopper-Carlson zog Weinschorle vor.

»Das hier ist nichts für Charlotte«, sagte Tomas Jung.

»Warum?«, fragte Kopper.

»Sie verfolgt einen knallharten Ernährungsplan. Darin kommen Bratwürste am Abend nicht vor.«

»Es gibt auch Salate«, bemerkte Kopper düster.

Das Essen und das Bier kamen schnell. Die Bratwürste waren deftig, das Bier süffig. Jung war zufrieden. Genau das hatte er sich gewünscht. Genüsslich widmete er sich dem Essen. Am Ende legte er das Besteck beiseite und wischte sich den Mund ab. Kopper-Carlson war noch lange nicht so weit. Die Geschehnisse des Tages hatten Jung aufgewühlt. Das Essen hatte ihn beruhigt. Er musste pinkeln. Als er zurückkam, hatte auch Kopper-Carlson sein Besteck abgelegt.

»Du hast vorhin ausgesehen, als hättest du etwas herausgefunden. Ich bin ganz Ohr«, begann Jung das Gespräch.

»Ich habe Jens Eilers gefunden«, erwiderte Kopper selbstgefällig.

Jung sah ihn fragend an.

»Veierland liegt im Empfangsbereich von Larvik«, erläuterte Kopper. »Eine Insel, 4,4 Quadratkilometer groß, ohne Straßen und Autos. Knapp 150 Einwohner, eine Kirche, eine Schule mit 10 Schülern, ein Kiosk, ein Kaufmann, Ferienhäuser. Eine Insel, die erst im Sommer anfängt zu leben. Man erreicht sie über eine Fähre von Tenvik in der Nøtterøy Kommune. Die Fähre braucht 10 bis 15 Minuten.«

»Hat sie auch einen Segelhafen?«

»Weiß ich nicht. Aber wahrscheinlich. Ich habe die Ferienhausvermittlung angerufen und nach einem deutschen Mieter gefragt.«

»Aber du hast dich nicht als Polizist zu erkennen gegeben, oder?«

»Ich habe mich als Verwandten vorgestellt, der ihn in einer wichtigen Familienangelegenheit sprechen muss, ihn aber auf dem Handy nicht erreicht. Man vermute ihn auf Veierland.«

»Gut. Und dann?«

»Die Saison ist so gut wie vorüber. Es ist lediglich ein einziges Haus auf der Insel vermietet. An eine Norwegerin. Torunn Ostberg aus Moss in Norwegen. Ich habe ihr gesagt …«

»Ihr?«

»Die Vermittlung war eine Frau. Ich habe ihr also gesagt, dass er auch mit dem Segelboot gekommen sein könnte. Wenn sie ein fremdes Boot sähe, dann möge sie zurückrufen. Und dann habe ich ihr meine Handynummer gegeben.« Kopper machte eine Pause.

»Ich glaube zu wissen, was jetzt kommt«, sagte Jung.

»Eine Stunde später hat sie zurückgerufen«, fuhr Kopper unbeeindruckt fort. »Es gibt ein fremdes Boot. Es liegt im Bootsschuppen, der zu dem vermieteten Haus gehört. Sie war stutzig geworden, weil das Haus über den ganzen Winter angemietet worden war und Moss ganz in der Nähe liegt. Warum mietet jemand im Winter ein Sommerhaus, das quasi in seinem Vorgarten steht? Sie hat dann noch einmal da vorbeigeschaut, jedoch niemanden angetroffen. Aber im Bootsschuppen hat sie ein fremdes Segelboot entdeckt. Es

sei klein, hat sie gesagt. Auf dem Heckspiegel stehe
›Fair Lady List/Sylt‹. Das sei doch in Deutschland,
nicht wahr? Ich habe mich bedankt und sie gebeten,
falls ihr ein fremder Mann über den Weg läuft, es mich
wissen zu lassen.«

»Und dann?«

»Dann habe ich unseren Segelfreund in Schleswig
angerufen und gefragt, ob er ein Boot namens ›Fair
Lady‹ kennt. Er kennt es. Es gehört Jens Eilers.«

»Und was schließen wir daraus?«

Kopper ignorierte Jungs Frage und fuhr unbeirrt
fort: »Ich habe die für Veierland zuständige Polizeidienststelle ausfindig gemacht. Sie liegt in Moss. Ich
habe um Amtshilfe gebeten. Nicht offiziell natürlich.
Mehr eine Gefälligkeit unter Kollegen. Sie waren sehr
freundlich. Sie schauen nach, ob sich ein Deutscher auf
der Insel aufhält. Ich erwarte ihren Rückruf.«

»Theoretisch kann er sonst wo sein, praktisch wohl
eher nicht. Möchtest du noch etwas trinken?«

»Nein. Ich will gleich nach Hause.«

»Ich hab noch etwas für dich, Michael. Hat Charlotte dich über Klanxbüll informiert?«

»Ausführlich. Ich weiß nicht, was ich davon halten
soll. Grauenvoll. Auf jeden Fall …«

»Der Mann, der verblutet ist, wollte mich am Donnerstag in Westerland treffen. Kannst du etwas über
den Zug herausfinden, der donnerstags um 14.04 Uhr
in Westerland ankommt?«

Kopper-Carlson ließ keinerlei Überraschung erkennen. »Was genau willst du wissen?«

»Den Zugbegleiter. Kann er sich an einen großen Mann erinnern? Fast zwei Meter groß. Franzen hat seinen Pass. Darin muss ein Foto von ihm sein. Aller Wahrscheinlichkeit nach ist er in Hamburg zugestiegen. Du hast Erfahrung im Umgang mit Zugpersonal.«

»Mehr als mir lieb ist. Der Zug ist von der NOB und hält in Klanxbüll. Das kann ich dir jetzt schon sagen. Die Zugbegleiter kenne ich fast alle. Ich erledige das. Morgen.«

»Okay. Morgen. Keine Weinschorle mehr?«

»Nein, danke. Ich muss wirklich los.«

»Ich warte noch auf Charlotte. Schönen Feierabend, Michael.«

»Bis morgen, Tomi.«

*

Wo blieb sie nur? Jung zückte sein Handy und wählte Charlottes Nummer.

»Was ist, Charlotte? Ich warte auf dich.«

»Es dauert noch. Machen Sie sich auf etwas gefasst, Chef. Bestellen Sie sich noch ein Glas Grauburgunder.«

»Dies ist eine Brauerei. Ich trinke Bier.«

»Dann bestellen Sie sich eben noch ein Bier. Ich beeile mich.«

»Ich komme lieber rüber in die Inspektion. Das hier ist sowieso nichts für dich.«

»Okay. Bis gleich.«

Als er bezahlen wollte, erfuhr er, dass Kopper-Carlson die Rechnung bereits beglichen hatte. Tomas Jung zog die Augenbrauen hoch und die Mundwinkel herunter. Draußen begann es zu dunkeln. Ein leichter Windzug hatte sich eingestellt und wehte ihm den Duft des Hafens in die Nase. Ein paar Seevögel zogen kreischend über ihn hinweg. Er überquerte die Schiffbrücke und schlenderte den Kai entlang in Richtung Inspektion. Er hatte es nicht eilig. Natürlich war er gespannt auf Charlottes Neuigkeiten. Andererseits regte sich in ihm Widerwillen. Er kannte sich zu gut, um nicht zu wissen, dass er Zeit brauchte.

Die »Alexandra« lag an ihrem gewohnten Liegeplatz. Der Anblick des alten Dampfers stimmte ihn sentimental. Wie gut, dass es Menschen gab, dachte er, die Mühe und Arbeit darauf verwendeten, diese alte Schönheit zu erhalten. Er blieb vor dem Schiff stehen und betrachtete es genauer. Er fragte sich, wie oft wohl der Rumpf gepönt, die Holzaufbauten ausgebessert oder die Maschinenanlage überholt worden waren. Das Schiff kostete einen Haufen Geld und machte viel Arbeit. Und was machte er? Er wandte sich ab und hatte nach wenigen Minuten die Inspektion auf Norderhofenden erreicht.

*

Charlotte saß an ihrem Schreibtisch, vor sich ein Stapel Papiere. Nachdem Jung angeklopft und das Zimmer betreten hatte, legte sie das Blatt, das sie gerade in der Hand hielt, zurück und wandte sich ihm zu.

»Da bin ich«, sagte Jung und setzte sich ihr gegenüber auf Kopper-Carlsons Stuhl. Er stützte die Ellenbogen auf die Schreibtischplatte und führte die aneinandergelegten Hände vor den Mund, als wollte er sich selbst das Reden verbieten. Sie sahen sich an. Jung hatte kein Bedürfnis, viele Worte zu machen. Schließlich übernahm Charlotte die Initiative.

»Franzen meint, es bestünden wenig Zweifel. Ich habe ihm die Köpfe auf den Fotos beschrieben. Das Alter könnte auch hinkommen. Sie waren gerade beim Boss, als er anrief.«

Jung nahm die Hände aus dem Gesicht und lehnte sich zurück.

»Wer war das? Warum in Klanxbüll hinterm Deich? Was hatte Ihr Bekannter da zu suchen?«, fragte Charlotte aufgewühlt.

Jung zuckte die Achseln. »Unsere Aufgabe ist erfüllt, wie es scheint. Die Mordermittlungen übernimmt das LKA. Holtgreve hat daran keinen Zweifel gelassen.« Er spürte, wie unbefriedigt Charlotte war, und lenkte ab.

»Was ist das?« Jung zeigte auf ihren Schreibtisch.

Charlotte atmete durch und richtete den Blick auf die Papiere vor sich.

»Ich hab's geahnt, Chef«, sagte sie und tippte auf den Stapel.

»Was?«, erwiderte Jung seufzend.

»Jan Eilers ist vor 29 Jahren rechtskräftig wegen Körperverletzung, Fahrerflucht und Alkohol am Steuer zu zwei Jahren auf Bewährung verurteilt worden.«

»Und das steht da drin.« Jung deutete noch einmal auf den Papierstapel.

»Ja, das steht hier Schwarz auf Weiß.«

»Woher hast du das?«

»Der Umschlag. Er enthielt Abschriften von Geständnissen, Gerichtsprotokollen, Ermittlungsakten und so weiter.«

»Und keinen Hinweis auf den Absender.«

»Leider nein.«

»Okay. Aber was hilft uns das, Charlotte? Das ist lange her. Kopper sagte, dass Vorstrafen nach einer gesetzlich festgelegten Frist aus dem Zentralregister gelöscht werden.«

»Richtig. Ich habe ja auch nichts gefunden. Die Vorstrafe an sich ist für uns auch nicht von Belang. Aber die Umstände haben es in sich. Ich gebe Ihnen mal eine Zusammenfassung. Dann werden Sie verstehen, was ich meine.«

»Okay. Ich höre.«

»An einem Freitagabend, es ist schon dunkel, hat die Polizei auf der B76 vor Eckernförde eine Verkehrskontrolle eingerichtet. Als sie einen roten VW-Golf herauswinken will, gibt der Fahrer Gas, fährt den Polizisten mit der Kelle über den Haufen und begeht Fahrerflucht. Der Kollege des Überfahrenen kann das Kennzeichen notieren. Er gibt später an, dass er fünf Insassen ausgemacht habe, darunter eine Frau. Sie können noch in derselben Nacht den Halter des Fahrzeuges ermitteln. Wie sich später herausstellt, ist es der Gerichtspräsident in Schleswig. Sie fahren ebenfalls noch in derselben Nacht zu der angegebenen Adresse. Das Fahrzeug steht vor dem Haus auf der Zufahrt zur Garage. Sie klingeln und …«

»Jetzt bin ich aber gespannt.«

»Dürfen Sie auch, Chef. Es ist wie im Kino. Die Polizisten geben später an, dass sie den Eindruck hatten, als würden sie schon erwartet. Der Gerichtspräsident bittet sie höflich – das wird extra im Protokoll vermerkt – ins Haus und führt sie zu vier jungen Männern, die wie arme Sünder auf dem Sofa sitzen und schicksalsergeben der Dinge harren, die da kommen. Auch dieser Eindruck wird im Protokoll ausdrücklich vermerkt. Der Leser muss zu dem Schluss kommen, dass es hier um eine törichte Jugendsünde ginge. Die vier sind der Sohn des Gerichtspräsidenten, der heutige Innenminister, unser geliebter Boss, der Polizeipräsident, der heute amtierende Generalstaatsanwalt und Jan Eilers.«

»Die vier Teuten«, warf Jung ein und nickte mit dem Kopf.

»Unsere vier Teuten. Richtig. Und einer davon opfert sich.«

»Do ut des.« Jungs Miene verdüsterte sich.

»Und was heißt das auf Deutsch?«

»Ich gebe, damit du gibst. Einer für alle, alle für einen.«

»Aha.« Charlotte legte eine Denkpause ein.

»Jan Eilers gibt an, das Auto gefahren zu haben«, fuhr sie sachlich fort. »Eine Alkoholprobe wird gemacht. Er hat 1,2 Promille im Blut. Relativ wenig, um ein Vergehen dieser Art zu erklären, wenn ich mir die Bemerkung gestatten darf.«

»Ist der Polizist schwer verletzt worden?«

»Er hat keine bleibenden Schäden davongetragen. Aber dazu komme ich noch.«

»Okay. Was ist mit Jan Eilers?«

»Er zeigt sich reuig, gibt alles zu und nimmt die Schuld auf sich. Sein Eingeständnis wird protokolliert und unterschrieben. Es wird keine Gerichtsverhandlung anberaumt. Der zuständige Amtsrichter fällt das Urteil nach Aktenlage. Es wird kein Widerspruch laut, keine Revision eingelegt. Das Verfahren ist innerhalb Wochenfrist rechtskräftig und vom Tisch. Ungewöhnlich schnell. Ich würde sagen, verdächtig schnell. Was meinen Sie, Chef?«

»Es klingt merkwürdig, da gebe ich dir recht. Was ist mit der Frau, die der Polizist im Auto gesehen haben will?«

»Zu der komme ich jetzt. Sie meldet sich fünf Tage später bei der Polizei in Schleswig und erstattet Anzeige gegen unsere vier Teuten. Sie ...«

»Weswegen denn?«, unterbrach sie Jung lebhaft.

»Wegen gemeinschaftlicher Vergewaltigung. Sie sei zu einer Gesellschaft im Verbindungshaus der Teuten in Kiel eingeladen gewesen. Sie studierte zu der Zeit an der Uni Kiel. Zu vorgerückter Stunde hätten die vier sie auf den Paukboden abgeschleppt und sich an ihr vergangen. Sie gibt zu, auch selbst alkoholisiert gewesen zu sein. Danach hätten sie sie ins Auto gezerrt und in Schleswig ausgesetzt. Sie kommt aus Schleswig.«

»Und dann? Was ist danach passiert?«

»Die vier werden mit ihrer Anschuldigung konfrontiert und streiten alles ab. Sie selbst sei scharf gewesen. Niemand hätte ihr etwas angetan. Ganz im Gegenteil. Ihr Verhalten sei abstoßend gewesen. Sie bestätigen sich gegenseitig ihre Version des Geschehens. Zeugen für ihre Vergewaltigung kann sie nicht benennen. Niemand hat etwas bemerkt. Der Frau werden rachsüchtige Motive unterstellt, weil die vier sie einfach am Straßenrand rausgeschmissen und ihrem Schicksal überlassen haben. Sie muss sich gedemütigt, verhöhnt und allein gelassen gefühlt haben. Außerdem seien alle, auch sie selbst, alkoholisiert gewesen. Die Tatsache, dass erst fünf volle Tage verstreichen mussten, bevor sie zur Polizei gegangen sei, spräche gegen sie und ihre Darstellung des Geschehens. Die jungen

Männer hätten sich zwar schlecht benommen, aber keiner strafbaren Handlung schuldig gemacht. Die Aufnahme eines förmlichen Ermittlungsverfahrens wird verworfen, ihre Anzeige zu den Akten gelegt.« Charlotte machte eine Pause.

»Was soll man davon halten? Damals waren die Verhältnisse ...«

»Warten Sie, Chef. Der dickste Hammer kommt noch. Die Frau hieß Sigrid Schmidt. Ich habe im Personenstandsregister nachgesehen. Sie hat später geheiratet. Seitdem heißt sie Sigrid Übel-Anschütz.«

»Sag das bitte noch einmal.«

»Sie ist Sigrid Übel-Anschütz, die Kontrollmanagerin von Jan Eilers.«

Jung lehnte sich zurück und starrte Charlotte an.

»Wer hat uns das geschickt?«, fragte Jung erregt.

»Jedenfalls keiner von den vieren.« Jung lachte höhnisch.

»Nee, die Männer sicher nicht«, pflichtete Charlotte ihm bei. »Aber die Frau.«

Jung schüttelte den Kopf. »Sie wird vermisst«, sagte er leise.

»Die Ehe hat nicht lange gehalten«, ergänzte Charlotte. »Sie ist geschieden, hat aber den Namen ihres Mannes beibehalten.«

Im Raum breitete sich Stille aus.

»Der verletzte Polizist. Was ist mit dem?«, nahm Jung das Gespräch wieder auf.

»Der Mann hat auf Schadenersatz und Schmerzens-geld geklagt, kurz darauf die Klage aber zurückgezo-gen.«

»Hat es eine außergerichtliche Einigung gegeben?«

»Weiß ich nicht. Davon steht hier nichts«, erwiderte Charlotte und tippte auf die Papiere.

»Was machen wir jetzt?«, fragte sie.

»Hat dir Kopper erzählt, wie er Eilers junior aus-findig gemacht hat?«, wechselte Jung abrupt das Thema.

»Ja«, erwiderte Charlotte verblüfft.

»Hast du ihn auf die Idee gebracht?«

»Nein, wie sollte ich. Ich war mit Ihnen unter-wegs.«

»Dann hast du inspirierend auf ihn gewirkt. Von allein wäre er nie darauf gekommen.«

Charlotte schüttelte den Kopf. Männer. Warum müssen die immer so kindisch sein, dachte sie.

»Was machen wir jetzt?«, fragte Charlotte noch ein-mal.

»Ich fahre nach Hause«, verkündete Jung.

»Zu Ihrer Frau oder zu Nils?«, fragte sie ungläubig.

»Nach Hause.« Jung erhob sich und griff nach sei-ner Jacke.

»Wir sehen uns Montag früh«, verabschiedete er sich.

»Montag früh. Na klar.«

Jung öffnete die Tür.

»Schönes Wochenende, Chef.«

»Danke gleichfalls, Charlotte.«

*

Draußen war es finster geworden. Es war Freitagabend. Der Berufsverkehr war längst erloschen. Jung
fuhr vom Hof der Inspektion über Süderhofenden
auf die Husumer Straße. Gedankenverloren steuerte
er stadtauswärts. Er schaltete das Autoradio an. Auf
NDR 3 spielte das Leipziger Gewandhausorches-
ter Tschaikowskis Schwanensee. Jung kicherte. Er
dachte an die KTU*. Sie würde das Wochenende
durcharbeiten. Montag früh würde ihn Franzen
über die Ergebnisse informieren. Und dann würde
er Eilers einen zweiten Besuch abstatten. Er hätte
sich etwas anderes gewünscht. Dennoch verspürte
er einen geheimen Kitzel, dem Mann noch einmal
gegenüberzutreten. Die Mordermittlungen lagen
beim LKA. Er selbst war nicht befugt, in der Sache
weiter herumzubohren. Wie konnte er Jan Eilers aus
der Reserve locken?

Zu Hause erwartete ihn Svenja. Als sie ihn die
Auffahrt hochkommen sah, öffnete sie die Haustür.
Sie umarmten sich. Als Jung die Tür hinter ihnen
ins Schloss drückte, verspürte er etwas Ähnliches
wie Dankbarkeit.

---

* s. »Inselroulette«

INTERMEZZO

Über das Wochenende hatte er viel geredet. Das hatte ihm geholfen, die Geschehnisse der letzten Tage vor seinem inneren Auge aufzustellen und zu sortieren. Er hatte sich aber davor gehütet, sie zu bewerten. Vorerst reichte es ihm, Abstand gewonnen zu haben. Svenja wusste nun alles, was auch er wusste. Was ihre Privatsphäre anbelangte, hatte er sie beruhigen können. Ansonsten war sie besorgter als je zuvor. Dass Sigrid Übel-Anschütz freiwillig unter einem Mann arbeitete, den sie, ob nun zu Recht oder Unrecht, der Massenvergewaltigung beschuldigte, hatte sie besonders aufgeregt.

Das Geheimnis, das er mit Tiny teilte, hatte Jung nicht preisgegeben. Tiny hatte es mit ins Grab genommen. Dort war es gut aufgehoben. Aber Jung beschlichen erste Zweifel, ob es überhaupt ein Geheimnis gab. Er rief sich die Fakten in Erinnerung, die nicht angezweifelt werden konnten. Aber reichten sie aus, Tinys Geschichte glaubhaft zu machen? Damals hatten sie ihn überzeugt, jetzt nicht mehr. Die Ereignisse in Klanxbüll waren einfach zu unbegreiflich. Jung war sich sicher, dass Tiny im Zug nach Westerland gesessen hatte. Wer oder was hatte ihn bewogen, in Klanxbüll auszusteigen? Wie war er vom Bahnhof in Jens Eilers' Bootslager gekommen? Warum war er auf diese bestialische Art umgebracht worden? Hatte er von den Leichen in den Fässern gewusst? Es kam ihm nicht mehr unmöglich vor, dass das, was er Charlotte und Holtgreve erzählt hatte, der Wahrheit näher kam als Tinys ursprüngliche Geschichte. War er, Tomas Jung, überhaupt mitschuldig geworden? Waren seine Gewissensqualen völlig überflüssig?

*

Sein erster Weg am Montag führte Jung zu Morten Franzen, seinem einzigen Freund. Nachdem sie sich begrüßt hatten, kam Franzen sofort zur Sache.

»Wir haben es ihnen nicht ersparen können«, sagte er bedauernd.

»Hättet ihr nicht das Ergebnis des DNS-Tests abwarten können?«

»Wir brauchen dafür Vergleichsproben, die wir nur bei den Angehörigen finden konnten. Als wir sie aufsuchten, mussten wir mit der Wahrheit herausrücken. Sie sind dann gleich mitgekommen.«

»War es schlimm?«

»Es gibt Schöneres. Der Typ von der Terhegen war allerdings erstaunlich.«

»Inwiefern?«

»Abgebrüht reicht nicht aus. Gespenstisch, einfach gespenstisch. Er hat gelacht.« Franzen schüttelte den Kopf.

»Sie sind es also?«, vergewisserte sich Jung resigniert.

»Ja. Den DNS-Test machen wir trotzdem.«

»Sie lagen in Löschkalk?«

»Wie eingepökelt, die Hände auf den Rücken gerbunden.«

»Endert meinte, sie lägen seit Wochen in den Fässern.«

»Er schätzt, zwischen vier bis zwei Wochen. Löschkalk hat ätzende Wirkung, es zerstört diverse Krankheitserreger und Bakterien. Das ist der Grund, warum früher gelöschter Kalk zum Desinfizieren von Ställen benutzt wurde. In gewisser Weise wirkt es auch konservierend.«

»Verstehe. Und der vierte? Dessen Kopf noch dran war?«

»Das war das Werk eines Profis. Der Stich war punktgenau und absolut tödlich. Das Blut ist aus ihm herausgesprudelt wie Öl aus dem Bohrloch. Der Mann hatte nie eine Chance.«

»Ist dir irgendetwas aufgefallen? Etwas, das von den vielen Tatorten abweicht, die du bislang untersucht hast?«

»Abgeschlagene Köpfe hatte ich bisher nicht in meinem Repertoire. Und einen Marlspieker als Mordwaffe auch nicht. Also …«

»Es gibt doch auch ganz gewöhnliche Merkmale an einem Tatort. Was ist zum Beispiel mit Fingerabdrücken?«

»Jede Menge. Fast alle von einer einzigen Person. Dem Autobesitzer. In dem roten Van haben wir Fingerabdrücke genommen, die identisch mit den meisten anderen sind.«

»Jens Eilers. Ihm gehört das Auto. Er hat den Schuppen angemietet. Das ist also ganz normal. Und was ist mit der Kleidung der Opfer, dem Schuhwerk, den …«

»Mir ist aufgefallen, dass wir bei den Leichen in den Tonnen keinerlei persönliche Habseligkeiten gefunden haben. Im Gegensatz zu dem verbluteten Mann. Bei ihm fanden wir genug, um ihn sofort identifizieren zu können. Nur sein Handy fehlte. Und ein Handy hat heutzutage jeder. Fast jeder, sollte ich lieber sagen.«

»Von ihm weiß ich sicher, dass er eins hatte. Vielleicht trug er es nicht am Mann. Gründe dafür gibt es. Nur bei ihm will mir keiner einfallen. Sogar im Flugzeug telefonierte er mit mir.«

»Du hast ihn gekannt. Unsere junge Kollegin erzählte mir davon.«

»Das bereitet mir Sorgen. Ich habe nicht den Hauch einer Vorstellung, wie er da hingekommen ist und warum er getötet wurde.«

»Ja. Wirklich mysteriös.«

»Hast du eine Idee?«

»Fest steht, dass es zwei waren. Ein Profikiller und ein Mann im Ausnahmezustand.«

»Sicher?«

»Absolut. Schon im Mittelalter war das Köpfen von

Menschen Männersache. Seit Neuestem gibt's das wieder. Man darf sogar dabei zuschauen. Im Internet. Sie nennen sich Gotteskrieger.«

»Okay.« Jung machte eine Pause. »Ausnahmezustand. Jeder Mörder ist in einer Ausnahmesituation«, gab er zu bedenken. »Was bedeutet Ausnahmezustand in diesem Fall?«

»In ihm muss ein Furor getobt haben, der sich schlussendlich in eiskalte Entschlossenheit verwandelt hat.«

»Wut also.«

»Mehr als das. Man muss sich das mal bildlich vorstellen: Der Typ verabredet sich mit seinen Opfern. Wahrscheinlich holt er sie in Klanxbüll von der Bahn ab und schafft sie unter einem Vorwand in die Scheune. Oder er betäubt sie. Oder beides. Die Obduktion wird das klären. Ich vermute, sie ahnten nichts Böses, weil er ihnen bekannt war. In der Scheune guillotiniert er sie mit einer Axt. Die Schlachtbank, einen Hauklotz, haben wir an der Rückseite des Schuppens gefunden. Er verpackt die Leichen in Tonnen, überschüttet sie mit Löschkalk und klemmt die Deckel drauf. Der Mann handelt in tiefster Trance. Vielleicht läuft er auf Droge. Könnte ein Junkie sein.«

»Verstehe. Und der andere? Für einen Auftragskiller hat er eine Menge Spuren hinterlassen. Ich dachte immer, die machen nicht so viel Dreck.«

»Es sieht ganz so aus, als sei das mit Absicht geschehen.«

»Warum?«

»Ein Profi hat einen Plan. Er ist cool und geht überlegt vor. Das ist es, was ihn von einem Amateur unterscheidet.«

»Auch das unauffindbare Handy?«

»Er lässt es verschwinden, weil es Informationen liefern könnte, die er nicht in unseren Händen wissen will.«

»Hm.« Jung runzelte die Stirn und sah Franzen nachdenklich an. »Was denkst du, Morten? Wer sind die Täter? Wo müssen wir suchen?«

»Dazu weiß ich zu wenig. Du müsstest das eigentlich besser wissen.«

»Ich sollte es wissen.«

»Und? Weißt du es?«

»Ich habe eine Vermutung.«

»Wie ich hörte, übernimmt das LKA die Ermittlungen.«

»Meine Aufgabe ist erledigt. Drei der vier Vermissten sind gefunden. Den vierten haben wir wahrscheinlich auch. Ich hoffe, gleich die endgültige Bestätigung zu bekommen. Danke, Morten.«

»Gerne.«

＊

Sein nächster Gang führte ihn zu Kopper-Carlson. Er war allein.

»Moin, Michael. Wo ist Charlotte?«

»Moin, Tomas. Unterwegs.«

Jung nickte und sagte: »Vielen Dank für neulich Abend. Ich bin nicht mehr lange geblieben. Hat Charlotte dir von den Ergebnissen ihrer Recherche berichtet?«

»Ja, hat sie. Übrigens, Eilers ist auf Veierland. Definitiv.« Kopper lehnte sich zurück und sah Jung triumphierend an.

»Dann haben wir auch den letzten. Mein Kompliment, Michael.«

»Die norwegischen Kollegen haben mich noch am Wochenende zurückgerufen. Sie haben ihn im Haus der Norwegerin gefunden und seinen Ausweis verlangt. Es ist Jens Eilers.« Kopper-Carlson machte eine Pause.

»Und?«

»Was denn noch?«

»Haben sie etwas über ihn gesagt? War er überrascht, ängstlich, wütend, vielleicht aggressiv …«

»Er und die Norwegerin wollen den Winter über bleiben und im Frühjahr heiraten«, unterbrach ihn Kopper trocken.

»Das ist ja wirklich etwas ganz Neues«, meinte Jung sichtlich irritiert. »Aber deswegen verschwindet man doch nicht wie ein Dieb, schaltet das Handy ab und meldet sich nicht bei seiner Familie. Das stinkt doch zum Himmel, verdammt noch mal.«

»Die Norwegerin, diese Torunn Ostberg, hat den Kollegen diese Geschichte jedenfalls so erzählt.«

»Warum eigentlich?«

»Weil sie gefragt haben, was er in Norwegen macht, wo er doch in Deutschland dringend gesucht wird.«

»Und dann?«

»Dann haben sie ihm seinen Ausweis zurückgegeben und geraten, sich zu Hause zu melden.«

»Okay«, knurrte Jung und sah aus dem Fenster.

»Heute treffe ich mich in Husum mit dem Zugbegleiter. Vielleicht hat er etwas gesehen, was uns weiterhilft«, versuchte Kopper-Carlson, die schlechte Laune Jungs zu vertreiben.

»Weißt du, wo Charlotte die Mail hingesteckt hat?«, überging Jung Koppers Bemerkung.

»Sie liegt unter der Schreibunterlage.«

Jung trat an den Schreibtisch und nahm das Papier an sich.

»Wenn Charlotte danach fragt, dann hab ich sie.«

»Okay.«

»Wir sehen uns, bevor ich Holtgreve berichten muss.«

»Hat er noch etwas gesagt?«

»Was meinst du?«

»Er war nicht gerade entzückt, dass ich dabei war.«

»Vergiss es, Michael«, winkte Jung ab und verließ den Raum.

*

In seinem Zimmer griff Jung zum Telefon und rief Holtgreve an. Er erklärte ihm, wie sie Eilers gefunden hatten.

»Und du bist dir ganz sicher?«, fragte Holtgreve.

»Er ist auf Veierland und will eine Norwegerin heiraten, eine gewisse Torunn Ostberg aus Moss.«

»Heiraten? Und deswegen versteckt er sich?«

»Ich weiß auch nicht, was ich davon halten soll. Hast du uns bei Eilers senior angemeldet?«

»Du kannst mit ihm sprechen, wann immer du willst. Nur nicht zu Hause. Seine Frau ist kränklich. Sie geht gerade durch die Hölle, sagte er mir am Telefon. Er will sie schonen.«

»Wo kann ich ihn treffen?«

»In seinem Büro in Sonwik.«

Holtgreve diktierte Jung die Adresse.

»Hast du ihm von unseren Ermittlungen erzählt?«, fragte Jung.

»Ich rede mit Außenstehenden nicht über laufende Ermittlungen, Tomas«, erwiderte Holtgreve scharf.

»Und mit dem Präsidenten? Über was redest du mit dem?«

»Ich lege ihm die neusten Fakten vor. Aber was soll die Fragerei eigentlich? *Ich* leite diese Inspektion und bin …«

»Entschuldige, Henning«, unterbrach ihn Jung. »Ich weiß, es geht mich nichts an. Nur habe ich den vagen Verdacht, dass …«

»Tomas, ich will mich nicht wiederholen müssen. Aber du zwingst mich dazu. Also, noch einmal zum Mitschreiben: *Ich* leite diese Dienststelle. *Ich* bin verantwortlich für das, was in der Inspektion geschieht. Wenn du etwas planst, dann hast du jetzt Gelegenheit, mich davon in Kenntnis zu setzen. Später kann das sehr unangenehme Folgen haben. Rate mal, für wen? Habe ich mich klar genug ausgedrückt?«

»Entschuldige nochmals, Henning, du hast natürlich recht. Dennoch kannst du mir das Denken nicht verbieten. Ich wollte …«

»Die Mordermittlungen übernimmt das LKA«, schnitt ihm Holtgreve das Wort ab. »Wir sind raus. Ich dachte, ich hätte das hinlänglich klargemacht.«

»Ich suche jetzt Eilers senior auf«, sagte Jung. Es kostete ihn Überwindung, seinem Ärger nicht freien Lauf zu lassen. »Charlotte begleitet mich. Die frohe Botschaft wird seiner Frau guttun.«

»In Ordnung.«

»Ich glaube, unsere täglichen Meetings haben sich hiermit erledigt«, meinte Jung abschließend.

»Ganz und gar nicht. Ich erwarte dich zur gewohnten Zeit.«

*

Als Jung sein Arbeitszimmer verließ, kam es beinahe zu einer Kollision. Es hätte nicht viel gefehlt und die aufschwingende Tür hätte das Nasenbein von Charlotte Bakkens zertrümmert.

»Sorry«, entschuldigte er sich lahm.

»Kein Problem. Ich wollte gerade zu Ihnen.«

»Und ich zu Eilers. Du kommst mit.«

»Ich habe Neuigkeiten, Chef«, versuchte Charlotte ihn aufzuhalten.

»Du kannst mir auf der Fahrt berichten.«

Sie gingen hinunter in den Hof. Das Wetter hatte sich gebessert. Es regnete nicht mehr. Sie stiegen in Jungs Volvo. Jung fuhr los und bog mit quietschenden Reifen auf den Hafendamm ein. Die nächste Ampel zeigte Rot.

»Warum haben Sie es so eilig?«, fragte Charlotte, als Jung das Auto abrupt zum Stehen gebracht hatte.

»Erzähl!«, forderte Jung sie unfreundlich auf.

»Ich war heute in der Uni. Der Dozent von …«

»Willst du jetzt studieren? Vielleicht Ernährungspsychologie?«

»Was ist das denn? Nein. Ich habe mir Gedanken gemacht und …«

»Das darfst du nicht. Du bist raus, Charlotte.«

»Ich habe eine Hypothese. Dafür brauche ich …«

»Wie schön für dich. Hast du auch Beweise? Dann lass hören!«

»Vielleicht sollte ich lieber sagen, ich habe die fundierte Vermutung, dass …«

»Die habe ich auch. Also, was hast du?«

Charlotte drehte den Kopf und sah ihn an. »Sind Sie sauer, Chef?«

»Nein. Ich bin schlecht gelaunt«, entgegnete Jung erbost.

Die Ampel wechselte auf Grün. Jung fuhr an. Der Verkehr hinderte ihn daran, seine miese Laune am Gaspedal auszulassen.

»Das soll in den besten Kreisen vorkommen. Aber jetzt berichte ich mal. Ohne Unterbrechung. Okay, Chef?«

»Meinetwegen«, grummelte Jung.

»Ich habe den Dozenten von Nils aufgesucht. Er wollte mich zuerst nicht anhören, aber ... Ich will es kurz machen: Ich habe ihn gefragt, ob die Einträge im Zentralregister wirklich weg sind oder nur der Zugriff darauf. Er ...«

»... ist zur Verschwiegenheit verpflichtet«, warf Jung ein.

»Richtig. Ich habe ihm Stillschweigen unsererseits zugesichert.«

»Und was hat er darauf gesagt?«

»Die Unterlagen schlummern in irgendeinem Speicher. Nur der Zugriff ist verwehrt. Wenn ihm eine offizielle Erlaubnis erteilt wird, kann er die Akten ans Tageslicht befördern. Sie sind dann legitimiert und können als Beweismaterial verwendet werden.«

»Beweis für was?«

»Das weiß ich noch nicht. Mein Instinkt sagt mir aber, dass es wichtig werden könnte.«

Jung hatte inzwischen den Hafendamm und die Ballastbrücke hinter sich gelassen und fuhr Kielseng entlang. Er fädelte sich links ein und nahm die nächste Abfahrt nach Sonwig.

»Schön und gut, Charlotte«, nahm Jung den Faden wieder auf. »Mein Instinkt sagt mir das Gleiche. Nur werden unsere Instinkte nicht gebraucht. Das LKA übernimmt die Ermittlungen. Unsere Aufgabe ist erledigt.«

»Und warum sind wir dann hier?«

»Weil ich Herrn … Wie hast du ihn genannt?«

»Arschloch.«

»… Herrn Arschloch noch einmal sehen will.«

»Wenn das mal gut geht, Chef«, sagte Charlotte.

ZWEITER BESUCH

Sonwik war früher ein Marinestützpunkt gewesen. Als der Standort aufgegeben wurde, war das Gelände an private Interessenten verkauft worden. Es war ein Segelhafen gebaut und zwei dominante Wohntürme errichtet worden. Nicht nur Bootseigner konnten hier Wohneigentum erwerben. Es gab auch eine Ladenzeile, in der Restaurants, Shops und diverse Dienstleister untergebracht waren. Die alten Kasernengebäude waren entkernt, saniert und modernisiert worden. Dennoch konnten die schnörkellosen Klötze aus rotem Backstein nicht vergessen machen, wofür sie einstmals gedient hatten. In einem dieser Bauten hatte »Team Futuro« seine Büroräume.

Jan Eilers residierte im obersten Stockwerk. Er hatte ein Vorzimmer mit Dame, die aussah wie aus einem Werbeclip der Commerzbank. Sie meldete Tomas Jung und Charlotte Bakkens unverzüglich bei ihrem Chef an. Jan Eilers kam ihnen durch die Tür entgegen. Nur sein eigenwilliger Haarschopf erinnerte daran, dass ihnen derselbe Mann schon einmal gegenübergestanden hatte. Er war teuer gekleidet: dunkelblauer Maßanzug aus feinster Schurwolle, hellblaues, gestärktes Button-Down-Oberhemd, Seidenschlips in dezenten Rot-Violett-Tönen und dunkelbraune, fast schwarze, glatte Lederschuhe, deren Glanz in die Augen stach.

Nach der Begrüßung geleitete sie Jan Eilers mit einladender Geste in seine Suite. Die Fensterfront ging über die ganze Breite des Raumes und gestattete einen ungehinderten Blick auf die Marina und über die Förde. Am Horizont sah man das dänische Ufer.

Eine Sitzgruppe aus schwarzem Leder beherrschte den Raum. Eilers lud sie ein, auf dem breiten Sofa Platz zu nehmen.

»Darf ich Ihnen etwas anbieten? Kaffee, Tee, ein Glas Wasser vielleicht?«

»Danke. Sehr freundlich. Ich nehme ein Glas Wasser«, sagte Jung.

»Für mich bitte auch«, nickte Charlotte.

Eilers bat seine Vorzimmerdame, für Wasser und Gläser zu sorgen. Dann setzte er sich mit dem Rücken zur Fensterfront in einen der Sessel.

»Was kann ich für Sie tun?«, eröffnete Eilers das Gespräch.

»Zur Abwechslung können wir etwas für Sie tun, Herr Eilers. Ich habe gute Nachrichten. Vor allem für Ihre Frau. Ich hörte, sie kränkelt?«

»Sie braucht Ruhe«, stellte Eilers mit kalter Stimme richtig.

»Es wird Sie freuen zu hören, dass wir Ihren Sohn gefunden haben.« Jung machte eine Pause.

»Das ist wirklich eine gute Nachricht. Danke«, erwiderte Eilers schmallippig.

»Er ist auf Veierland, einer kleinen Insel im Eingang zum Oslofjord. Sein Boot ist ebenfalls dort. Er ist gesund.« Jung pausierte, um Eilers Gelegenheit zu geben sich zu äußern. Als nichts kam, fuhr er fort: »Er hat erklärt, dass er den Winter über dortbleiben und im Frühjahr heiraten will. Seine zukünftige Frau heißt Torunn Ostberg.«

Die Tür ging geräuschlos auf und die Vorzimmerdame kam mit dem Wasser und den Gläsern. Sie schenkte ein und verschwand so leise, wie sie gekommen war. Eilers hatte die ganze Zeit über geschwiegen. Jung hatte das Gefühl, als sei er wenig überrascht.

»Kennen Sie sie?«, fragte Jung.

»Nein«, erwiderte Eilers unwillig.

»Haben Sie eine Erklärung dafür, dass er sich nicht meldet?«

»Nein.« Eilers klang provozierend.

»Er hat hier seine Arbeit«, gab Jung zu bedenken.

»Das stimmt. Leider. Ich wünschte, es wäre anders.«

Jung wartete noch einen Moment und zog dann die Mail aus der Jackentasche.

»Vielleicht ist das der Grund«, sagte er und schob das Papier über den Tisch. Eilers nahm es auf und las. Nach wenigen Sekunden gab er es Jung wieder zurück.

»Ich kenne das Schreiben. Er hat das nicht geschrieben.«

»Warum sind Sie da so sicher?«, hakte Charlotte nach.

»Weil er es besser weiß.«

»Woher kennen Sie das Schreiben?«, fragte Jung.

»Der Bevollmächtigte eines international tätigen US Finanzunternehmens gab es mir zu lesen. Das ist schon einige Zeit her.«

»Herr Bohl von der ›BlackRock Incorporated‹. Richtig?«

»Ja. Sie haben in unser Projekt investiert.«

»Wie Frau Müller und Frau Terhegen?«

»Ja, wie die beiden Damen auch.«

Jung warf Charlotte einen schnellen Blick zu.

»Wie haben die Herrschaften reagiert? Der Inhalt ist nicht gerade schmeichelhaft für Sie. Vor allem, wenn man sich daran erinnert, dass Sie vorbelastet, um nicht zu sagen beschädigt sind. Sie haben lange Zeit für negative Schlagzeilen gesorgt.«

Eilers richtete sich auf: »Die Anschuldigungen sind absolut haltlos«, erwiderte er mit Nachdruck. »Die Investoren haben ihr Investitionsvolumen sogar aufgestockt. Ich musste sie von der Seriosität der Gesellschaft und der Solidität des Gesamtpaketes gar nicht erst überzeugen. Ich betone noch einmal: ›Team Futuro‹ war, ist und bleibt gesund.«

Er hielt in seiner Rede inne und sah Jung und Charlotte abwechselnd aus großen Augen an.

»Wenn Sie wollen«, fuhr er fort und lehnte sich

zurück, »können Sie sich mit eigenen Augen davon überzeugen. Morgen rollen die Bagger an. Das ehemalige Wachgebäude wird abgerissen. Auf dem Areal bauen wir Luxusapartments mit eigenem Liegeplatz. In der nächsten Woche wird die erste Platte für das Seglerquartier gegossen.«

»Warum haben Sie uns das alles nicht schon das letzte Mal erzählt?«, fragte Jung.

»Weil Sie nicht danach gefragt haben. Es ist auch nicht mein Stil, das Engagement unserer Investoren öffentlich zu machen, bevor sie ihr Einverständnis signalisiert haben.«

»Sie können ihr Einverständnis nicht signalisieren. Sie sind tot. Ermordet. Genauer gesagt, sie sind im Schuppen Ihres Sohnes geköpft worden.«

Eilers blickte sie stumm an.

»Das ist ja entsetzlich«, ließ er sich schließlich vernehmen. Er verzog das Gesicht zu einer undefinierbaren Grimasse. Nach einer Pause, in der sich sein Gesicht geglättet und einen herablassenden Ausdruck angenommen hatte, redete er weiter.

»Ich kann nur sagen, dass auch für einen solchen schrecklichen Fall Vorsorge getroffen wurde. Die Investitionsmittel liegen auf einem Notaranderkonto. Das Geld fließt, sobald das Einverständnis seitens der Bevollmächtigten erteilt ist. Für den Fall, dass es, aus welchen Gründen auch immer, nicht erteilt werden kann, sehen die Verträge vor, dass die Gelder nach Baufortschritt zur Verfügung gestellt werden. Ein Bauabschnitt ist heute abgeschlossen worden. Der nächste beginnt morgen. Die Finanzierung ist gesichert.«

Tomas Jung und Charlotte Bakkens sagten kein Wort. Jung warf Charlotte erneut einen schnellen Blick zu. Er musste sich beherrschen, ruhig zu bleiben. Charlotte schien nachzudenken. Eilers schwieg wie nach einem schnellen Sieg, den anzuerkennen der Unterlegene noch Zeit braucht.

»Wissen Sie, wo das Winterlager Ihres Sohnes liegt?«, ergriff Charlotte das Wort.

»Ja, natürlich weiß ich das.«

»Sagen Sie uns auch, wo?«

»In Klanxbüll.«

»Und wussten Sie auch, dass er sein Auto dort unterstellt, wenn er mit dem Boot unterwegs ist?« Charlotte gab nicht auf.

»Selbstverständlich. Es ist dort sehr gut aufgehoben.«

»Sind Sie sich bewusst, dass Sie die Arbeit der Polizei behindern?«

»Nein«, sagte Eilers lächelnd.

»Behinderung der Polizei kann mit bis zu drei Jahren Haft bestraft werden«, legte Jung nach.

»Das mag richtig sein, ist aber im vorliegenden Fall nicht von Belang. Ich bin mir sicher, dass eine richterliche Überprüfung meines Verhaltens, falls es dazu kommen sollte, woran ich nicht glaube, zu einem ganz anderen Ergebnis kommen wird als zu einer Haftstrafe, Herr Kommissar.«

»Kriminaloberrat.« Tomas Jung kochte.

»Entschuldigung, Herr Kriminaloberrat.«

»Wer hat Ihrer Meinung nach, Herr Eilers, diesen Brief geschrieben?«, brachte Charlotte das Gespräch zurück zum Thema.

»Ich habe keine Ahnung. Tut mir leid.«

»Was halten Sie denn von Ihrer Kontrollmanagerin, Frau Sigrid Übel-Anschütz? Sie ist Ihnen ja schon bei früherer Gelegenheit über den Weg gelaufen. Nicht gerade eine erfreuliche Begegnung, wenn ich mir die Bemerkung erlauben darf.«

Eilers blickte Charlotte aus eisigen Augen an. In seinem Gesicht regte sich nichts. Er zögerte mit seiner Antwort. Es dauerte, bis er das Wort ergriff.

»Ich bin nicht nachtragend, junge Frau. Mein Entschluss, die Mitarbeit von Frau Doktor Übel-Anschütz zu gewinnen, ist ein Beweis meiner Unvoreingenommenheit und meines Vertrauens. Ihre Professionalität und ihre ausgewiesene Expertise, die ihr von allen Seiten attestiert worden ist, darunter von so renommierten Gesellschaften wie den Howaldtswerken Deutsche Werft AG, der ThyssenKrupp AG und den Mannesmann Röhrenwerken Salzgitter, haben mir meinen Entschluss leicht gemacht. Ich hege keinerlei Zweifel an ihrer Loyalität. Übrigens gilt für sie das Gleiche wie für meinen Sohn. Sie weiß es besser als dieser anonyme Schreiberling.«

»Wo ist sie überhaupt? Hat sie sich inzwischen gemeldet?«, fragte Charlotte kühl.

»Machen Sie sich darüber keine Gedanken. Ich versichere Ihnen, dass sich Ihre Nachfrage in Kürze erübrigt haben wird.«

Jung nahm das Papier vom Tisch und erhob sich. Das Wasser hatte er nicht angerührt. Charlottes Glas war fast leer.

»Bitte behalten Sie noch einen Moment Platz«, ließ Eilers sich vernehmen. »Ich möchte Ihnen etwas mit auf den Weg geben.«

Jung setzte sich wieder und sah Eilers aufmerksam an. Eilers straffte sich und starrte vor sich hin. Dann hob er den Kopf.

»Ihnen und mir ist klar, dass das, was Sie hier gerade abgezogen haben, nicht statthaft ist. Wenn ich Sie dennoch gewähren ließ, dann nur aus Wohlwollen oder, lassen Sie es mich einmal so ausdrücken, weil Sie mir sympathisch sind. Sie haben meinen Sohn aufgespürt, dafür möchte ich Ihnen, auch im Namen meiner Frau, noch einmal ausdrücklich danken. Sie macht gerade schlimme Zeiten durch. Ihre Tapferkeit ist bewundernswert. Die Frage, woher Sie Ihr übriges Wissen beziehen, wirft allerdings einen Schatten auf Ihre Bemühungen.«

Eilers machte eine Pause. Er sah für einen Moment auf die Fingerspitzen seiner Hände, die er nebeneinander auf die Tischplatte gelegt hatte.

»Es wird noch zu prüfen sein, inwieweit meine Persönlichkeitsrechte, deren Schutz mir Recht und Gesetz garantieren, verletzt worden sind.«

Er sah Jung und Charlotte abwechselnd an. Dann senkte er leicht den Kopf und fuhr fort: »Die brutalen Morde, von denen Sie berichtet haben, werden umfangreiche und detaillierte Nachforschungen nach sich ziehen. Man braucht nicht viel Fantasie, um sich vorzustellen, dass meine Familie im Fokus der Ermittlungen stehen wird. Zumindest am Anfang. Schließlich wurden die Leichen im Schuppen meines Sohnes gefunden. Ich werde die Ermittlungen aufgrund der gemachten Erfahrung aufmerksam begleiten und mir vorbehalten, jeden Schritt auf seine Rechtmäßigkeit prüfen zu lassen.« Er sah sie erneut abwechselnd an und lächelte. »Natürlich nur, wenn es Anlass dazu gibt. Salopp ausgedrückt, ich werde Ihnen auf die Finger schauen. Ich glaube, wir haben uns verstanden. Ich bedanke mich für Ihre Geduld.«

Eilers erhob sich. Tomas Jung und Charlotte folgten seinem Beispiel.

»Ich kann Sie beruhigen, Herr Eilers«, sagte Jung. »Sie werden es mit unseren Kollegen vom LKA zu tun haben, nicht mit uns. Ob das nun zu Ihrer Zufriedenheit oder zu Ihrem Verdruss beiträgt, wird die Zukunft zeigen. Aber Gottes Mühlen mahlen langsam, wie es so schön heißt, und man ist immer wieder erstaunt, was am Ende dabei herauskommt.«

Jung reichte Eilers die Hand. »Meine Empfehlung

an die Frau Gemahlin. Richten Sie ihr bitte unsere Genesungswünsche aus. Ich hoffe, unsere Nachricht wird ihr guttun.«

Eilers reichte auch Charlotte die Hand und nickte ihr zu.

»Hier entlang«, sagte er und wies mit dem Arm auf die breite Flügeltür, die auf den Flur führte.

*

Nachdem er die Tür hinter den beiden geschlossen hatte, ging er an seinen Schreibtisch. Er blieb sinnend davor stehen. Dann trat er vor das Fenster und sah hinaus. Sein Blick suchte das dänische Ufer ab, als gäbe es dort etwas Wichtiges zu entdecken. Nach einigen Minuten wandte er sich ab und setzte sich an den Schreibtisch. Er griff zum Telefon und wählte. Er wartete lange.

»Ja«, meldete sich eine Stimme.

»Hallo, ich bin's.«

»Habe ich nicht gesagt, dass du diese Nummer nicht mehr anwählen sollst?«

»Sie wissen Bescheid«, sagte Jan Eilers.

Von der anderen Seite war nichts zu hören.

»Hast du das gewusst?«, setzte Eilers nach.

»Was willst du?«

Es entstand eine Pause.

»Ich denke, du bist über alles Informiert.«

»Nur über Wichtiges.«

»Ist dir eigentlich klar, dass …«

»Was willst du?«

»Die beiden schnüffeln in …«

»Deswegen haben wir sie ausgewählt«, unterbrach ihn die Stimme.

»Ich mache mir Sorgen.«

»Du solltest lieber deinen Laden unter Kontrolle bekommen.«

»Was willst du damit sagen?«

»Wo ist deine Kontrolltussi abgeblieben?«

»Ich habe keine Ahnung«, sagte Eilers unsicher.

»Du hast die Schlampe eingestellt. Das war ein besonders großer Fehler unter deinen vielen Fehlern.«

»Wusstest *du* denn, wie sie heißt? Ich nicht. Sie war überhaupt nicht wiederzuerkennen.«

»Noch ein Fehler.«

»Ich brauche keine Belehrungen, sondern Unterstützung.«

»Warum ist dein missratener Sohn nicht bei dir? Was treibt er in Norwegen?«

»Er hat gute Arbeit geleistet. Dass er gerne segelt, kannst du mir nicht anlasten.«

»Du hättest ihm Geld für sein Hobby geben sollen. Das wäre ausnahmsweise mal kein Fehler gewesen.«

»Darum geht es doch gar nicht.«

»Worum denn dann?«

»Wenn jemand die Presse mit vertraulichem Material füttert, dann sind wir fällig. Haben die einmal Blut geleckt, stehen wir im Nu am Pranger. So schnell können wir gar nicht reagieren. Wir dürfen das nicht zulassen.«

»Was schwebt dir vor?«

»Wir müssen die Initiative ergreifen, die Schlagzeilen bestimmen, die öffentliche Diskussion an uns reißen.«

»An was denkst du dabei?«

»Ablenken, Nachrichten platzieren, falsche Fährten legen.«

»Wer soll diesen Job übernehmen?«

»Ich. Ich habe Übung darin. Du müsstest allerdings deine Kontakte zur Verfügung stellen.«

Die Stimme am anderen Ende lachte.

»Was gibt es da zu lachen?«

»Das wäre der nächste Fehler.«

»Willst du dich nützlich machen oder Fehlerlisten herunterbeten?«

»Dafür reicht die Zeit nicht. Es ist vorbei. Es gibt zu viele Leichen. Ich mache jetzt Schluss.«

Es machte klick in der Leitung. Eilers schmiss den Hörer in die Halterung. Er wandte sich um und starrte lange aus dem Fenster. Seine Atmung ging flach. Plötzlich sprang er auf, durchquerte im Eilschritt das Büro und riss die Tür zum Vorzimmer auf.

»Frau Scha…«

Der Ruf auf seinen Lippen erstarb. Seine Knie gaben nach. Er sackte seitlich weg und blieb mit schmerzverzerrtem Gesicht liegen. Die Vorzimmerdame kam aus ihrem Stuhl, um ihm zu Hilfe zu eilen. Auf ihren hochhackigen Pumps knickte sie auf halbem Wege ein. Sie schüttelte die Schuhe von den Füßen und trippelte, so schnell ihr enger Rock es zuließ, zurück zum Schreibtisch. Sie griff zum Telefon und wählte den Notdienst.

EINE SCHÖNE THEORIE

»Er droht uns unverhohlen, obwohl er längst am Ende ist, dieses Arschloch«, sagte Charlotte mit einer Mischung aus Bewunderung und Abscheu, als sie das Gebäude verlassen hatten.

»Wir sind ihm sympathisch. Vergiss das nicht.«

Sie lachten gequält.

»Er war vorbereitet«, sagte Charlotte.

»Er war gut informiert. Das konnte man deutlich spüren. Er kam uns zuvor, bevor wir ihn in Verlegenheit bringen konnten.«

»Werden Sie dem Boss darüber berichten?«

Jung wiegte den Kopf. »Ich weiß nicht. Es kommt darauf an. Heute Abend weiß ich mehr.«

»Werde ich dabei sein?«

»Nein.«

»Verstehe. Er kennt mich zu wenig.«

Jung drehte sich zu ihr um, schwieg aber.

»Ich habe Hunger und Durst«, verkündete Charlotte lebhaft.

»Eine gesunde Reaktion auf eine kranke Sache«, kam Jung ihrem Wunsch entgegen.

»Ist hier nicht irgendwo der Italiener, bei dem die Kadettin das Date mit dem ertrunkenen Matrosen hatte*?«

---

* s. »Mordsee«

»*Odore del Mare* hieß das Restaurant. Es liegt ein paar Schritte weiter, direkt vor der Marina. Gute Idee. Gehen wir.«

Sie fanden einen Zweiertisch am Fenster. Charlotte hatte von ihrem Platz einen Panoramablick über den Segelhafen und die Förde. Jung sah auf die beiden Wohntürme Luv und Lee, auf die davor verlaufende Fördepromenade und die angrenzenden Parkplätze. Sie bestellten zwei Portionen Spagetthi Frutti die Mare, für Charlotte eine Bionade und für Jung ein Glas Sauvignon blanc.

»Heute keinen Grauburgunder?«, fragte Charlotte.

»Ich fühle mich benutzt, Charlotte«, überging Jung ihre Frage. »Abgesehen davon, dass es mich ärgert, tut es mir nicht gut. Am liebsten würde ich irgendwo auf den Lofoten eine einsame Hütte mieten, schlafen, essen und spazieren gehen.«

»Sie haben den Wein vergessen. Den gibt's da oben nicht. Oder Sie können ihn nicht bezahlen. Seien Sie nicht albern, Chef.«

»Ich glaube, da oben brauche ich keinen Wein mehr.« Jung lächelte versonnen. »Du bist wirklich eine tolle Nummer, Charlotte. Wenn ich …«

Jung wurde unterbrochen, weil ihre Bestellung kam. Als die Bedienung gegangen war, fragte Charlotte: »Sie wollten etwas zu Ihrer Befindlichkeit sagen, Chef.«

»Essen wir erst einmal. Vielleicht hat sich dann meine Befindlichkeit erledigt.«

Charlotte Bakkens lächelte. Die Spagetthi rochen köstlich. Jung sah ihr aus den Augenwinkeln zu, wie sie die Nudeln geschickt um die Gabel rollte und in den Mund schob. Es schien ihr zu schmecken. Sie aß zügig, ohne Worte und nur hin und wieder unterbrochen von einem Schluck Bionade. Tomas Jung hingegen war unzufrieden. Es lag nicht an den Spagetthi, auch nicht am Wein. Beides schmeckte ihm gut. Er hörte, wie draußen ein Notarztwagen mit heulender Sirene vorbeiraste. Er legte das Besteck beiseite und seufzte: »Mein Gott, ich dachte schon, der kommt wegen mir.«

»Sie sehen ziemlich gesund aus«, widersprach Charlotte unbewegt.

»Irgendetwas ist verkehrt, Charlotte. Anders als früher.«

»Was denn?«

»Früher waren Essen und Trinken für mich eine Ruhepause, ein lieb gewonnenes Ritual, auf das ich mich jeden Tag freute. Danach fiel es mir leichter, die Antworten auf die Fragen zu finden, die sich mir über den Tag gestellt hatten.« Jung hielt inne und griff zu seinem Glas.

»Und wie ist es jetzt?«

Tomas Jung setzte das Glas zurück.

»Es funktioniert nicht mehr. Die Fragen werden mehr, die Antworten weniger. Das Ritual verliert seinen Wert.«

»Sie meinen, die Fragen sind komplexer geworden, vieldeutiger, schwieriger.«

»So ungefähr, ja. Früher surfte ich auf den Wellen des Lebens. Es gab große und kleine, ein paar Brecher, in denen ich Wasser schluckte, irgendwann war es vorbei, ich war erschöpft, meistens unzufrieden oder vielmehr nicht ganz zufrieden, aber ich blieb zuversichtlich. Heute sehe ich einen Tsunami über mich hinwegrasen. Ich habe Angst, zu ertrinken oder von den umherwirbelnden Trümmern erschlagen zu werden.«

»Sie sehen Gespenster! Sie und ein Notarzt, dass ich nicht lache.«

Jung antwortete nicht. Er trank einen Schluck Wein.

»Möchten Sie eine Erklärung für Ihren Zustand?«, fragte Charlotte.

»Gerne.«

»Auch, wenn sie Ihnen nicht gefällt?«

»Auch dann.«

»Sie werden alt, Chef.«

Tomas Jung grinste und sagte: »Schnell fertig ist die Jugend mit dem Wort.«

»Das sagen *Sie*, aber …«

»Das ist nicht von mir, sondern von Schiller. Wallensteins Tod. Kleiner Beitrag zu deiner Bildung, Charlotte.«

»Und der Rest?«

»Was meinst du?«

»Das ist doch nicht alles, oder?«

Jung zog die Stirn in Falten und überlegte.

»Das schwer sich handhabt, wie des Messers Schneide; aus ihrem heißen Kopfe nimmt sie keck der Dinge Maß, die nur sich selber richten.«

Auf seinem Gesicht breitete sich ein jungenhaftes Grinsen aus. Charlotte nickte anerkennend. Dann sagte sie geschäftsmäßig: »Ich mache Ihnen einen Vorschlag, Chef. Sie essen jetzt brav die Spagetthi und schlürfen Ihren Wein. In der Zwischenzeit werde ich Ihnen meine Hypothese über die Morde darlegen. Vielleicht hat der Tsunami sich dann totgelaufen.«

»Okay.« Jung nahm sein Besteck wieder auf. Charlotte schob ihren leeren Teller von sich, lehnte sich zurück und verschränkte die Arme vor der Brust.

»Es sind zwei«, begann sie selbstbewusst. »Der eine …«

»Das sagt Franzen auch«, unterbrach sie Jung. »Zwei Männer. Der eine im Ausnahmezustand, der andere ein Profikiller.«

Charlotte sah ihn strafend an.

»Sorry.« Jung hob bedauernd die Hände. »Ab jetzt keine Unterbrechungen mehr. Versprochen.«

»Schön, dass Franzen bestätigt, was ich mir schon selbst gedacht habe. Das war nicht schwer. Nun zu den Männern. Zuerst zu dem Durchgedrehten, der die drei in die Tonnen gesteckt hat. Es ist Eilers junior. Schon der Ort des Geschehens macht ihn verdächtig. Aber mehr noch seine Vita. Er wächst bei einem Übervater auf, der

ihn von Anfang an unter seine Fuchtel nimmt, Forde-
rungen stellt, Ansprüche anmeldet, ihn mit Erwartun-
gen überhäuft, ihn drangsaliert, kurz, ihm keine Fehler
verzeiht und keine Freiheiten lässt. Die Welt erscheint
Jens lieblos und dunkel. Die Mutter ist schwach und den
Mächten des Vaters hilflos ausgeliefert. Jens sehnt sich
nach einer anderen Welt und findet sie bei seinem Onkel.
In der Familie wird gekocht, was ihm schmeckt, er fühlt
sich aufgehoben, der Onkel nimmt ihn mit aufs Wasser.
Er lernt segeln. Ihm wird etwas zugetraut, er bewährt
sich bei Wind und Wetter, er darf seine Grenzen austes-
ten, er lernt sich schätzen. Auf dem Meer atmet er Freiheit, seine Sehnsucht nach der Fremde bekommt Nah-
rung, sein Herz weitet sich. Und mittendrin begegnet
er seiner ersten Liebe. Eine Norwegerin, keine Deutsche. Sie erscheint ihm wie eine Märchenfee, in Licht
und Liebe gebadet und mit allen Vorzügen ausgestattet, nach denen es ihn dürstet. Endlich sieht er Heimat.
Dann wird Diabetes bei ihm festgestellt. Die Süße des
Lebens ist auf einmal in weite Ferne gerückt. Für seinen Vater der willkommene Anlass, ihn für immer ins
Reich der Finsternis zurückzuholen, für ihn die ultima-
tive Herausforderung, seine Träume zu leben und wahr
zu machen. Seine wütende Verachtung für die Welt des
Vaters wird größer, sein Wille, sie abzuschütteln, immer
gewaltiger. Der Konflikt spitzt sich zu. Jahr um Jahr
wird ihm die Zwickmühle, in der er steckt, unerträgli-
cher. Die Welt des Vaters muss fallen und er kommt auf

die Idee, ihr die Basis zu entziehen. Er denunziert seinen Vater bei seinen Geldgebern. Ohne deren Geld geht nichts, das weiß er nur zu gut. Das Reich der Finsternis muss zusammenbrechen, wenn die Quellen versiegen. Als er einsehen muss, dass sein Plan scheitert und er sich einer vielköpfigen Hydra gegenübersieht, wird ihm klar, dass seine Zeit gekommen ist. Er geht in seine allerletzte Schlacht, überlegt, entschlossen, unbeirrt. Er schlägt der Hydra die Köpfe ab und meint, dass nun alles ein Ende hat. Ein für alle Mal aus und vorbei. Die Finsternis ist besiegt, die Freiheit gewonnen. Rein psychologisch gesehen ist seine Tat ein Akt der Notwehr. Andernfalls hätte es ihn zerrissen und er wäre elendiglich zugrunde gegangen. Nach vollbrachter Tat stürzt er sich jubelnd in die Arme seiner Liebsten. Ihn erwarten Trost und Erlösung. Er wird sie heiraten.«

Jung hatte ihr geduldig zugehört. Teller und Glas waren leer. Er sah sie lange an. Schließlich sagte er: »Er glaubt, auch seine Mutter zu erlösen und ihr den Weg zu Freiheit und Freude zu öffnen.«

»Ich sehe, Sie haben mich verstanden. Was halten Sie von meiner Theorie?«

»Was ist mit dem anderen, dem Profikiller?«, antwortete Jung nach kurzem Zögern.

»Den werden wir nicht fassen. Es sei denn, ein Zufall kommt uns zu Hilfe. Er ist auch eigentlich nicht wichtig. Sein Auftraggeber ist wichtig. Den könnten wir kriegen. Es ist Jan Eilers, der Vater.«

Charlotte machte eine Pause und wartete darauf, dass Jung irgendetwas sagte. Er zog die Augenbrauen hoch und blieb stumm.

»Jan Eilers kommt aus kleinen Verhältnissen«, fuhr sie fort. »Sein Vater arbeitete in der Zuckerfabrik in Schleswig. Jan ist nicht dumm. Er soll es einmal besser haben und seine Eltern schicken ihn aufs Gymnasium, auf die Domschule. Er gerät unter die Söhne und Töchter höherer Kreise, Kinder von Richtern, Anwälten, Beamten, Ärzten. Er beneidet sie. Er will auch so sein. Er dient sich ihnen an, selbst als er schon studiert und zu den Teuten gefunden hat. Dennoch fühlt er, dass er nicht wirklich dazugehört. Nur Geld könnte helfen. Sie, die Beneideten, sind in dieser Hinsicht wie alle anderen, die er kennt. Und andere kennt er nicht. Er will an Geld kommen, an viel Geld. Damit will er sich in den höheren Kreisen unersetzlich machen. Das Schicksal kommt ihm zu Hilfe. Im Verbindungshaus vergewaltigen sie im Suff eine Studentin, die spätere Sigrid Übel-Anschütz. Die anschließende Flucht endet in einem Desaster, in einer Polizeikontrolle. Karrieren drohen zu scheitern, bevor sie begonnen haben, drakonische Strafen scheinen unabwendbar, ein Skandal ist nicht mehr aufzuhalten, die Katastrophe zieht herauf. In dieser Situation bietet er sich als Retter an. Er stellt sich als Alleinschuldiger zur Verfügung und übernimmt die Folgen. Dabei wird er mit großer Wahrscheinlichkeit vom Vater seines Verbindungsbruders, dem Gerichtspräsidenten, einem Mann mit Einfluss, Erfahrung und Geschick, subtil in die neue, alte Rolle gesteuert. Er verspricht Jan Eilers, dafür zu sorgen, dass er glimpflich davonkommt. Der Plan gelingt. Die Akteure sind ihm nun verpflichtet. Denn er muss nur den Mund aufmachen und der Spuk hat ein Ende. Die Väter seiner Teutonenkumpel erkaufen sein Schweigen mit dem Versprechen, ihren Einfluss geltend zu machen und ihm einen raschen Weg nach oben zu ebnen. Sie halten ihr Versprechen. Auf dem Weg dorthin heiratet er seine Sandkastenliebe, ein sentimentaler Ausrutscher in alte Zeiten. Er wird Vater eines Sohnes. Der soll es einmal besser haben, nicht wie er die Ochsentour gehen müssen. Er fördert ihn, wo er kann, schubst ihn in die richtige Richtung und versteht nicht, dass sein Sohn etwas ganz anderes braucht. Irgendwann hat Jan Eilers die Spitze erklommen. Er wird Vorstand einer einflussreichen Bank. Oben angekommen, wird er übermütig. Er macht Fehler. Die Götterdämmerung zieht herauf, sein Abstieg beginnt. Die Presse nimmt ihn kritisch unter die Lupe. Er fühlt sich verraten und verkauft. Er muss zurücktreten. Seine Teuten können oder wollen ihn nicht davor bewahren, sorgen aber noch einmal dafür, dass er weich fällt. Seine Neider verlassen die Deckung und stürzen sich auf ihn. Sein Ruf leidet. Sein Kapital ist verspielt. Die Gelder fließen nicht mehr wie früher. Er findet sich wieder am Rande einer Pleite. Hinter jeder Ecke wittert er Feinde, Menschen, die ihm übelwollen und ihn gerne stürzen sähen. Er spürt, dass selbst sein Sohn dazugehört. Anders kann er sich dessen laxe Arbeitsmoral, die er als Sabotage seines guten Willens und seiner Anstrengungen empfindet, nicht erklären. Die abgrundtiefe Undankbarkeit verletzt ihn schwer. Als ihm das Schreiben vorgelegt wird, das sein drohendes Ende beschwört, ist er sicher, dass sein Sohn dahintersteckt. Er entwickelt einen paranoiden Verfolgungswahn. Als er in seinem Haus zufällig Ohrenzeuge des Telefongesprächs mit Ihrem Freund aus Portugal wird, erleidet er einen psychotischen Schub. Er glaubt, der nächste Verräter meldet sich an, um die Polizei mit vernichtenden Informationen zu versorgen. Sein Ende scheint besiegelt. Ein letztes Mal bäumt er sich gegen den drohenden Untergang auf. Er kämpft seinen letzten Kampf. Er hat aus den wilden Zeiten seines Abstiegs Kontakte aller Art gesammelt. Er weiß, an wen er sich wenden muss, wenn ihm alle legalen und illegalen Waffen aus der Hand geschlagen worden sind. Es sind Dienstleister, die eine Lösung für Fälle anbieten, in denen die üblichen Methoden nicht mehr greifen. Er weiß, in welchem Zug Ihr Freund aus Portugal sitzt. Er ergreift seine letzte Chance und bestellt einen Ausputzer. Er versorgt ihn mit den nötigen Informationen. Der Mann ist gut vorbereitet, umsichtig und schlau. Er muss viel Geld gekostet haben.«

Charlotte hielt erschöpft inne und atmete aus.

Jung schmunzelte und applaudierte lautlos. Charlotte bedankte sich mit einem Lächeln.

»Mir ist nur nicht ganz klar, warum seine Teuten ein so auffälliges Interesse zeigen«, wandte Jung ein. »Die Väter sind lange pensioniert. Die Söhne in Amt und Würden, Beamte auf Lebenszeit oder sonst wie gut versorgt. Der Fall ist Jahrzehnte her, abgeschlossen, in den Archiven verschwunden und wird nicht noch einmal verhandelt werden. Das bisschen schmutzige Wäsche kann sie eigentlich völlig kaltlassen. Das reicht doch nicht aus, mir einen von ihren Bütteln vors Haus zu stellen.«

»Eilers hat sie mit seinen abenteuerlichen Geschichten aufgescheucht und ihre Unterstützung angefordert. Seine Geldgeber sind verschwunden. Dann verschwindet auch noch sein Sohn. Der Alte lügt. Das passt zu seiner Situation. Seine Teuten wissen schon lange, dass er taumelt und anfängt, paranoid zu reagieren. Er könnte um sich schlagen. Sie wollen genau wissen, was vorgeht, um ihn rechtzeitig zu stoppen, bevor er noch einmal für ungute Überraschungen sorgt. Dass er das kann, hat er hinlänglich bewiesen.«

»Aber Wanzen im Haus, das ist schon ziemlich starker Tobak. Darüber kann sogar ein Minister stolpern.«

»Sie brauchen handfeste Informationen, um Eilers endgültig kaltzustellen. Er hat noch genügend Skandalpotenzial, um die Chefetagen aufzumischen und in Verlegenheit zu bringen. Sie wollen nicht, dass Fragen gestellt werden, Hintergründe ausgeleuchtet werden und die Öffentlichkeit mit Interna aus der Welt der Mächtigen und Reichen bekannt gemacht wird. Das ist nachvollziehbar.«

»So weit, so gut. Wo bleibt in deiner Geschichte die Kontrollmanagerin? Warum hat er sie überhaupt eingestellt? Wer hat uns die Unterlagen zukommen lassen? Machen die beiden vielleicht gemeinsame Sache? Diese Idee ist ja nicht abwegig, oder?«

»Sie meinen den Junior und die Übel-Anschütz.«

»Ja.«

»Kann durchaus sein. Jan Eilers hat sie nicht wiedererkannt. Ihr Name hat sich geändert. Als er merkt, wen er vor sich hat, ist es zu spät.«

»Sie ist von der Bildfläche verschwunden«, gab Jung zu bedenken.

»Ich weiß nicht, was ihr passiert ist. Vielleicht hat sie das gleiche Schicksal ereilt wie Ihren Freund Tiny. Wir haben sie nur noch nicht gefunden.«

»Er ist nicht mein Freund. Er hat mir ein Ferienhaus vermietet.«

»Dann eben nicht. Das ändert nichts an der Situation.«

»Sie ist klassisch, sie klingt plausibel, muss aber dennoch nicht stimmen. Man könnte darüber lachen, wenn es nicht so grauenerregend wäre.«

»Es fehlen Beweise, ich weiß.«

»Dafür, dass er sich in einem psychotischen Schockzustand befinden soll, fand ich den Alten ziemlich normal.«

»Der Mann ist kurz vor dem Aus. Das spüre ich.«
»Woran?«
»Wenn Machtmenschen pathetisch werden, dann ist es so weit.«

»Ah, verstehe. Zu viele Worte, Namedropping, Sentimentalitäten.«

»Genau. Wenn wir ihn richtig in die Mangel nehmen, wird er sich verraten, über kurz oder lang.«

Jung schwieg. Charlotte richtete sich auf.

»Sein Sohn befindet sich in Norwegen. Gesund und munter. Gut möglich, er vögelt in diesem Moment seine Freundin. Er weiß noch gar nicht, dass es schon vorbei ist, bevor es angefangen hat. Der arme Kerl. Man könnte weinen. Wir werden ihn kassieren.«

»Selbst wenn du recht hast, dazu wird es nicht kommen. Wir sind raus, Charlotte. Die Kollegen vom LKA sind am Zug. Holtgreve hat keinen Zweifel daran gelassen. Noch einen Kaffee?«

»Nein danke.«

Jung wandte sich ab und suchte die Bedienung. Als er Augenkontakt aufgenommen hatte, signalisierte er, dass er zahlen wolle.

»Heute zahle ich, Chef«, verkündete Charlotte.

DIE BEFÖRDERUNG

Zurück in der Inspektion, hatte sich jeder in sein Büro verkrochen. Jung hatte seinen Lieblingsplatz vor dem Fenster eingenommen und sah nach draußen. Der Himmel war tief verhangen, aber es regnete nicht. Eine leichte Brise kräuselte das Hafenwasser. Er suchte nach der Jacht, auf der er mit Käpt'n Morgan Bekanntschaft gemacht hatte. Der Liegeplatz war leer.

Jung öffnete das Fenster. Der rege Verkehr auf dem Hafendamm verursachte ein stetiges Rauschen. Selbst hier oben konnte er die Abgase riechen. Jung schloss das Fenster wieder.

Hatte Charlotte recht? War er alt und fing an, Gespenster zu sehen? Ihm fiel schwer, das zu akzeptieren. Der Körper verschliss, der Geist gewann. Mit jedem Jahr wurde er schwerer an Erfahrungen, hatte neue Erkenntnisse zu verdauen, erweitertes Bewusstsein zu ertragen. Die Last macht alt, dachte Jung. Vielleicht hatte Charlotte das gemeint.

Ihre Mordhypothesen klangen jedenfalls überzeugend. Nicht nur, was den Inhalt anbelangte, sondern auch die Form, in der sie sie vorgebracht hatte, beeindruckte ihn. Ihre Formulierungen waren gewandt, bildreich und einprägsam gewesen. Sie hatte sich Mühe gegeben. Für ihr Alter war ihr Einfühlungsvermögen erstaunlich. Sie würde es weit bringen.

Bislang hatte er geglaubt, Jan Eilers würde den Schutz seiner Teutonischen Freunde genießen. Das Gegenteil war überzeugender. Sie wollten ihn loswerden, ihn dahin befördern, wo er hergekommen war. Ohne ihn wären ihre Karrieren im Eimer gewesen. Als einschlägig Vorbestrafte hätten sie niemals Beamte oder Politiker werden können. Am Ende ging es ihnen darum, der eigenen Schmach nicht länger ins Auge schauen zu müssen. Sie wollten Jan Eilers, diesen hergelaufenen Proleten, nicht mehr sehen. Dankbarkeit war das Letzte, was man von ihnen erwarten durfte. Jan Eilers musste das gespürt haben. Er sann auf Rache, blind, hemmungslos, gewissenlos. Er war zum Äußersten bereit. So gesehen verlor auch der Mord an Tiny seine Rätselhaftigkeit. Nur die Beweislage war lausig, schier aussichtslos. Geständnisse mussten her. Eilers senior saß in seinem Büro, mit Vorzimmer, topgestylter Vorzeigetussi und driftete dem nahen Untergang entgegen. Eilers junior erfreute sich eines Lebens auf Abruf. Charlotte hatte wie immer recht. Dass er seine Freundin vögelte, lag näher als alles andere.

Tomas Jung lächelte. Was ging ihn das noch an? Seine Aufgabe war erledigt. Er wollte nach Hause. Wann würde er seine Tochter wiedersehen?

Er beschloss, Holtgreve noch vor Dienstschluss aufzusuchen. Vorher wollte er mit Kopper-Carlson sprechen. Er traf ihn an seinem Schreibtisch schreibend an. Charlotte saß ihm gegenüber. Als er eintrat, hob sie den Kopf.

»Gibt's was Neues, Chef?«

»Nein. Ich will von Michael nur wissen, was bei seinem Gespräch mit dem Bahnmenschen herausgekommen ist.«

Kopper-Carlson legte den Stift aus der Hand und drehte sich zu ihm um.

»Dein Bekannter ist in Klanxbüll aus dem Zug gelockt worden. Wahrscheinlich hat ihn da sein Mörder in Empfang genommen.«

»Erzähl. Von Anfang an, bitte.«

»Viel gibt es da nicht zu erzählen. Der Zugbegleiter erinnert sich sehr gut an ihn.«

»Es ist erst fünf Tage her«, warf Charlotte ein.

»Nicht deswegen. Aber er hat eine völlig bahnfremde Durchsage gemacht. Das war das erste Mal in seiner Zeit bei der NOB.«

»Mach's nicht so spannend, Michael«, drängelte Jung.

»Er ist in Langenhorn von einem Mann angesprochen worden, der sich als Beamter des BND* ausgewiesen hat. Er hat ihm erzählt, dass er einen Informanten treffen müsse, den er nicht kenne. Auch sein Name sei ihm unbekannt. Er habe in Westerland eine Verabredung mit ihm. Gründe, über die er nicht spre-

---

* Bundesnachrichtendienst

349

chen dürfe, zwängen ihn, das Treffen nach Klanxbüll zu verlegen. Ob er den Mann ausrufen lassen könne. Er hat ihn ...«

»Wie geht das denn, wenn er den Namen nicht kennt?«, ging Charlotte dazwischen.

»Er hat durchgesagt, Herr Tomas Jung erwarte seinen Besuch in Klanxbüll, nicht, wie ursprünglich vereinbart, in Westerland. Das ist alles.«

»Wie sah der Mann aus? Konnte der Zugbegleiter ihn beschreiben?«

»Er weiß nur, dass das Gesicht identisch mit dem im Dienstausweis war.«

»Würde er ihn wiedererkennen?«

»Ja, ganz sicher.«

»Ist ihm irgendetwas aufgefallen?«

»Nichts Besonderes. Er soll weder groß noch klein gewesen sein, nicht dick noch dünn, keine auffällige Kleidung, ganz normal, eben wie ein Beamter.«

»Und dass er vom BND war, hat ihn nicht neugierig gemacht?«

»Was meinst du?«

»Wenn plötzlich so eine Art James Bond auftaucht, dann sieht man sich den doch mal genauer an, oder?«

»Ich hatte eher den gegenteiligen Eindruck. Er hat ja sozusagen Amtshilfe in geheimer Mission geleistet. Das reichte. Alles andere war ihm unwichtig.«

»Hat er die beiden in Klanxbüll aussteigen sehen?«

»Ja. Der Zug war brechend voll. In Klanxbüll sind

viele zugestiegen und einige ausgestiegen. Tagesbesucher lassen das Auto gerne in Klanxbüll stehen. Der Kerl habe alle überragt, wie ein Leuchtturm. Er war nicht zu übersehen.«

»Verstehe. Hat er einen Namen behalten? Ich meine den aus dem Ausweis.«

»Nein. Der BND-Typ hat sich mit deinem Namen vorgestellt.«

Jung sah Charlotte an. Sie nickte ihm zu und sagte: »Scheißfernsehen. Versaut einfach alles.«

Tomas Jung drehte sich zur Tür und ergriff die Klinke.

»Ich gehe jetzt zu Holtgreve und bringe diesen Scheiß zu Ende«, sagte er zornig. »Wir haben unseren Job gemacht. Sollen sich die anderen mit dem Rest herumschlagen.«

Charlotte und Kopper-Carlson blieben stumm. Sie sahen ihm hinterher, wie er die Tür öffnete und hinter sich wieder schloss.

*

Er hatte sich durchgerungen, Holtgreve einen Bericht ohne Wenn und Aber abzuliefern, einschließlich Charlottes Hypothesen über die Mörder und ihre Motive. Das zu erwartende Donnerwetter konnte ihn nicht aufhalten. Er wollte sich auch weiterhin im Spiegel anschauen können, ohne dass ihm schlecht wurde.

Holtgreve hatte nichts dagegen gehabt, ihr Meeting vorzuverlegen. Seine Freundlichkeit hatte Jung überrascht. Jung begann seinen Bericht mit der Darstellung der letzten Ermittlungsergebnisse, die Kopper abgeliefert hatte. Dafür brauchte er nur wenige Sätze. Holtgreve hörte ihm aufmerksam zu. Dann schilderte Jung ihre Begegnung vom Vormittag. Er ließ kein Detail aus, nicht einmal den Hinweis, dass die Behinderung der Polizei unter Strafe stand. Als er mit Charlottes Erklärungen über den vermutlichen Hergang der Geschehnisse fertig war, hatte er einen trockenen Hals und ein Gefühl der Unsicherheit. Holtgreve hatte ihm zugehört, ohne ihn ein einziges Mal zu unterbrechen, ohne Nachfrage und ohne einen Kommentar abgegeben zu haben. Am Ende drehte er seinen Schreibtischsessel in Richtung Fenster und sah in den Himmel. Jung beobachtete, wie sich auf seinem Gesicht stille Genugtuung ausbreitete. Er wartete gespannt auf eine Reaktion. Holtgreve schwieg und regte sich nicht.

»Wie geht es jetzt weiter, Henning?«, beendete Jung das Schweigen.

Holtgreve wandte sich um und sah ihn an. »Irgendein Ministerium in Berlin, ich glaube das Außenministerium, wird bei den Norwegern beantragen, Jens Eilers befragen zu dürfen. Dem Ersuchen wird stattgegeben. Zwei BKA-Beamte reisen nach Veierland und treffen ihn im Beisein eines norwegischen Kollegen. Von der Befragung wird es abhängen, ob ein offizieller Auslieferungsantrag gestellt wird. Die Norweger prüfen, ob sie Eilers in Abschiebehaft nehmen. Wenn sie ausreichend Gründe sehen, nehmen sie ihn in vorläufiges Gewahrsam. Danach reisen nochmals deutsche Beamte nach Norwegen, um ihn zu verhören. Davon wird es abhängen, ob ein norwegischer Untersuchungsrichter die Auslieferung befürwortet. Wenn ja, wird er nach Deutschland überstellt und in Untersuchungshaft genommen. Wahrscheinlich in Kiel.«

»Okay. Und was passiert mit Eilers senior?«

»Ich werde dem Präsidenten eure Version vortragen. Es liegt bei ihm, was er daraus macht.«

Holtgreve sah ihn verschmitzt an. Wie listig, dachte Tomas Jung. Der Präsident hat sein Problem zurück und jede Menge Handhabe, es aus der Welt zu schaffen. Er fragte sich, ob er Holtgreves Schmunzeln richtig deutete. Seine Verunsicherung wuchs.

»Und weiter?«, fragte er etwas hilflos.

»Gar nichts. Ihr habt hervorragende Arbeit geleistet. Schnell, geräuschlos und zu allseitiger Zufriedenheit.«

»Bitte?«, stieß Jung verwundert aus.

»Ich darf dir die Glückwünsche des Präsidenten übermitteln. Er wird sich erkenntlich zeigen.«

»Wie das denn?«, fragte Jung ungläubig.

»Er hat durchblicken lassen, dein Kommissariat aufzuwerten. Deine Planstelle soll nach A15/16 angehoben werden und die Abteilung bekommt eine zusätzliche Planstelle A10/11.«

»Und was heißt das konkret?«

»Du wirst zum Direktor befördert mit Option auf Leitender Direktor. Du bist in dieser Position mein Stellvertreter im Amt. Charlotte Bakkens wird auf den neuen Posten versetzt. Sie wird Oberkommissarin und hat die Chance, zur Hauptkommissarin befördert zu werden. Ich schätze, das wird nicht lange auf sich warten lassen. Du musst allerdings dein Büro mit ihr teilen.«

»Und was ist mit Kopper-Carlson?« Etwas Besseres fiel Jung nicht ein.

»Er wird Leiter der Außenstelle in Schleswig.«

»Da kennt er sich ja bestens aus«, merkte Jung an. Holtgreve lachte.

»Wann hast du mit dem Präsidenten gesprochen?«, fragte Jung.

»Bevor du kamst. Wir waren gerade fertig. Er lässt übrigens anfragen, wann du deine Anzeige zurückziehst.«

»Wie lange habe ich Bedenkzeit?«

»48 Stunden.« Holtgreve schmunzelte.

»Und wenn nicht? Bleibt dann alles beim Alten?«

»Mach für heute Schluss, Tomas. Schnapp dir die Bakkens, geht irgendwohin und besprecht alles in Ruhe. Danach kommt ihr zu mir. Okay?«

»Du bist der Boss, Henning.«

Jung erhob sich und schickte sich an zu gehen.

»Noch eins, Tomas«, rief Holtgreve ihm nach. »Ich

würde es wirklich schätzen, dich als Stellvertreter zu haben.«

Wäre er gerne Holtgreves Stellvertreter? Tomas Jung nickte seinem Chef zu und verließ den Raum.

HAPPY END
DER BESONDEREN ART

Jung hatte nicht lange überlegt. Charlotte hatte schon bei anderer Gelegenheit den Wunsch geäußert, Svenja kennenzulernen. Er griff zum Telefon und meldete sie zu Hause an. »Na endlich, es wird auch langsam Zeit, dass ich deine Praktikantin mal zu Gesicht bekomme«, hatte Svenja ihn belehrt und sich angeboten, für Getränke zu sorgen.

Als er Charlotte von seinem Vorhaben unterrichtete, sah er in ihren Augen Neugier aufblitzen. Er hatte sie in sein Auto verfrachtet und war losgebraust. Auf der Husumer Straße stadtauswärts fragte sie ihn: »Fahren Sie schon immer Volvo, Chef?«

»Nein. Aber mir hat schon immer die Volvo-Idee gefallen.«

»Viele Volvos waren hässliche Karren. Kantig, klobig, unelegant. Hässlicher geht's nicht. Von Idee war da nicht viel zu sehen.«

»Das meine ich nicht.«

»Was denn?«

»Als du noch nicht auf der Welt warst, Charlotte, rosteten die Autos einem unterm Hintern weg, jedes Jahr war ein neuer Auspuff fällig, die Vehikel klapperten wie Blechbüchsen, die Technik war abenteuerlich und die Sicherheit ..., also davon will ich gar nicht reden. Volvo hat von Anfang an dagegengehalten. Sie verbauten dickere, verzinkte Bleche, die Auspuffanlage war korrosionssicher, ein Volvo-Motor war unverwüstlich, die Sicherheit ...«

»Volvo verbaut die gleichen Motoren wie VW, Chef.«

»Ich rede von früher. Heute ...«

»Heute wäre Volvo pleite, wenn die Chinesen sie nicht gerettet hätten.«

Jung verfiel in Schweigen.

»Wir sind da«, sagte er und bog auf die Zufahrt zum Haus ein.

»Schön haben Sie es hier. War Ihre Frau das?«

»Was meinst du?«

»Das Haus. Es hat Stil. Sieht nach einer Frau mit Geschmack aus.«

Und nach Arbeit, ergänzte Jung lautlos. Die elendig lange Buchenhecke musste zweimal im Jahr geschnitten werden und die Holzverblendung brauchte regelmäßig Pflege und Farbe. Er stellte das Auto ab und stieg aus. Charlotte folgte ihm. Svenja hatte die Haustür geöffnet und kam ihnen entgegen. Jung stellte sie einander vor. Sie gaben sich die Hand.

»Sie sehen gut aus, so gesund«, bemerkte Svenja mit freundlichem Erstaunen. »Welchen Sport treiben Sie?«

»Ich mache Taekwondo und jogge regelmäßig.«

»Ah, joggen. Das ist gut. Ich jogge auch. Wo?«

»In der Stadt. Auf Pflaster. Es gibt bessere Laufstrecken. Aber mir gefällt es trotzdem.«

»Das muss doch nicht sein. Ich könnte Sie …«

Svenja nahm Charlotte bei der Hand und führte sie ins Haus. Jung schloss die Tür hinter ihnen, blieb an der Garderobe stehen und hängte seine Jacke an den Haken. Er hörte die beiden in der Küche weiterreden. Er schmunzelte. Gegen Svenjas Freundlichkeit war schwer anzukommen, selbst wenn man wollte.

Sein Handy meldete sich. Er ging die Treppe hoch in sein Arbeitszimmer.

»Ja.«

»Tomi, ich bin's, Morten.«

»Ah, Morten. Was gibt's?«

»Ich habe die Ergebnisse der Obduktion vor mir.«

»Schön. Aber warum meldet Endert sich nicht selbst?«

»Ich glaube, du hast ihn das letzte Mal vergrault. Er will sich nicht mehr von dir runtermachen lassen.«

»Runtermachen? Wer macht denn hier wen runter? Dieser Idiot.«

»Du weißt doch, er hat einen Bechterew. Vielleicht hat er Schmerzen.«

»Vom Aufschneiden der Leichen? Dass ich nicht lache.«

»Hast du Ärger?«

»Wieso?«

»Du warst schon mal gnädiger mit deinen Mitmenschen.«

»Danke, Morten, dass du mich daran erinnerst. Ich soll zum stellvertretenden Amtschef gekürt werden.«

»Was? Holtgreves Vize? Wann denn?«

»Der Präsident hat die Absicht, meine Abteilung aufzubohren. Holtgreve hat mich gerade mit der Nachricht beglückt.«

»Toll, dann habe ich endlich mal einen Fürsprecher auf der Führungsetage.«

»Freu dich nicht zu früh. Ich weiß noch nicht, ob ich da mitmache.«

»Warum denn nicht?«

»Ich erzähl dir später von meinen Bedenken, okay?«

»Wie du willst. Aber mach keinen Scheiß, Tomi.«

»Scheißegal, Morten. Was hat Endert gefunden?«

»Die Leichen in den Tonnen waren voller Barbiturate. Sie waren zu Lebzeiten nicht mehr Herr ihrer Sinne. Das hatte ich schon vermutet. Der Tathergang legt das einfach nahe.«

»Sind die DNS-Tests abgeschlossen?«

»Ja. Ihre Identität steht fest. Es sind deine drei Vermissten. Definitiv.«

»Okay. Sonst noch was?«

»Dein Freund war schwerbeschädigt. Seine …«

»Er war nicht mein Freund. Ich habe lediglich ein Ferienhaus von ihm gemietet.«

»Gut. Trotzdem ist er schwerbeschädigt. Seine Wirbelsäule ist im Eimer. Vielleicht noch ein, zwei Jahre, und er hätte sich einen Krückstock kaufen müssen. Besser gleich zwei. Einen Rollstuhl hätte er auch gleich dazubestellen können. Wenn man zynisch ist …«

»Lass gut sein, Morten. Wir sind raus aus der Sache. Danke, dass du mich informiert hast.«

»Ich dachte, du würdest es wissen wollen.«

»Ja. Nochmals vielen Dank.«

»Gerne, Herr Vizechef.«

Morten Franzen hatte aufgelegt. Jung ging wieder runter zu den Frauen. Sie standen in der Küche und waren in eine Diskussion über das Mindesthaltbarkeitsdatum auf dem Sahnebecher vertieft, den Svenja aus dem Kühlschrank geholt hatte. Sie drehten ihm die Rücken zu und bemerkten ihn gar nicht. Auf dem Kochfeld stand der Teekessel. Er lehnte sich an den Türrahmen und hörte zu.

»MHD ist nicht mit dem Verbrauchsdatum zu verwechseln«, dozierte Charlotte gerade. »Lebensmittel mit überschrittenem MHD sind noch verwertbar. Sie dürfen auch noch verkauft werden.«

»Der Anbieter ist aber verpflichtet, sich davon zu überzeugen, dass sie einwandfrei sind«, entgegnete Svenja.

»Wie macht er das wohl?«

»Ich vermute mal, er macht gar nichts. Nicht mal den Preis muss er reduzieren.«

»Hackfleisch würde ich niemals im Supermarkt kaufen.«

»Bist du Vegetarierin? Ich darf dich doch duzen, nicht wahr?«, sagte Svenja.

»Gerne. Ich heiße Charlotte.«

»Ich bin Svenja. Tomi erzählt ja nie was aus der Dienststelle. Duzt ihr beide euch nicht?«

»Er ist mein Chef. Chefs duzt man nicht. Untergebene übrigens auch nicht. Dein Mann tut es trotzdem.«

»Er duzt dich und du ihn nicht?«

»Duzen liegt mir nicht.«

»Auch nicht unter Kollegen? Findest du das nicht ein bisschen steif? Siezen ist so ungemütlich, irgendwie unmodern, oder?«

»Ich finde siezen hochprofessionell. Als Menschen sind wir alle gleich. Als Funktionsträger mit unterschiedlicher Verantwortung sind wir alle ungleich. Das muss klar zum Ausdruck kommen.«

»Sieh mal an. Du bist eine von diesen modernen jungen Frauen. Gut ausgebildet, smart, clever. Gefällt mir. Welchen Tee möchtest du?«

»Welchen hast du?«

»Ich empfehle dir meinen Darjeeling. First Flash, ein Champagner unter den Tees. Sehr hell und …«

»Ich nehme ein Glas Rotwein«, mischte Jung sich ein. Er hatte seinen Posten verlassen und gesellte sich zu ihnen.

»Du verpasst etwas, Tomi. Der Tee schmeckt nicht nur gut, er ist auch gesund«, gab Svenja zu bedenken.

»Tee bringt Sie nach vorn und macht nicht müde«, schob Charlotte bekräftigend hinterher.

»Nach vorn? Wo ist das? Dazu habe ich gleich noch was zu sagen. Es gibt ein paar Neuigkeiten.«

Die Frauen sahen ihn mit erwachtem Interesse an. Jung wartete auf ihre neugierigen Fragen. Als nichts kam, fuhr er launig fort: »Apropos gesund. Rotwein enthält OPC. Sie wirken antioxidativ und entzündungshemmend. Sie hemmen auch das Wachstum von Dickdarmkrebszellen. OPC sind Katalysatoren, die die positiven Wirkungen von Vitamin A, C und E verstärken. Eine Expertengruppe der Mount Sinai School of Medicine, New York, hat herausgefunden, dass Polyphenole die Plaquebildung als Vorstufe für Alzheimer und somit die typischen Gedächtnisausfälle verhindern oder wenigstens hinauszögern könnten. Ist das nichts? Also, ich trinke Rotwein.«

»Hast du das auswendig gelernt, Tomi?«, fragte Svenja amüsiert.

»Ich habe das gelesen.«

»Wo denn?«

»Auf Wikipedia dot com.«

»Die schreiben viel Mist«, bemerkte Svenja abfällig. Charlotte sagte nichts.

»Übernimmst du den Tee, Tomi?«, fragte Svenja. »Du machst den besten. Charlotte und ich setzen uns schon mal.«

Sein Tee war wirklich gut. Teekochen hatte er im Elternhaus gelernt. Man musste dafür schon in frühester Jungend ein Gefühl entwickeln. Ein Gefühl, das man nur in einer Teekultur erwerben konnte. In Ostfriesland zum Beispiel. Frische Sahne gehörte dazu und Kluntjes. Aber letztlich stand und fiel ein Tee mit dem verwendeten Wasser. Dagegen kam keine Kultur an, das wusste Jung. Er machte sich an die Arbeit.

Schließlich saßen sie alle am Esszimmertisch und Jung hatte die ersten Komplimente dankend entgegengenommen. Die Frauen fingen an, sich über Ernährungsfragen auszutauschen. Jung widmete sich dem Rotwein. Er kam aus der Toscana, ein 2007er Syrah von Michele Satta. Der Wein gefiel ihm. Er hatte ihn in der Sansibar in Rantum auf Sylt entdeckt und sich eine Flasche mitgenommen. Das war am Tag vor dem geplanten Treffen mit Tiny gewesen. Jetzt war Tiny tot. Ermordet. Jung hob sein Glas und prostete ihm lautlos zu. Sollte er ihn vielleicht sogar glücklich schätzen? Hätte er das Schicksal, das ihn erwartete, überhaupt ertragen? Mortens Bemerkung war sicherlich so gemeint gewesen. Menschen können lernen, mit einem schlimmen Schicksal zu leben, darin einen Sinn zu sehen, wenn nicht sogar Erfüllung zu finden. Auch das hatte es schon gegeben. Aber von Tiny war das schwer vorstellbar. Wenn man so wollte, konnte man in seinem Tod das

Walten eines gnädigen Gottes sehen. Dennoch kein Grund, es dabei bewenden zu lassen, dachte Jung. Prost, Tiny! Gott sei deiner Seele gnädig. Er nahm einen kräftigen Schluck.

»Du scheinst ja großen Durst zu haben, Tomi«, bemerkte Svenja und legte eine Pause ein.

»Ich habe euch etwas mitzuteilen«, kündigte Jung an. »Hinterher will ich eure Meinung hören. Eure ehrliche Meinung.«

»Welche denn sonst, Chef«, bemerkte Charlotte launig.

Jung ging darauf nicht weiter ein und begann: »Heute nach dem Mittagessen ging ich zu Holtgreve, um es hinter mich zu bringen. Seine Reaktion hat mich …«

»Was wolltest du hinter dich bringen?«, unterbrach ihn seine Frau. »Wenn ich meine ehrliche Meinung sagen soll, dann muss ich wissen, wozu.«

»Okay«, sagte Jung und erzählte die nächsten Minuten von dem Besuch bei Eilers und von Charlottes Schlussfolgerungen.

»Über das, was davor war, weißt du Bescheid oder hast es selbst erlebt, Svenja«, schloss er seinen Vortrag.

»Ich glaube, Charlotte hat mit ihrer Hypothese recht. Da hast du meine ehrliche Meinung, Tomi.«

»So weit, so gut. Aber dazu wollte ich deine Meinung gar nicht.«

»Wozu dann?«

»Dazu komme ich jetzt.«

Er berichtete den Frauen von den Reaktionen Holt-greves und den Plänen des Präsidenten.

»Ich habe das Gefühl, als will er mich auf eine raffinierte Art zwingen, meine Anzeige fallen zu lassen.«

»Sie glauben allen Ernstes, der Präsident will Sie bestechen?«, rief Charlotte aus.

»So ähnlich, ja. Man könnte auch sagen, er schickt mir eine freundliche Drohung. Unerlaubtes Abhören ist kein Kavaliersdelikt.«

»Sondern was?«, fragte Svenja.

»Genug, um einen Minister oder einen Präsidenten ins Wanken zu bringen. Jedenfalls für den Fall, dass ihnen jemand ernstlich an die Wäsche will.«

»Ich will Ihnen wirklich nicht zu nahe treten, Chef. Aber ...«

»Dann lass es, Charlotte.«

»Ihre Gefühle in allen Ehren, aber ich finde sie komplett überflüssig. Jedenfalls, was diese Sache anbelangt. Was würde denn besser werden, wenn Sie ablehnen? Nichts. Wenn Sie bleiben, verdienen Sie mehr und sind Stellvertreter vom Boss. Sie könnten mehr bewirken als jemals zuvor.«

»Bewirken? Was denn, Frau Kommissarin? Direktor und Vizechef, das klingt zwar bombastisch, ist aber in der Realität ein Fliegenschiss.«

»Sie könnten – nur mal als Beispiel – bei dubiosen Abhöraktionen intervenieren. Als Vize sind Sie bei den Einsatzbriefings dabei.«

»Wie recht sie hat, Tomi«, meinte Svenja lachend. »Und deine Bude am Willy-Brandt-Platz könnte Charlotte dann übernehmen«, fügte sie an. »Jedenfalls bis wir etwas Besseres für sie gefunden haben. Passt doch perfekt. Einfach toll.«

Jung sah seine Frau an. In ihren Augen las er Spott und Freude. Charlotte schwieg.

»Wann kommt Cara eigentlich nach Hause?«, fragte Jung unvermittelt.

»Bald. Aber was hat das mit eurer Beförderung zu tun?«

Jung nahm sein Glas und trank einen Schluck. Dann stellte er das Glas zurück, als handele es sich um eine zerbrechliche Kostbarkeit.

»Ich hasse es, benutzt und manipuliert zu werden«, explodierte er. »Allein der Versuch macht mich krank. Am liebsten würde ich ihnen den ganzen Kram vor die Füße schmeißen.«

Die Frauen verstummten. Charlotte fand als Erste ihre Sprache wieder.

»Ich finde Ihre Empfindlichkeiten unangebracht, Chef. Ein guter Polizist sollte nicht überdrehen. Eitelkeit ist Gift. Auch für Sie, Chef.«

»Und ich finde dich anmaßend«, konterte Jung erbost. »Und hör endlich mit dem blöden Chef-Gequatsche auf. Du sitzt hier unter unserem Dach, an unserem Tisch und nicht in dieser Scheißinspektion an deinem Scheißschreibtisch.«

Sie schwiegen betreten. Jung beruhigte sich schnell.

»Ein schlechter Polizist sollte lieber gehen«, sagte er nach einer Weile versöhnlich. »Findest du nicht auch, Charlotte?«

»Nobody is perfect. Sie können immer noch besser werden, Chef.«

»Schreibst du ab jetzt meine Beurteilungen?«

»In Ihrem Alter und mit A 15 werden Sie nicht mehr regelbeurteilt. Bundeslaufbahnverordnung §§ 48 ff.«

Charlotte Bakkens wurde Tomas Jung langsam unheimlich.

»Jawohl, Boss«, erwiderte er. »Oder muss ich Bossin sagen?«

Sie lachten. Jungs Handy meldete sich mit »Nur noch kurz die Welt retten«. Er zog es aus der Tasche und sah auf das Display.

»Entschuldigt mich«, sagte er. »Holtgreve.«

Er stand auf und verließ den Raum. Die Frauen sahen sich fragend an.

EPILOG

Es schneite. In Flensburg geschah das eher selten. Die Winter waren nasskalt und windig. Wenn es einen Winter gab, der den Namen verdient, dann wegen eines kräftigen Hochs über Skandinavien. An seiner Südflanke weht ein schneidender Ostwind. Es herrschen dann sibirische Verhältnisse in Schleswig-Holstein. Gewässer und Seen erstarren unter einer dicken Eisdecke. Meereis blockiert die Förden und Küsten. Die Schifffahrt kommt zum Erliegen. Über der freien Ostsee nimmt die Luft Feuchte auf, die sich bei Sonnenaufgang als Raureif an Bäumen und Sträuchern niederschlägt. Die Sonne steht niedrig. Die Luft ist klar. Die weiße Pracht bietet einen märchenhaften Anblick.

Heute war draußen alles weiß, aber nicht märchenhaft. Der Schnee fiel aus einem grauen Nichts. Tomas Jung stand am Fenster und starrte in die wirbelnden Flocken.

Charlotte Bakkens saß hinter ihrem Schreibtisch und starrte auf Jungs Rücken. Der Schnee interessierte sie nicht besonders. Hauptsache, sie konnte joggen. Ihre obligatorische Runde vor dem Frühstück hatte sie jedenfalls auch heute drehen können. Vom Willy-Brandt-Platz aus war sie um die Hafenspitze herumgelaufen, den Ballastkai entlang bis zum Hafenkontor.

Auf der Ballastbrücke zurück und dann rüber nach St. Jürgen. Die Treppen zweimal rauf und runter und wieder nach Hause. Sie hatte kalt geduscht und anschließend im *Kritz* am Nordermarkt gefrühstückt. Hier bekam sie, was sie wollte. Vollkornmüsli und Früchtetee. Die Inspektion lag in Wurfweite. Jedenfalls für einen Weltklassewerfer wie Aki Parviainen. Draußen, vor der Tür, prangten ihre Namensschilder: Kriminaldirektor T. Jung, Kriminaloberkommissarin C. Bakkens. Sie fühlte sich bestens.

Jung wandte sich um.

»Gibt es was Neues von Sigrid Übel-Anschütz?«, fragte er müde.

»Ich habe vorgestern noch einmal mit ihrem Ex telefoniert. Vielleicht hat sie sich bei ihm gemeldet. Panik, letzter Ausweg, Rückkehr zu alten, besseren Zeiten. Nichts. Fehlanzeige.«

»Und ihr Handy?«

»Tot.«

Jung sah sie an. Wie gut sie aussah. Frisch, gesund, lebendig. Sie hatte die Hände hinter dem Nacken verschränkt und sich zurückgelehnt. Er wandte den Blick ab und setzte sich.

»Wo ist sie, Charlotte? Keiner verschwindet spurlos.«

»Wer weiß«, sagte sie und nahm die Hände aus dem Nacken. »Wir haben den Absender bis jetzt nicht ausfindig machen können.«

Jung schüttelte den Kopf.

»Vielleicht ist sie ja in Norwegen«, gab er schmunzelnd zu bedenken.

»Eine menage a trois?«

Sie lachten. Danach verfielen sie in Schweigen.

»Was ist mit Eilers senior?« meldete sich Jung zurück. »Ist er endlich aufgewacht?«

»Die Ärzte sagen, das wird nichts mehr. Die Schäden sind zu gravierend. Für mich hörte es sich so an, als wäre es für alle Beteiligten besser, wenn die Geräte abgeschaltet würden. Ruhe sanft!«

»Aber nicht in Frieden. Das glaube ich nicht.«

Sie schwiegen.

»›Team Futuro‹ ist übrigens immer noch nicht pleite«, meinte Charlotte.

»Aha.« Tomas Jungs Interesse hielt sich in Grenzen.

»Ich jogge ab und zu über das Gelände am Fördebogen«, fügte sie hinzu.

»Suchst du eine Wohnung?« Jung lächelte sie an.

»Meine Studenten sind auf Dauer ziemlich öde. Danke für den Tipp.«

»Gibt es da draußen überhaupt was für dich? Wer managt den Laden jetzt eigentlich?«

»Die Gesellschafter haben einen neuen Geschäftsführer angeheuert. Geld scheint genug da zu sein. Das Wachgebäude ist am Tag nach unserem Besuch tatsächlich plattgemacht worden. Seitdem ist viel passiert. Ich werde mich mal schlaumachen. Der Wohnraum ist ziemlich teuer. Aber vielleicht ist ja doch was für mich dabei.«

»Zuvor musst du aber zur Hauptkommissarin befördert werden, fürchte ich.«

»Davor fürchte ich mich nicht«, entgegnete Charlotte Bakkens.

Sie lachten.

»Lesen Sie das mal, Chef«, sagte Charlotte und schob ihm das *Tageblatt* hin. Jung nahm die Zeitung und las. Als er fertig war, lehnte er sich zurück und faltete die Hände.

»Haben Sie damit gerechnet?«

»Ich habe es aufgegeben. Ich übe mich darin, die Dinge zu nehmen, wie sie kommen, und das Beste draus zu machen.«

»Und die Wahrheit? Sind Sie an der gar nicht interessiert?«

Jung wiegte den Kopf.

»Welche Wahrheit? Tiny war ein bunter Vogel. Ich bin mir nicht sicher, was wahr ist oder nicht. Die Öffentlichkeit ist an Klatsch und Tratsch interessiert, nicht an der Wahrheit«, fügte er hinzu.

»Das Publikum zerreißt sich gerne das Maul. Ich weiß«, pflichtete ihm Charlotte bei.

»Am liebsten hören sie, was ihre Vorurteile und Ressentiments bestätigt. Außerdem ...«

»Und ihre Hoffnungen und Träume. Das sollten Sie nicht vergessen, Chef.«

»Schadenfreude hatte schon immer großen Unterhaltungswert«, ließ Jung sich nicht beirren und lächelte grimmig. »Nur die Akteure kennen die volle Wahrheit. Für sie ist sie meistens schmerzhaft. Sie sind schon fix und fertig, bevor sie andere zu wissen kriegen.«

»Kommt mir bekannt vor. Sollten wir Eilers nicht mal einen Besuch abstatten? Vielleicht hat er vor seinem Abgang noch einen lichten Moment und will sich erleichtern.«

Jung hob den Kopf, starrte an die Decke und schwieg.

»Wenn ich das richtig sehe, ist der Innenminister weisungsbefugt«, wechselte Charlotte das Thema. »Die Staatsanwaltschaft wird auf sein Geheiß tätig oder untätig. Ist das richtig?«

»Ganz so einfach ist es nicht. Es gibt Gesetze und Regeln. Daran muss sich auch ein Innenminister halten. Normalerweise handelt er nach den Einschätzungen und Empfehlungen der Staatsanwaltschaft.«

»Gesetze sind auslegbar, Regeln dehnbar, oder?«

»Dennoch kann er nicht machen, was er will. Er muss schon belastbare Gründe für seine Entscheidungen haben. Er kann ja nie ausschließen, dass er sich eines Tages wegen Strafvereitelung im Amt vor einem Gericht wiederfindet. Die Konkurrenz schläft nicht, der Neid verblasst nie. Homo homini lupus est.«

»Können Sie mir das mal auf Deutsch verklickern?«

»Der Mensch ist des Menschen Wolf.«

»Der hat schon die Oma von Rotkäppchen gefressen. Ist ihm aber nicht gut bekommen.«

»Warten wir es ab. Wer weiß, ob wir nicht noch einmal von der Sache hören. Es würde mich nicht wundern.«

Charlotte nahm die Zeitung auf und faltete sie zusammen.

»Woher hat er seine belastbaren Gründe wohl genommen?«, fragte sie.

»In der Regel sind *wir* dafür da, die Polizei. Im vorliegenden Fall also das BKA.«

»Hier steht aber …«, sie tippte auf die Zeitung, »… der Generalstaatsanwalt in Schleswig hat entschieden, das Ermittlungsverfahren gegen Eilers junior einzustellen, nicht die Bundesanwaltschaft.«

»Dann haben sie das eben delegiert. Warum nicht?«

»Der Innenminister, der Generalstaatsanwalt, der Polizeipräsident, unser Teuten-Triumvirat ist überall dabei. Finden Sie das nicht eigenartig?«

Jung zuckte mit den Schultern. »Die Norweger haben ihn nicht ausgeliefert oder brauchten ihn nicht auszuliefern, weil es gar nicht von ihnen verlangt wurde. Also hat alles seine Richtigkeit. Alles ist wunderbar.«

»Norwegen ist ein Rechtsstaat und Mitglied der EU. Wie Deutschland auch. Die Rechtsnormen werden in Europa fortlaufend angepasst. Glauben Sie wirklich, die Norweger haben irgendein Eigeninteresse? Ich nicht.«

»Ich weiß nicht«, sagte Jung. »Worauf es letztlich ankommt ist Beweisbarkeit. Und die Erhebung von Beweisen ist anfällig gegen Manipulationen, vor allem, wenn der Staatsschutz ins Spiel kommt. Da können immer Vorbehalte gegen zu viel Öffentlichkeit ins Feld geführt werden. Dann ist schnell Schluss mit der Nachvollziehbarkeit. Von Transparenz will ich gar nicht reden.«

Charlotte entfaltete die Zeitung noch einmal und suchte den Artikel.

»Hier steht wortwörtlich: ›Im Fall der vier deutschen Staatsbürger, die in Klanxbüll, Nordfriesland, bestialisch abgeschlachtet wurden, gibt es neue Hinweise, wie ein Sprecher des LKA Schleswig-Holstein bekanntgab. Die Spur führt zu einem international operierenden Drogen- und Waffenschieberring. Das Operationszentrum dieser nach dem Vorbild der Mafia organisierten Verbrecherbande soll angeblich in Dschibuti liegen. Man vermutet, dass sie neben anderen Terroristen auch Al-Kaida mit Gerät und Waffen versorgt. Der Waffenschmuggel zwischen dem Oman, dem Iran und Somalia habe in letzter Zeit erheblich zugenommen. Die internationale Staatengemeinschaft hat seit 2002 mit der Operation Enduring Freedom den Kampf gegen Al-Kaida aufgenommen. Die Sicherheitsdienste der USA, Großbritanniens und Deutschlands sind beteiligt. Ihr Ziel ist die Ausschaltung der Terrororganisation.«

Sie faltete die Zeitung wieder zusammen.

»Ist das nachvollziehbar?«

»Das ist Bullshit, keine Information, die einen schlauer macht. Nichts als Wortgetöse und nebulöses Geschwafel, das Papier nicht wert, auf dem es gedruckt ist. Ich frage mich, welcher Chefredakteur so einen Scheiß zulässt.«

Charlotte legte die Zeitung beiseite.

»Kümmern wir uns lieber um unseren eigenen Scheiß.«

»Uns wird nichts anderes übrig bleiben. Du willst doch Präsidentin werden, Charlotte, oder?«

»Ja, natürlich. Sie sagen das so, als wäre das was Schlimmes. Haben Sie was dagegen?«

»Nein, absolut nicht. Ich könnte mir keine bessere vorstellen.«

Jung grinste und erhob sich.

Weitere Krimis finden Sie auf den
folgenden Seiten und im Internet:

REINHARD PELTE
Inselroulette
. . . .
978-3-8392-1533-3 (Paperback)
978-3-8392-4361-9 (pdf)
978-3-8392-4360-2 (epub)

»Eigentümlich und spannend wie das Leben auf den Inseln im hohen Norden!«

Eine Frau wird vermisst. Von Beruf ist sie Fitnesscoach, ihr Arbeitsplatz ein Wellnesshotel auf Sylt. Kriminalrat Tomas Jung wird beauftragt, sie zu finden. Bald schon türmen sich Fragen auf. Warum vermisst sie nur der Manager des Hotels, aber nicht ihre Familie, ihre Freunde, ihre Nachbarn? Führt sie ein Doppelleben? Zusammen mit Charlotte Bakkens, einer jungen Kriminalkommissarin, arbeitet Jung daran, Licht in das Dunkel zu bringen. Sie stehen vor Rätseln. Bis Jung sich an seinen Lieblingsplatz erinnert …

GMEINER SPANNUNG

WWW.GMEINER-VERLAG.DE
Wir machen's spannend

REINHARD PELTE
Mordsee
. . . .
978-3-8392-1393-3 (Paperback)
978-3-8392-4107-3 (pdf)
978-3-8392-4106-6 (epub)

»Faszinierende Einblicke
in die Welt der Marine!«

Die Untersuchungen zum Fall einer ertrunkenen Kadettin sind abgeschlossen. Lediglich eine Panne zwingt
die Soko der Staatsanwaltschaft Kiel noch einmal zu Befragungen auf der »Gorch Fock«, dem Segelschulschiff
der Marine. Kriminaloberrat Tomas Jung ist dabei,
unterstützt von der Praktikantin Charlotte Bakkens. Je
länger sich die beiden mit dem Fall beschäftigen, auf
umso mehr Ungereimtheiten stoßen sie. War es wirklich ein Unfall?

REINHARD PELTE
Tiefflug
· ·
978-3-8392-1263-9 (Paperback)
978-3-8392-3855-4 (pdf)
978-3-8392-3854-7 (epub)

»Ein brillanter Krimi um einen sensationellen Entführungsfall. Unbedingt lesen!«

Kriminalrat Tomas Jung ist ausgebrannt, sein letzter Fall hat ihn schwer mitgenommen. Um sich zu erholen, reist er mit seiner Frau an die Algarve und macht dort die Bekanntschaft eines Deutschen, der sich nur »Tiny« nennt. Nach und nach muss Jung erkennen, dass Tiny in einen Entführungsfall verwickelt ist, der gerade die ganze Welt in Atem hält: ein englisches Mädchen ist während des Urlaubs mit ihren Eltern spurlos aus dem Hotelzimmer verschwunden. Jung konfrontiert seinen Nachbarn mit seinem Wissen und erlebt einen Albtraum …

GMEINER SPANNUNG

WWW.GMEINER-VERLAG.DE
Wir machen's spannend

Das Neueste aus der Gmeiner-Bibliothek

Unser Lesermagazin

Bestellen Sie das
kostenlose Krimi-
Journal in Ihrer
Buchhandlung
oder unter
www.gmeiner-verlag.de

Informieren Sie sich ...

www ... auf unserer Homepage:
www.gmeiner-verlag.de

@ ... über unseren Newsletter:
Melden Sie sich für unseren Newsletter an
unter www.gmeiner-verlag.de/newsletter

f ... werden Sie Fan auf Facebook:
www.facebook.com/gmeiner.verlag

Mitmachen und gewinnen!

Schicken Sie uns Ihre Meinung zu unseren Büchern
per Mail an gewinnspiel@gmeiner-verlag.de
und nehmen Sie automatisch an unserem
Jahresgewinnspiel mit »mörderisch guten« Preisen teil!